영웅의 영웅은 다시 영웅을 꿈꾼다
환생한 영웅의 딸로

「……응, 기다릴게.」

코르티나

육영웅의 일원으로, 묘인족 현자.
니콜을 맹목적으로 사랑해서,
무슨 일이든 돌봐주려고 한다.
레이드를 아직도 굳게 연모하고 있다.

영웅의 딸로 환생한 영웅은 다시 영웅을 꿈꾼다

3

Author
카부라기 하루카
Illustration
아키타 히카

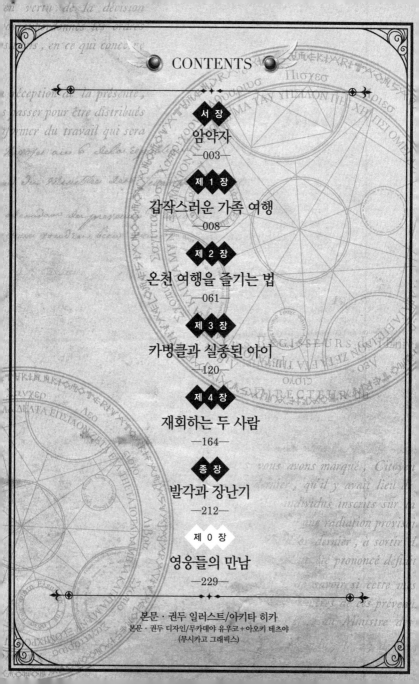

CONTENTS

본문 · 권두 일러스트/아키타 히카
본문 · 권두 디자인/무카데야 유우코＋아오키 테츠야
(무시카고 그래픽스)

 서 장 암약자

라움 뒷골목에 있는 술집.

술과 담배와 고기 지방의 냄새로 가득한, 별로 건전하지 않은 장소.

그곳에 남자들이 있었다.

하나같이 찌뿌둥한 표정. 지난 유괴 사건 때 받아야 했던 어린아이를 받지 못하고, 고용주인 노예상도 모습을 감추는 바람에 일이 없어진 상태이기 때문이다.

언제 노예상이 말을 걸지도 몰랐기 때문에 이렇게 술집에서 대기하고 있지만, 돈이 줄어들 뿐 연락이 올 기색은 없었다.

"칫. 언제까지 여기서 이러고 있어야 하는데."

남자 한 명이 술을 들이켜더니 내려치듯이 술잔을 내려놨다.

그 소리가 가게 안에 울려서 다른 손님들의 시선이 한순간 그들에게 모였다. 하지만 그것도 잠시. 다시금 각자의 테이블로 시선을 되돌렸다.

이 가게에서는 이 정도의 소동도 일상다반사이기 때문이다.

"워워, 서둘러도 별수 없잖아. 진정하라고."

두 자루 검을 휴대한, 팔이 긴 남자가 성질 부린 남자를 달랬다.

그런 그들에게 한 명의 소년이 다가왔다.

"안녕. 우중충한 분위기네."

"이 새끼, 뭐냐."

"아니, 일을 좀 의뢰하고 싶어서 말이지. 아, 너희의 고용주에게는 허가를 받았어."

"뭐? 어디서 그딴 걸──."

"'관이 입하' 되지 않았다지?"

"이 새끼가!"

속을 들여다보듯이 그들의 내막을 입에 담는 소년.

비밀이 알려졌나 싶어 격분한 남자들을 쌍검 남자가 제지했다.

"기다려 봐. 이봐, 어디까지 알고 있지? 아니면 너…… 혹시 우리도 모르는 관계자냐?"

"뭐, 그런 것이려나. 그래서 조금 부탁이 있는데, 괜찮을까?"

"이야기를 듣기만 하는 것이라면, 상관없지."

쌍검의 남자는 독특하게 말끝을 올려 상대를 깔보듯 대답했다.

소년이 빈자리에 앉아 손가락을 튕겨 종업원을 부르고는 인원수만큼의 술을 주문했다.

"인사하지. 내 이름은 쿠팔. 일단 너희 고용주의 고용주려나."

"거참 대단하군. 내 이름은 마테우스. 일단 이 녀석들을 지휘하는 입장의 사람인데?"

"잘 부탁해. 그래서 부탁하고 싶은 건, 모종의 아이템 회수에 관한 것이야."

"아이템 회수?"

"내가 행사하는 마법에 몇 가지 촉매가 필요해서 말이지. 특히 마력전도율이 높은 촉매가 필요해."

"그거 아쉽지만 번지수를 잘못 짚었어. 마법에 관해서는 전혀 아는 게 없어서 말이지."

쌍검의 남자 마테우스는 소년——쿠팔의 의뢰를 딱 살라 거절하려 했다.

하지만 쿠팔은 손가락을 세워 그 답을 거부했다.

"결론이 조금 성급하네. 표적은 이쪽에서 점찍었어. 너희에게는 그 회수를 부탁하고 싶거든."

"표적 말이지……. 그래서, 뭘 가져오라고 하는 거야?"

"드래곤과 연관이 있는 무언가."

"드래곤이라고?!"

이 세계에서 최강에 위치한 종족. 신룡 바하무트를 위시한 생태계의 정점. 그것이 드래곤이다.

물론 인간의 그것을 아득히 웃도는 생명력과 전투력을 지니고 있다.

지성은 천차 만별이라서, 운이 나빠 지성이 낮은 드래곤과 마주쳤을 경우에는 죽음을 각오할 필요가 있다.

"미안하지만——."

"어이쿠, 이야기는 끝까지 들어. 딱히 드래곤한테 가서 뭔가 가져오라는 것이 아니야. 그 드래곤이 드나드는 장소가 있어서 말이지. 그런 장소라면 비늘이나 이빨이나 발톱 같은, 그런 것이 떨어져 있을지도 모르잖아?"

"그걸 주워 오라고?"

"그래 맞아. 가까운 엘프 마을에 그런 장소가 있어. 그 왜, 온천이 나오는 장소."

"아아. 거기에 그런 장소도 있었나?"

쿠팔의 말을 듣고 마테우스는 팔짱을 끼고 생각에 잠겼다.

드래곤이 없을 때 그 장소로 가서 유류품을 모아온다. 그것만이라면 시간도 걸리지 않고 위험도 없다.

하지만 그러는 사이에 고용주가 소집하는 경우가 문제다.

"우리도 지금은 대기 중이란 말이지. 중계를 거치지 않고 들어온 의뢰라는 것은 조금 고민된다 이거야."

"그럼 거절할 거야?"

"으음. 대신에 손이 비는 녀석들을 소개해 주겠어. 우리와 직접 관계가 없으니까 꼬리가 잡힐 일도 없을걸?"

"그런 지인이 있는 거야?"

"그야 이런 사업을 하니까 말이지. 멋대로 일을 받아서 지금 고용주에게 폐를 끼쳤다가는 투덜거리는 녀석도 있을 테니까."

팔짱을 풀고 과장된 액션으로 어깨를 으쓱여 보였다.

이번에는 쿠팔이 턱에 손을 대고 생각에 잠겼다.

이 일에 새로운 인물을 끼워 넣는 것에 대한 가부를 계산하고 있는 모양이다.

"뭐, 상관없나. 배반하면 처리하면 그만이니까."

"화끈하네! 그렇다는 건 너도 꽤, 할 줄 아는구나?"

"뭐 그렇지, 어느 정도는 말이야. 네 요망을 충족해 줄 정도는 아니지만."

"거기까지 조사한 건가. 뭐 좋아. 그래서 중개료 말인데……."

"아, 역시 받는구나."

"공짜로는 우리에게 떨어지는 것이 없잖아?"

그때 종업원이 주문한 술을 가져왔다.

쿠팔도 마테우스도 서빙이 끝날 때까지 입을 닫고 있었다.

이런 술집에서는 남들에게 들려주고 싶지 않은 이야기도 빈번하게 오가기 때문에 그런 행위는 딱히 드문 일이 아니다.

이윽고 술을 다 나눠준 종업원은 아무 말도 하지 않고 테이블에서 멀어져 갔다.

이쪽도 이런 상황에는 익숙한지 아무 말도 하지 않는다.

"보수는 금화 20개를 예정하고 있으니까, 너희에게는 2개를."

"어이쿠, 그건 좀 너무 짜지 않아? 3개."

"2개야. 너도 이 정도를 예정하고 있잖아. 자잘한 흥정으로 쓸데없이 시간을 들이고 싶지 않아."

"뭐, 괜찮지 않겠어?"

쿠팔의 제안을 마테우스는 승낙했다.

각자 술잔을 손에 들고 들어 올린다.

이것은 모험가에게는 공통적인, 계약 완료의 의식을 의미한다. 물론 미성년자에게는 그런 인식은 없다.

쿠팔과 마테우스.

계약한 두 사람은 만면에 웃음을 지으며…… 서로를 전혀 신뢰하지 않고 있었다.

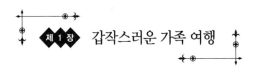

제 1 장 갑작스러운 가족 여행

마력축과증 치료약을 복용하고 한 달이 흘렀다.

그 뒤로 현기증이 나는 일은 다소 있었지만, 체력이 급격히 떨어져 기절하는 사태는 눈에 띄게 줄었다.

문제의 마력 흡인 행위도 자택에서는 피니아가 해 주고 학교에서는 코르티나가 해 주는 덕분에 무사히 넘길 수가 있었다.

물론 남들 눈을 피해서 하고 있다. 그 감각은 뭐라 말할 수 없는 탈력감을 동반하기 때문에 살짝 남에게 보여줄 수 없는 표정이 되고 만다.

내가 평범한 어린아이였다면 열이 오른 표정이라고 넘겼을지도 모르겠지만, 나는 남다른 미모를 지니고 있기 때문에 보는 사람에게 수상한 망상을 불러일으키는 모양이었다.

그럴 수밖에. 여교사와 사람이 없는 교실로 들어가더니 발갛게 달아오른 얼굴로 나오니까. 요상한 소문이 돌거나 돌지 않거나 했지만, 내 허약체질은 유명했기 때문에 치료라는 명목으로 주위가 납득해 주었다.

이래저래 해서 날짜가 지나, 마침내 나는 평범한 아이 정도의 건강함을 손에 넣었다.

그랬는데, 지금…… 나에게 새로운 위기가 다가오려고 했다.

"그, 그만둬……. 오지 마."

나는 절망으로 물든 얼굴로, 조금씩 다가오는, 신이 준비한 악의의 집결체로부터 멀어지기 위해 슬금슬금 뒷걸음질 쳤다.

하지만 그런 후퇴도 오래 이어지지는 못했다. 이미 이곳은 막다른 길. 도망칠 여지도 후퇴할 여유도, 더는 존재하지 않았다.

"그것만은 단호하게 거부하겠어!"

"뭐~? 어째서? 귀엽잖아?"

내가 거부하는 말에, 코르티나는 귀여운 동작으로 고개를 갸우뚱해 보였다. 그 손에는 학교 지정 수영복이 있다.

물론, 여자용.

두꺼운 옷감을 사용해 여러 조각을 합친 남색 수영복이다.

몸통 부분은 거의 사라지만 팔다리는 훤히 드러난 디자인이다. 가슴팍에는 이름을 크게 써넣은 천이 붙어 있다.

입학하고 나서 벌써 두 달 이상. 이제 얼마 안 있으면 수영 연습 과목도 시작되려 하는 시기.

그런 이유로 나에게 학교 지정 수영복을 입히려고 슬금슬금 다가오는 코르티나에게서 나는 도망 다니고 있다. 필사적인 표정으로.

프릴이나 레이스가 달린 옷에도 익숙해졌다. 기장이 짧은 스커트를 입는 것도 포기하고 받아들였다. 하지만 그것만은…… 제발 그만뒀으면 좋겠다.

"그렇게 말씀하셔도 수영 연습 수업은 교육 과정에 포함되어 있어요. 수영 수업을 받지 않으면 학점을 받으실 수가 없는데요?"

"으으, 피니아도 적인가."

"적이라뇨. 그저 수영복을 입으신 니콜 님도 귀엽지 않을까 생각했을 뿐이에요."

뺨에 손을 붙이고 황홀한 표정을 짓는 피니아. 아마도 내 수영복 모습을 떠올리고 있는 것이겠지만…….

하지만 그 무릎 위에 놓여 있는 의상은 뭐야? 헤엄치는 데 니삭스나 바지는 필요 없다고 생각하는데!

"피니아. 모자를 쓴다면 그 리본은 필요 없어. 그리고 양말도."

"어머, 이건 물에 들어갈 때까지 몸을 따뜻하게 하기 위한 배려예요. 그리고 리본은 제가 니콜 님을 치장하고 싶을 뿐이고요."

"이젠 같은 편이 없네?!"

하지만 거부해 봤자 피니아의 주장이 옳고 또 옳았다. 교육 과정에 포함된 이상, 내게 도망칠 길은 없다.

게다가 수영복 사이즈도 슬슬 맞춰두지 않으면 헤엄치는 도중에 훌렁 벗겨지고 말 가능성도 있었다.

재조정할 시간도 생각하면 이 시기에 치수를 맞추는 것도 전혀 틀린 것은 아니다.

"으으, 차라리 죽여줘~."

"어째서 거기까지 비장감을 풍기는 거야. 고작 수영 연습 수업일 뿐이잖아."

이 라움은 삼림으로 둘러싸인 대국이다. 그리고 동시에 숲을 지탱할 만큼의 수맥이 무수하게 뻗어 있는 토지이기도 했다.

국토 각 지역에 종횡무진으로 하천이 뻗어서, 모험가가 되든 군에 들어가든 도하를 경험할 수밖에 없다.

그러기 위해서는 최소한 헤엄치는 기술을 습득해야만 한다.

일단 니삭스는 단호하게 거부하면서 수영복을 입어 봤다.

사이즈는 상당히 큰 편이라 이대로 헤엄치면 어깨끈이 흘러서 벗겨질 것만 같았다.

"역시 꽤 커."

"병은 나았을 텐데, 식욕은 변함이 없으니까 어쩔 수가 없네."

"위장 크기까지 달라지는 게 아니잖아.

"니콜 님은 작은 정도가 귀여우시니까 괜찮아요. 많이 드셔주셨으면 하는 마음은 있지만요."

피니아가 수영복을 입어 본 내 뒤에서 어깨에 손을 올리고 뺨을 댔다.

아침과 밤에 입맞춤하기 시작한 이후로 피니아와의 거리가 조금 가까워진 기분이 든다.

나는 손을 뻗어 피니아의 머리를 쓰다듬었다.

"피니아, 고마워."

"니콜 님도 참. 이래서는 누가 나이가 많은지 알 수가 없네요."

"아아! 피니아 치사해! 니콜, 나는?"

"진짜, 교사가 머리를 들이대고 쓰다듬어 달라고 요구하지 마."

그렇게 말하면서도 코르티나를 쓰다듬었다. 피니아가 말한 대로 누가 나이가 많은지 정말 알 수가 없다.

한차례 스킨십을 만끽한 뒤, 나는 수영복을 벗기 시작했다. 이 시기에 이 모습으로는 아무리 그래도 너무 춥다.

나는 수영복을 벗고 알몸이 되어 자신의 팔다리를 바라봤다.

거기에는 살집이 적은, 좋게 말하면 요정 같고 나쁘게 말하면 마른 나무 같은 팔다리가 쭉 뻗어 있었다.

그 뒤로 한 달. 남들의 눈을 피해 단련을 거듭해 그럭저럭 힘도 붙기 시작했다……. 적어도 그런 느낌이 든다. 그런데도 근육이 붙은 기색은 일절 없다.

여성인 이상 불끈불끈 근육남처럼 될 생각은 별로 없지만, 그래도 적당한 근육은 갖고 싶다

실제로 신체 능력은 개선되었다고는 해도 여전히 평균적인 어린아이보다 뒤떨어지는 상태다. 기절하지는 않게 된 만큼의 진보를 실감할 수 있는 정도다.

"역시 운동이 부족한 걸까?"

"니콜 님은 괜히, 불필요할 정도로 활발하다고 생각하는데요?"

"좀 더 단련하자. 다짐했어!"

"그러지 마세요. 정말 진심으로요."

기절하지는 않게 되었다. 하지만 어디 나가서는 찰과상을 만들어 돌아오는 일상에 피니아의 걱정은 끊이질 않는다.

낮에는 미셸과 레티나에게 이끌려 실전이라고는 이름뿐인 사냥을 나가고, 밤에는 남들 눈을 피해서 클라우드와 검술 훈련.

그날 이후로 강적과 싸우거나 하는 사태는 벌어지지 않았지만, 숲을 뛰어다니고 있으면 찰과상 정도는 생기기 마련이다.

하지만 신기하게도 몸에 흉터는 남지 않는다. 미쉘은 여기저기 자잘한 상처가 남는데, 신기한 일이다.

어쩌면 이것도 그 신의 가호일지도 모른다.

그날, 학교에서 신입생을 모아 수도 근교의 강을 찾았다.

라움 근처에서는 그 인구를 먹여 살릴 정도로 큰 강이 흐르고 있다. 그곳에 수영 연습용으로 커다란 물굽이를 만드는 것이 오늘의 목적이었다.

이 강은 도시 안으로도 흐르지만, 아무리 그래도 하수가 흘러드는 시내에서 수영 연습을 하는 거 정신적으로도 육체적으로도 좋지 않다.

그래서 도시 밖에서 물살이 느린 장소에 돌을 모아, 그것을 물속에서 쌓아 올려 물살이 거의 없는 물굽이…… 말하자면 만(灣) 형태로 만들어, 그곳에서 수영 연습 수업을 할 예정이었다.

백 명이 넘는 학생들이 한 아름은 되는 돌을 품고 물속에 들어가 물살을 막아 간다.

이 시기는 수영복이 준비되지 않아서 나는 체육복 차림으로 대열에 끼어든다. 흡수성이 높은 천에 차가운 물이 스며드는 것은 어린 몸으로도 상당히 힘들다.

하루 작업량은 미미하지만 이 공정을 한 달 가까이 계속하고, 수십 명이 헤엄칠 수 있을 만큼의 커다란 물굽이를 만드는 것이다.

"으으, 추워요. 이런 작업은 모험가에게 부탁하면 좋을 텐데."

"군에 들어가면 병사가 될지도 모르니까 말이야. 토목공사 훈련도 겸하고 있는 거야."

육체적으로도 어린아이의 영역에서 벗어나지 않는 레티나는 불평을 흘리며 돌을 옮겨간다.

나도 몰래 털실을 옷 속에 깔고 근력을 보조하면서 제방을 만들 돌을 옮기고 있었다.

물론 마법으로 실을 강화하면 눈에 띄니까 그러지는 않았다. 도중에 털실이 뚝뚝 끊어지지만 그때마다 다시 깔아서 강화하고 있다.

어린아이가 돌을 운반하는 정도로는 별로 격렬하게 움직이지 않기 때문에, 끊어져도 바로 다시 하면 그만일 뿐이다.

"아, 니콜, 레티나!"

"오?"

"어머?"

귀에 익숙한 활발한 목소리 쪽으로 시선을 돌리자 미쉘과 수십 명의 어린아이가 이쪽으로 다가오고 있었다.

인솔하는 교원도 보이니까, 모험가 학교의 학생들도 이 물굽이 조성에 동원되었을 것이다.

"그쪽도 수영 연습용 물굽이 만들기야?"

"응. 운동하는 곳은 마술학원과 공동으로 쓰니까, 우리도 만들어야지!"

나는 줄에서 빠져나와 이쪽으로 달려온 미쉘에게 인사했다.

도중에 빠진 것이 아니라 목적지로 달려간 거니까, 교원도 그 부분은 관대하게 넘어가는 모양이다.

　우리도 물에 젖은 체육복을 입고 물가로 올라가 미쉘과 이야기를 나눴다. 감독인 코르티나도 약간 쉰다고 해서 도끼눈을 치켜뜨지는 않을 것이다.

　아니, 애초에 휴식을 끼워 넣지 않으면 이 수온에서 장시간 움직이기 힘들다.

　"자, 휴식할 거면 몸을 잘 덥혀야지~."

　그렇게 말하며 우리 세 사람 앞으로 김이 피어오르는 컵을 내밀어 주었을 정도다.

　컵 안에는 우유를 탄 커피가 담겨 있었다.

　"이놈, 미쉘! 직딩히 하고 돌이오지 못히겠나!"

　"아, 큰일이다!"

　아무리 그래도 이 모습에는 이곳까지 도착한 교원이 미쉘을 혼냈다. 다른 학생들도 이미 정렬하고 있었다.

　나는 그런 학생들을 보고 왠지 이상하다는 느낌이 들었다. 그렇다. 누가 봐도 장비가 너무 간소했다.

　몬스터로부터 몸을 지키기 위해 최소한의 무장을 하는 것은 미쉘과 마찬가지.

　하지만 다른 짐이 너무나도 적다.

　"미쉘, 도시락은?"

　미쉘은, 아니 다른 사람도은 먹을 것이 없어 보인다.

　가벼운 무장 말고는 갈아입을 옷밖에 없다. 장시간 여기서 돌을 쌓아야 하니까 점심 준비는 필수인데.

"응, 현지 조달이야. 강에는 물고기가 잔뜩 있으니까!"

"우와~. 물굽이 제작에 낚시까지? 지원학교는 고생이 많네."

"낚시가 아니라 고기잡이지만 말이야!"

그러고 보니까 낚싯대도 들고 오지 않았구나. 고기잡이라면 뭘 하는 거지?

"제1반은 제방 작성을 시작해라. 제2반은 아궁이를 만들고 제3반은 물고기를 잡아라. 할 수 있겠지?"

"예!"

어린아이들이 활기차게 대답하고 제각각 흩어진다.

그 타이밍을 보고 있었던 것처럼 코르티나가 소리쳤다.

"자~ 그러면 우리는 일단 휴식하자. 몸이 너무 차가워지면 감기에 걸리니까! 시간도 적당하니까 도시락을 먹자!"

우리는 지원학교 일행과 달리 도시락을 지참했다. 그쪽 사람들만큼 생존 기술 습득에 무게를 두지 않기 때문이다.

다른 학생들은 차례로 뭍으로 올라와 도시락을 꺼냈다.

물에 젖어도 아랑곳하지 않는다. 역시나 다들 어려서 그런 것 같다.

그것을 보고 다시금 코르티나가 손을 짝 마주치며 소리쳤다.

"얘들아! 먼저 옷을 갈아입어야지! 아무리 그래도, 보고 있는 사람이 너 추워!"

"싫어요~."

"감기에 걸리면 내가 책임져야 한다고!"

옷을 갈아입는 것이 싫은지 학생들은 다들 재미있어 하면서도 코르티나에게서 도망 다니고 있다.

코르티나는 마법을 사용하며 학생들을 붙잡기 시작했다.

"솔직히 어른스럽지 못하네."

"거기! 입 다물어!"

마법까지 사용해 학생을 포획하는 코르티나에게 나도 모르게 말이 불쑥 흘러나왔다. 코르티나는 그것을 놓치지 않고 딴지를 걸었다.

"니콜도 손이 비면 도와줘."

"네~."

이렇게 돌이 잔뜩 깔린 장소에서 술래잡기하는 것도 어떤 의미로는 훈련에 좋을지도 모른다.

그렇게 생각해 나는 곧바로 쫓아가……기 전에 옷을 갈아입기 시작했다.

"좋아, 갈아입기 완료. 이제 가자, 레티나."

"맡겨줘요!"

양손을 치켜들고 달려나가는 레티나. 하지만 도망치는 학생들과 큰 능력 차이는 없다.

레티나의 포획 성과는 별로 좋지 못했다. 하지만 나는 그렇게 만만하지 않다.

발놀림과 체중 이동. 힘에만 의지해 뛰어다니는 어린아이와 다르게 나에게는 전생의 경험이 있다.

숙련된 발놀림으로 최단 거리를 달리고 앞질러 가서는, 다른 사람의 시야에 들어오지 않는 장소에서 실 조작을 사용해 아이들을 붙잡는다.

　그 숫자는 마법을 쓰는 코르티나에 필적할 정도였다.

　모두 붙잡고 나서 그 비율을 본 코르티나가 혀를 내둘렀다.

　"큰일이네. 마법까지 쓰고 학생과 같은 정도라니…… 내 실력이 무뎌진 걸까?"

　"근접 전투를 배운 사람과 그렇지 않은 사람의 차이 아닐까?"

　"그렇다고 해도 말이야……. 니콜이 너무 우수하니까 교사로서 힘들어."

　"코르티나는 좋은 점이 잔뜩 있어."

　"그렇게 말해 주는 건 고맙지만 말이지~."

　남모르게 풀이 죽은 코르티나의 머리를, 나는 한숨을 섞어가며 쓰다듬어 격려해 주었다.

　약 한 달에 걸쳐 제방을 쌓아 수영장을 만들었다.

　나머지는 그곳을 교원들이 어스월(토벽) 마법으로 고정해 보강하면 완성이다.

　우리 학생이 힘을 써 쌓고, 그곳에 코르티나 이하 수 명의 교원들이 마법을 사용해 대략적인 형태가 만들어지자 맥스웰이 나타났다.

　불쑥 나타난 영감탱이는 호호할아범 같은 태도를 흐트러트리지 않은 채, 주변의 제방을 아주 간단히 넓혀 할 말을 잃게 했다.

우리가 한 달 동안 한 고생은 대체 무엇이었을까. 순순히 감탄하고, 영웅을 동경하는 눈으로 바라보는 동급생이 부럽다.

아무튼 이것으로 수영 연습 수업을 위한 장소가 완성되었다.

나머지는 멋대로 물이 흘러들어 적당한 깊이의 수영장이 만들어진다는 계획이다.

그 무렵에는 내 수영복도 완성되었다. 부끄러워 죽을 뻔했지만, 그런 아무래도 좋. 잊자. 사람은 망각하는 동물이니까.

이래저래 해서 새로운 수업 준비도 완료되어, 우리는 마침내 평소의 일과로 돌아오게 되었다.

즉, 방과 후의 모험 같은 수렵 활동이다.

토목공사는 수업시간 안에 이루어졌지만, 역시 어린 몸에 준노동은 힘들다.

방과 후, 집으로 돌아오자마자 털썩 쓰러져 저녁때까지 낮잠을 자는 매일을 보냈다.

그리고 밤에는 클라우드를 단련해 모험가로 육성한다. 내 수면시간은 요즘 들어 눈에 띄게 줄어든 상태였다.

하지만 그것도 어제까지. 오늘부터 수영 연습이 시작될 때까지 통상 수업으로 돌아간다.

피로도 쌓이지 않으니까 방과 후부터 저녁때까지 비는 시간에 미셸과 레티나를 데리고 숲에 갈 정도의 체력은 남아 있었다.

"주홍 둘, 군청 하나, 황금 셋. 화살을 날릴 시위에 힘을 부여하라…… 인챈트, 어떠려나?"

"으응으으으으……! 으그~. 안 되는 거 같아."

내 간섭마법을 받고 미쉘은 백은의 대궁, 서드 아이를 당기려 힘을 써 보지만, 그 시위는 살짝 팽팽해지는 정도지 활을 쏠 만큼은 당기지 못했다.

이전에는 꿈쩍도 하지 않았으니까 이것도 나름대로의 진보이기는 하다.

지원학교에서 단련한 완력을 더한 미쉘과 주홍 둘까지 마력을 담을 수 있게 된 내 마법의 성과다.

"성과는 잘 모르겠지만 언제 봐도 그 활은 굉장하네요……."

"일단은 신께서 주신 거니까."

"어? 그 언니, 신이었어?!"

"아……."

말실수했다. 요새 내 입이 가벼워진 느낌이 든다. 앞으로는 조심해야지.

뭐, 이런 활을 아무렇지 않게 뿌리고 다니는 존재라니. 오히려 신이라고 자칭해 주는 편이 설득력이 있다.

"그건…… 응, 필사적으로 친구를 구하려고 했던 미쉘에게 신께서 내려준 선물이었던 거야, 틀림없이."

"그러려나~? 아, 그래도 엄청 아름다운 언니였으니까 그랬을지도 모르겠네!"

"응, 그래. 미쉘은 기억하고 있어?"

"응? 어라……. 그러고 보니까 얼굴을 정확하게 떠올릴 수가 없네?"

"당신들, 얼굴을 기억하지 못하는데 어째서 아름답다는 걸 알 수 있는 건가요?"

"어째서일까~?"

미소녀로 보였던 것은 분명하다. 하지만 그 인상이 기억에 남지 않는다. 아마도 인식 저해 마법 같은 것을 썼을 것이다. 전생 때도 그것을 쓰는 듯한 소리를 입에 담았었다.

하지만 그것은 나니까 알지, 미쉘은 모르는 사실이다.

뭐, 말이 헛나오는 것도 슬슬 지긋지긋하니까 더 이상의 언급은 피하도록 하자.

"쓸 수 없으면 어쩔 수 없어. 무리해서 쓸 필요도 없으니까 오늘은 평소의 활로 열심히 하자."

"그렇네요. 빨리 안 하면 해가 저물고 말아요."

"응, 그러자!"

어린아이는 태세 전환이 빠르다.

내가 그렇게 재촉하자 두 사람은 곧바로 사냥 모드에 들어갔다.

라움 부근은 모험가가 빈번하게 맹수를 사냥하러 나가기 때문에 위험한 동물은 많지 않다.

게다가 엘프 마을도 가까이에 있어서 그 안전성은 다른 곳과 비교할 수가 없다. 그렇기에 우리 같은 어린아이라도 안심하고 숲에 들어갈 수가 있다.

지금까지 평화를 위협했던 유괴범도 토벌되고——내가 했지만——트렌트의 씨앗을 훔쳤던 도적도 몰살되었다. 이것도 내가 했지만.

아무튼 현재 라움을 위협할 위험은 없어 보인다.

"아, 찾았다."

"벌써 발견했나요? 여전히 찾는 게 빠르네요."

나는 상당히 떨어진 장소에서 풀을 먹고 있던 산양의 모습을 발견했다.

산양은 야생 동물이지만 사육하는 염소와 생물학적으로는 거의 차이가 없다. 이 부근에는 위험한 짐승이 없어졌기 때문에 이런 온화한 동물이 다가온다.

그렇다고 해서 위험이 전혀 없는 것은 아니다. 우리 같은 사냥꾼에게 발견되고 말았으니 운이 다한 것이다. 아니, 나는 사냥꾼이 아니지만.

"그럼, 언제나처럼."

"응, 알았어."

"알았어요!"

"레티나, 목소리 커."

"아, 알았어요."

'언제나처럼'이란 내가 몰래 다가가 못 도망가게 하고, 거기로 레티나와 미쉘의 원거리 공격으로 마무리를 짓는 콤비네이션을 말하는 것이다.

나 혼자라면 실을 몰래 날려 다리에 감아 움직임을 봉쇄한 시점에 일격을 넣으면 끝난다.

하지만 그래서는 미쉘과 레티나가 단련할 수 없다. 전선(前線)

과의 연계를 포함해, 두 사람이 배워야 할 것은 많다.

"자…… 이제, 가볼까!"

나는 은밀의 기프트를 사용하지 않고 자력으로 발소리를 죽이며 산양에게 다가갔다.

산양 한 마리라는 큰 수확물을 얻은 우리는 신나서 도시로 돌아왔다.

아무리 그래도 수십 킬로그램이나 나가는 걸 나와 미쉘이 갖고 돌아오는 것은 어려웠기 때문에, 차례대로 교대하며 돌아왔다.

도시로 들어올 때, 문지기가 우리의 전과를 보고 부럽다는 듯이 보고 있던 것이 인상적이었다.

아마도 저 문지기의 오늘 밤 술안주는 염소 구이가 될 것이다.

우리는 미쉘의 집에 들러 산양을 해체해 달라 하기로 했다. 아주머니는 사냥꾼의 아내인 만큼 사냥감 해체에도 능숙하다.

게다가 미쉘의 집에는 다양한 사냥 도구가 있어서, 해체용 도구 같은 것도 많다.

큰 사냥감을 잡아왔기 때문에 아주머니도 의욕적으로 해체를 맡아주었다.

작업이 끝나기를 기다리는 동안 우리는 차를 대접받으며 몸을 쉬기로 했다.

체력적으로는 아직 여유가 있었고, 사냥감이 너무 커서 일찌감치 철수했기 때문에 시간은 아직 여유가 있었다.

평소 사냥감은 작은 토끼나 새 정도라 그 뒤로 몇 번인가 전투를

할 시간이 있다. 하지만 오늘은 그것들을 사냥해도 갖고 돌아올 여유가 없는 큰 녀석이었기 때문에 이른 귀환도 어쩔 수가 없다.

잠시 시간이 지나고 아주머니가 작업방에서 작게 나눈 꾸러미를 들고 나왔다.

"자, 되었다."

"감사합니다."

해체하느라 피로 물든 앞치마를 벗고, 아주머니는 가죽 자루 세 개를 테이블 위에 올려놓았다.

잡아 온 사냥감은 모두가 정확하게 3등분. 평소의 규칙이었다.

"이렇게나 많이 받아도 괜찮겠니? 어차피 오늘도 니콜 님이 앞에서 고생해 주었지? 우리 아이 따위는 뒤에서 픽픽 쏘고만 있었을 텐데."

"엄마, 너무해~."

"괜찮아요. 저 혼자서는 잡을 수 없으니까요."

"니콜 님은 연약하니 말이지~. 미쉘이 앞에 서면 좋겠지만."

"각자 역할이 있으니까요. 그리고 님은 붙이지 않아 주셨으면 좋겠는데."

"그럴 수는 없지! 우리는 라이엘 님께 어마어마한 은혜를 입었으니까!"

이것도 몇 번이나 반복되었던 대화다.

미쉘네 가족은 라이엘의 원조로 라움까지 왔다. 그 딸인 나에게 남들보다 더 은의를 느끼고 있었다.

"저도 일단은 후작가의 영애인데……."

"레티나는 고귀함이 느껴지지 않으니까."

"그게 무슨 소리야!"

미쉘과 레티나가 서로 뺨을 잡아당기고 있다. 이 두 사람은 이러니저러니 해도 같은 레벨에서 어울리고 있구나.

주로 레티나가 밑으로 떨어지는 것이지만.

"그럼, 이만 가 보겠습니다. 해체해 주셔서 감사합니다."

"이쪽이야말로. 저녁 식사에 좋은 반찬이 되겠구나."

"저도! 어머님께 좋은 선물이 될 거예요!"

"그럼, 미쉘. 내일 보자."

"응, 내일 봐!"

"덤으로 레티나도."

"저는 덤인가요?!"

시끌벅적하게 서로 손을 흔들고 우리는 각자 집으로 돌아갔다.

산양에서 피를 빼고 고기만을 나눈 자루는 그것만으로도 5킬로그램 정도 된다.

나는 그것을 들쳐 메고, 비틀거리는 발걸음으로 집으로 향했다.

코르티나의 집은 미쉘의 집 옆이라 편하다. 조금 먼 레티나는 상당히 중노동일 것이다.

"다녀왔어~."

"어서 오세요, 니콜 님."

내가 돌아오자 안쪽에서 피니아가 서둘러 달려왔다. 왠지 그 표정에 안심되는 듯한 감정이 드러나 있다.

"응, 무슨 일 있었——. 어라?"

코르티나의 집은 신발을 벗고 생활하는 구조다.

그리고 현관 입구에는 각자의 신발이 놓여 있다. 그곳에 있는 신발의 수가 확연하게 많다.

"누구 왔어?"

"예. 라이엘 님과 마리아 님, 가들스 님과 맥스웰 님이요."

"전원이잖아."

"뭐, 그렇네요. 솔직히 시중을 드는 것도 주눅이 들어요."

"아아, 그래서 안심하고 있구나?"

"으……. 비, 비밀이에요."

라이엘과 마리아, 코르티나라면 피니아도 이미 익숙해졌다.

하지만 얼핏 성격이 괴팍해 보이는 가들스에 이 나라의 왕족이기도 한 맥스웰까지 있다면 긴장하는 것도 어쩔 수 없다.

"어째서 여기 모인 거야?"

"그게, 맥스웰 님이 뭔가 새로운 정보라는 것을 얻으셨대요. 그걸 들은 코르티나 님이 전원을 소집하셔서."

"흐~응……? 아, 이거 선물. 산양을 잡았어."

"오오, 굉장하네요! 산양은 조금 냄새가 강하니까……. 그래요, 붉은 와인과 타임을 넣고 끓여서 스튜로 만들어 보죠."

"와."

다시 태어나 여자가 되었어도, 고기는 정의다.

지금은 많이 먹을 수 없지만 그래도 고기와 단 것은 내가 좋아하는 음식이다.

"그러면 나는 몸을 씻고 올게."

"그 전에 여러분께 인사를 드려야죠."

"아, 그렇지."

라이엘과 마리아는 매일 밤 쳐들어오고 있지만 가들스는 거의 얼굴을 보이지 않는다.

맥스웰에게도 항상 신세를 지고 있으니 인사 정도는 해두는 편이 좋을 것이다.

짧은 복도를 지나 거실에 들어가 보니, 그곳에는 긴박한 표정을 짓고 있는 옛 동료가 있었다.

"다, 다녀와써요. 무슨 일이야~?"

"어서 오렴, 니콜. 조금 상담할 일이 있었을 뿐이란다."

살짝 말이 꼬이면서 인사하는 나에게, 평소 기색으로 돌아온 마리아가 웃음을 지어 보였다.

하지만 그 얼굴도 조금 딱딱하다.

"무슨 일 있었어?"

"응. 파파랑 마마, 잠시 라움으로 이사를 올까 싶어서."

"어? 어째서?"

라이엘에게는 지켜야 할 마을이 있다. 마리아도 마찬가지다. 그런데 라움으로 온다는 것은 상당히 큰일이다.

"옛날 동료를 찾았을지도 몰라."

"옛날 동료……? 그거, 레이드―― 님?"

내가 아는 한 마리아와 라이엘 공통의 동료라고 하면 우리 육영웅뿐이다.

그리고 이 자리에 없는 육영웅이란, 나밖에 없다.

요전의 그 일 때문인가? 하고 순간적으로 원인을 깨달았다. 그렇다고 해서 바로 나에게 도달하는 것은 불가능할 터.

애초에 알려졌다면 이렇게 느긋하게 대화를 나누고 있을 수가 없을 것이다.

"찾았……어?"

나를 말하는 것이 아니다. 내가 레이드라고 들킨 것이 아니다. 그것을 이해하고 있으면서도 등줄기에 식은땀이 타고 흐른다.

그럼 마리아와 라이엘은 대체 누구를 찾으러 온 것인가.

"아니, 아직 '있는 모양이다' 라는 것을 알게 되었을 뿐이란다."

"그래. 마침내 확정이라고 봐도 좋을 정보가 나와서 말이다. 니콜도 부모 일이니까 이야기하는 편이 좋겠지."

그렇다며 맥스웰은 지금에 이르는 흐름을 이야기해 주었다.

역시, 일의 발단은 내가 구출한 마치스가 있던 집이었다.

"물론 그곳의 주민은 이미 죽었다. 하지만 건물이 탄 자국 이곳저곳에서 기묘한 흔적이 발견되어서 말이다."

"흔적?"

"그래. 문 가장자리나 창문의 창살, 마구간의 기둥 등에 베인 듯한 자국이 남아 있었던 게다. 본래 다소 단단함이 있는 금속 실을 마치 부드러운 실처럼 다루고 있더구나."

"어, 어떻게 안 거야?"

"그야 절단면에시 금속 가루가 발견되었고, 그것을 기둥 같은 곳에 묶는 것은 쉬운 일이 아닐 터이니 말이다. 묶는 것만이라면 모를까, 그것을 풀려고 한다면 특수한 기술이 필요하지."

"게다가 그 흔적이 우리에게는 대단히 익숙한 자국이었다는 모양이라지 뭐니. 즉——."

맥스웰의 말을 받아 마리아가 뒤를 이었다. 거기까지 듣고 나도 확신했다.

그것은 전부 적을 매달거나 함정을 설치했을 때 쓴 강사의 흔적이다.

"레이드의 함정 흔적이야. 그리고 마치스의 증언. 검정 일색의 작은 인영."

"처음에는 드워프나 소인족 암살자인가 싶었다만 만약 이것이 어린아이였다면…… 레이드가 환생한 시기와 딱 맞아 떨어지는구나."

"레이드가 다시 태어났다고 한다면, 어째서 우리를 만나러 오지 않는지 이상하다만……."

그것은 이름을 밝힐 수 없는 처지이기 때문입니다. 더 추궁하지 말아 주세요. 부디.

"아무튼, 그런 가능성이 있는 이상 우리는 그를 찾고 싶단다."

"그, 그렇구나……."

나는 공허한 표정으로 그렇게 중얼거릴 수밖에 없었다.

내가 환생했을 가능성을 알아채고 의욕이 상승한 육영웅들. 하지만 나를 찾기 위해 마을을 버리고 라움으로 오겠다는 라이엘과 마리아를 보고, 나는 심각해질 수밖에 없었다.

이미 두 차례나 대활극을 펼쳤기 때문에 내 흔적은 이 도시 이곳저곳에 남아 있다. 코르티나가 나를 돌봐주느라 바쁘기 때문에 별로 주목받지는 않았지만, 라이엘과 마리아가 온다면 이야기가 달라진다.

특히 마리아는 의외로 눈치가 빠르다. 내가 여러모로 암약하는 이 도시에는 가급적 오지 않기를 바란다.

코르티나도 나를 돌보는 것에서 해방되어 원래의 사고력을 되찾을 것이다.

게다가 그들이 오게 된다면 나는 진심으로 모습을 감출 것이다. 그렇게 되면 라이엘과 마리아는 헛걸음만 하게 된다. 그것은 너무나 불쌍하다.

그렇다고 해서 '실은 내가 레이드의 환생이었습니다. 에헷.' 같은 소리를 꺼냈다가는…… 앞으로의 생활조차 불안해지고 만다.

적어도 나는 마리아의 가슴을 빨았던 경험이 있고, 여성 전원과 목욕하고, 마사지까지 받고, 피니아와 코르티나에 이르러서는 마력흡인을 위해 아침과 밤에 입술을 맞대고 있는 사이였다.

"말할 수 있을 리가 없어~……."

"응? 무슨 일 있으신가요, 니콜 님."

"아, 아무것도 아니야."

피니아는 항상 내 뒤에서 대기하고 있다. 이것은 라이엘과 마리아가 와도 변함없는 습관이다.

그렇기에 그녀는 내가 저도 모르게 흘리고 만 고뇌를 들을 수 있다. 그 내용까지 듣지 못한 것이 그나마 다행이다.

"기다리렴, 니콜. 마마가 새로운 친구를 찾아줄 테니까!"

풍만한 가슴을 펴고 승리 포즈를 취해 보이는 마리아. 이미 40세에 가까워졌는데도 파릇파릇하니까 그런 동작이 잘 어울린다.

　하지만 그것은 그렇다 치고 말없이 배웅할 수는 없다. 아무리 그래도 처음부터 헛수고라는 것을 알고 있는데 이사하게 그냥 두는 것은 불쌍하다 싶다.

　어떻게든 이유를 만들어 이사를 저지하지 않으면 내 양심은 심각한 대미지를 입고 말 것이다.

　"저, 저기⋯⋯."

　"응, 왜 그러니? 걱정이 되는 걸까? 괜찮아. 마마는 굉장히 강하거든!"

　"그건 알고 있어."

　그게 아니야, 마리아. 자, 어떻게 이유를 쥐어짜야 할까.

　나라는 것을 들키지 않고, 그러면서 연령적으로도 이상하지 않은 이유라고 한다면──.

　"그런 게 아니라, 마마까지 마을을 떠나 버리면 돌아갈 장소가 없어진다고 할지, 고향 집이 없어진다고 할지⋯⋯."

　"아, 그렇네⋯⋯. 니콜에게 마을은 고향이니까."

　현재 마리아가 텔레포트 마법을 습득한 덕분에, 나는 매일 밤 마리아와 만날 수가 있다.

　하지만 두 사람이 이쪽으로 이사를 오면 반대로 북쪽 마을로 돌아갈 이유가 없어지고 만다. 라이엘도 북부에서의 기사 지위는 반납하게 될 것이다.

　그렇게 되면 본격적으로 마을로 돌아갈 이유가 없어지게 된다.

나는 모르겠지만 미셸에게는 고향이라고 할 수 있는 마을과의 관계가 끊어지고 만다.

미셸의 부모도 이 라움에 뿌리를 내리고 있으니까.

"응, 그러니까──."

"하지만 우리에게 레이드는 가장 소중한 동료란다."

"그건 대단히 고마운 말이지만."

"응?"

"아니, 그게 아니라, 그러니까……."

어떻게 하면 포기해 줄 것인가. 나는 필사적으로 머리를 공회전시켰다.

공회전이니까 별로 좋은 생각이 떠오르지를 않는다. 아니 그런 것이 아니라…… 그게 그러니까.

"그 아이도 어린아이잖아? 그렇다면 엄마가 있을 테니까."

"아, 그런가…… 레이드가 라움에 살고 있다고는 단정할 수 없겠네. 만약 다른 장소에 살고 있는 것을 발견해서 억지로 데리고 왔다가는 부모와 떨어지겠구나."

"상대의 처지를 가장 먼저 생각하다니, 니콜은 상냥하구나. 역시나 나의 천사다워."

필사적으로 이유를 생각했던 탓에 등 뒤로 몰래 다가온 라이엘을 알아채지 못했다.

나는 뿌리칠 수 없는 괴력으로 껴안는 녀석을 피하지 못하고, 단단히 붙잡히고 말았다.

"흐게에에엑!"

"확실히 레이드가 다시 태어났다고 해도 아직 어린아이야. 목격 증언을 봐도 반마인으로 다시 태어난 것도 아닌 모양이니까, 부모 곁에서 자라고 있을 가능성은 크겠지."

"꾸에에에엑!"

"지금은 억지로 찾아내지 말고, 스스로 나설 때까지 기다리는 것이 어떨까?"

"내, 내용물이 나와…… 나와 버려…… 나와 버린다고오~."

"그렇네. 생각해 보면 어린 몸으로 이 라움에 있다는 것은, 어쩌면 이 도시에 살고 있다거나 가까운 곳에 살고 있으면서 도시에 드나들고 있을 가능성이 커. 서두를 필요는 없을지도."

"주, 주거……."

"게다가 레이드가 진심을 드러내면 우리가 발견할 수 없는 것도 사실이야. 본인이 자신을 드러내지 않는 데는 그만한 이유가 틀림없이 있을 거야."

"확실히 그래. 지금은 기다려야 할 때일지도 몰라. 그가 발견되었다는 말을 듣고 나도 냉정함을 잃었던 모양이네. 그리고 슬슬 니콜을 풀어줘. 얼굴이 새파래."

"어이쿠, 미안하다."

근력을 보조할 방법은 생겼지만 육체적인 강도만큼은 어떻게 할 방법이 없다.

나는 평균보다도 약간 허약한…… 아니, 몹시 허약한 일곱 살 아이에 지나지 않고, 라이엘은 인류의 역사에서도 손꼽히는 강한 힘의 소유자다.

그런 녀석이 나를 꼼짝하지 못하게 껴안으면 어떻게 될지는 말할 필요도 없다.

나는 축 늘어져 바닥에 주저앉았다. 피니아가 황급히 나를 받쳐 주었다. 그대로 나를 바닥에 눕히고 무릎베개로 이행했다.

실로 훌륭한, 물 흐르듯 자연스러운 연속 동작이었다.

"뭐, 찾아내도 부모 곁에서 떼어내지만 않으면 될 이야기지만."

"하지만 코르티나 넌 그것을 참을 수가 있어?"

"으."

"거기에 레이드가 있고 너와 떨어진 장소에 있는데, 함께 있지 않는다는 것을 견딜 수가 있을까?"

마리아는 반쯤 장난치는 듯한 표정으로 코르티나에게 따져 물었다. 그리고 코르티나도 떫은 표정을 지으며 침묵했다.

아마 코르티나가 가장 나에게 집착하고 있을 것이다. 그렇기에 나를 발견하면 데리고 돌아오지 않을 수는 없을 것이다.

마리아는 그것을 야유하고 있는 것이다. 애초에 그 장본인이 지금 여기에 있지만.

"으으…… 알았어! 일단, 레이드에 대해서는 현상유지로 하자. 그 녀석도 자기 생활이 있을 테고, 만나고 싶어지면 알아서 오겠지."

"그렇네. 내가 억지로 환생시킨 거니까 더 풍파를 일으키는 것도 불쌍하다 싶은걸."

"나는 상관없지만 정말로 코르티나는 괜찮겠어?"

"여보, 분위기 파악해."

코르티나로서는 좋을 리가 없다. 그래도 내 생활을 고려해서 현상유지를 선택했다. 그 선택을 허사로 만드는 라이엘에게 마리아는 가차없이 팔꿈치를 때려 넣었다.

　퍽하는 둔탁한 소리가 나더니 라이엘이 바닥에 엎어졌다.

　정확하게 명치에 꽂혔구나.

　아무튼 라이엘과 마리아의 이사는 저지할 수가 있었다.

　그 뒤에 늘 하는 연회가 강제로 열리고――들스와 맥스웰이 있었기 때문에 피니아만 준비하느라 불쌍하게 되었다――밤이 지날 무렵에야 간신히 해산했다.

　그날은 클라우드의 단련도 쉬기로 했기 때문에 나도 느긋하게 쉴 예정이었다.

　방 침대에 몸을 내던지고, 조금 전 떠들썩했던 열기를 호흡과 함께 내뱉어 몸과 마음을 진정시켰다.

　"어린아이를 혹사하는 것은 몸을 망가트리는 원인이야. 적당한 휴일은 필수란 말이지."

　입으로 내뱉어 보니 푹하고 내 머리에 도로 꽂힌 기분이 들었지만, 지금은 신경 쓰지 않도록 하자.

　힘을 빼고 가볍게 명상. 그리고 한숨 돌리고 나서 몸을 일으키고, 이 기회에 장비를 점검하고자 준비하기 시작했다.

　발판을 챙기고 벽장으로 다가가, 안쪽 제일 위에 있는 판자를 벗겨 그 안쪽에 숨긴 도구류를 꺼냈다.

　나는 훈련 때 몸에 실을 감기 위해 검은 가죽 재킷과 튼튼한 천으로 된 니삭스, 거기에 셔츠와 스패츠를 착용하고 있다.

신발도 무릎 아래까지 오는 부츠를 착용하기 때문에 피부 노출은 거의 없다. 그 대신에 몸의 라인은 잘 드러나지만 재킷 아래는 바람의 영향을 잘 받지 않는 디자인이다.

옷은 피니아가 만들어 준 것으로, 미쉘과 사냥에 나갈 때를 상정해 코디네이트해 주었다.

숲속에서 장식이 많은 옷은 방해가 된다. 게다가 색조가 화려한 것도 동물에게 들키기 쉽다.

드물게 검정색을 주체로 통일한 것에는 그런 의미가 있다.

"그렇다고는 해도 최근에는 묘하게 고생했으니까 말이야."

겉옷은 이곳저곳이 터지기 시작했고 피아노선에도 피나 먼지가 엉겨붙었다.

"겉옷 쪽은 나는 못 고친단 말이지. 피니아에게 수선을 부탁해 둘까."

내 힘으로는 두꺼운 옷감에 바늘을 찌르기 어렵다. 아무리 실이 근력을 보충해도 손끝 힘까지 보조하는 것은 불가능에 가깝다.

이 겉옷은 사냥에 나갈 때도 입고 있기도 해서, 피 같은 것이 묻어도 수선을 부탁하기 쉽다.

들키면 안 되는 전투 흔적이나 노골적인 핏자국을 비벼 지우고, 나는 다음 작업으로 넘어갔다.

강사는 내 전투술의 핵심인 만큼 마모와 소모가 심하다. 역시 이것에도 피와 먼지가 엉겨붙어서 정비용 기름으로 정성스럽게 닦아냈다.

"이렇게 하더라 이 이상은 한계려나? 새로운 피아노선을 조달해야겠네~."

오히려 피아노선이라면 소모가 너무 빨라서 효율이 나쁘다.

전생에서는 어떤 대장장이가 미스릴 실을 조달해서 그것을 내 전용으로 조정해 주었다.

게다가 그 실을 한 손에 다섯 가닥, 한 가닥이 100미터 넘게 들어가는 장갑을 만들어 줘서 애용했었다.

그 무기는 내 상징이기도 해서…….

"어라? 그러고 보니까 그 장갑은 어떻게 되었지?"

내가 죽은 뒤, 장비가 없어졌을 리가 없다.

즉, 내가 애용한 장갑은 어딘가에 남아 있어도 이상하지는 않을 것이다. 게다가 육영웅의 장비다. 부수거나 녹이거나 해서 다른 재료로 삼았다고는 생각하기 어렵다.

"그렇다는 건, 누군가가 보관해 주고 있으려나?"

가장 가능성이 높은 것은, 내 마지막에 달려와 주었을 코르티나와 나에게 리인카네이션(환생)의 마법을 걸었다고 추측되는 마리아다.

하지만 마리아의 집에도 이 코르티나의 집에도, 그런 물건은 없었다.

척후직을 담당했던 내 탐색으로도 둘의 집에서 장갑을 찾지 못했다. 물론 사룡의 소재를 각자가 숨겨서 보관하고 있으니까 그런 장소에 감췄을 가능성도 있다.

하지만 내 유품도 같은 장소에 방치했다고 보기는 어려웠다. 그 장갑은 정밀한 장치를 탑재해서 정기적인 정비가 필수적이기 때문이다.

　그것을 귀찮은 비밀 장소에 보관하는 것은 효율이 너무 안 좋다.

　"코르티나가 맥스웰에게 맡겼으려나?"

　맥스웰의 저택에 있는 보물고라면 나라도 확인할 방법이 없다.

　왜냐면 이 도시에서 가장 엄중하게 경비되니까. 이 도시에서, 아니 이 세계에서 가장 안전한 보관 장소일지도 모른다.

　"하지만 그곳이라면 나도 손댈 수가 없으니까 말이지…… 역시 한동안은 피아노선으로 대용해야 하나."

　나는 일주일에 두 번 음악실에 가고 있다.

　표면적으로는 클럽 활동으로 참가하는 것이지만 실제로는 몰래 피아노선을 조달하는 것이 목적이다.

　열심히 나에게 악기 연주를 가르쳐 주고는 만들어지는 소음에 몸부림치는 음악 교원에게는 살짝 미안한 마음이 있었다.

　아무래도 바이올린 같은 현악기에는 내 실 조작 능력이 영향을 미치지 못하는 모양이다.

　"너무 소비가 심하면 의심하니까 말이지. 역시 실에 의지하지 않는 전투 방식도 생각해야겠어……."

　턱에 손을 대고 생각에 잠겨 있었더니 내 방문을 두드리는 소리가 들렸다. 이 힘찬 노크 소리는 피니아가 아니구나.

　그렇게 판단한 직후, 예상대로 코르티나의 목소리가 들려왔다.

　"니콜, 자니? 잠깐 괜찮을까?"

　"아, 응. 잠깐 기다려."

지금 내 방에는 사냥용 옷과 길게 풀어둔 피아노선이 어지러이 널려 있다.

옷만이라면 모를까, 이 실을 보였다가는 아무리 그래도 변명할 여지가 없다.

황급히 실을 감아 상자에 쑤셔 넣고는 침대 밑으로 밀었다. 감추기에는 너무 흔한 장소이지만, 본격적으로 감추는 장소는 이곳이 아니니까 일단 숨겨두려고 한 것이다.

"들어와~."

"밤늦게 미안해~."

"괜찮아."

잠옷을 입은 코르티나가 문을 열고 들어왔다.

헐렁한 잠옷은 가슴골이나 배꼽이 슬쩍슬쩍 보여서 무방비하기 그지없다.

내가 아직 남자였다면 그대로 침대로 데려갔어도 이상하지 않은 모습이다. 지금의 나는 덮쳐도 아무것도 할 수 없지만…….

"아, 사냥 도구를 정비하고 있었구나? 기특하네."

"그렇지도 않아."

실은 감췄지만 방에는 아직 까만 사냥용 옷이 방치된 상태다.

이것은 딱히 보여도 문제없으니까 감추지 않았을 뿐이다.

"이곳저곳이 터지기 시작했으니까."

"미쉘이랑 열심히 하고 있으니까. 조금 무리하는 게 아닐까 싶지만."

"레티나도 있으니까 괜찮아."

"그래, 그렇구나. 니콜은 우등생이네~."

가늘고 부드러운 손가락이 내 머리를 쓰다듬는다. 꼬리도 기분 좋게 흔들리고 있었다.

아무래도 아까 있었던 논의…… 나를 찾지 않는다는 결론에 뒤끝은 남지 않은 모양이다.

"그래서, 무슨 일로 왔어?"

"아~ 그거 말이지. 응, 아까 한 이야기 말이야~."

뒤끝은 남지 않은 줄 알았더니, 그렇지도 않았나? 내가 그렇게 수상쩍은 표정을 짓고 있으니 코르티나는 황급히 손을 흔들어 부정했다.

"아, 아니야. 조금 전 내린 결론에 이의는 없어. 하지만 뭐랄까, 감정 같은 건 제대로 정리하는 데는 시간이 길리잖아?"

"응."

"그래서 말이야. 모두 함께 시원하게 바람이나 쐬러 가볍게 여행을 가 보지 않을래? 그 왜, 곧 있으면 학교도 연휴가 있잖아? 장소는 이 근처에 있는 엘프 마을인데 온천이 있거든."

그러고 보니 수영 연습장을 만드느라 무리했으니까 다음 주에는 연휴가 설정되어 있다.

코르티나는 그 기간을 이용해서 여행을 가자고 생각한 것이다.

"나쁘지 않을 것 같아. 근데 모두랑?"

"나랑 니콜이랑 피니아. 그리고 미쉘이랑 레티나는 가고 싶다고 하면 같이 가."

"라이——.파파는 안 불러?"

"아…… 그 녀석들을 불렀다가는 오늘처럼 될 테니까."

라이엘도 술버릇이 나쁜 것은 아니지만 가들스나 맥스웰이 함께 있으면 도가 지나친 경향이 있다.

역시 동료 사이이고, 떨어져 있던 시간이 길었던 만큼 아쉬운 마음이 있었을 것이다.

"피니아에게도 쉴 시간을 준비해 줘야지."

"응, 그건 좋은 생각이라고 생각해."

오늘도 그렇지만 피니아는 뒤에서 요리나 청소, 빨래 등으로 쉬지 않고 가동하고 있다. 이 도시에 오고 나서는 검술 단련도 하고 있었다. 나보다 혹사하고 있을지도 모른다.

더구나 오늘 밤의 소동도 있고 하니 틀림없이 상당히 피로가 쌓였을 것이다.

"그러면 결정됐네. 다음 주 연휴에 출발하고 싶으니까, 미쉘과 레티나에게 참가 의사를 확인해 줘."

"알겠습니다~."

척하고 경례를 하면서 나는 승낙의 뜻을 전했다. 이렇게 해서 다음 주, 우리는 가벼운 여행을 떠나게 되었다.

연휴는 주말을 포함해서 4일이다. 이 기간을 이용해 2박 3일 온천 여행을 기획했다.

목적지인 온천 마을은 라움에서 숲속을 몇 시간 들어가면 있는 엘프 마을에 있다.

엘프 마을이라고 해서 엘프밖에 없는 것은 아니고, 다른 종족도 존재한다. 원래는 엘프들이 모여 사는 마을이었지만 마을 옆에 온천이 생겨서 다른 종족도 찾아와 환락가로 발전한 것이 기원이었다.

그렇기 때문에 다른 도시보다 엘프의 비율이 높아, 엘프 마을이라고 불리는 일이 많다.

정식 명칭도 있었을 텐데 대체로는 온천 마을이나 엘프 마을로 불리고 있다.

원주민인 엘프들이 마을의 이름을 부르지 않았다는 것도 이유일 것이다. 그들은 마을 이름이 아니라 촌장의 이름을 지명으로 삼는 관례가 있다.

이 관례 때문에 지명이 자주 바뀌는 문제가 발생했기 때문에, 주위 다른 종족은 '이제 그냥 엘프 마을로 부르자'가 된 것이다.

이 마을까지는 숲을 개척한 작은 길이 교역로로 연결되어 왕래는 별로 어렵지 않다. 기껏해야 네 시간 정도 걸으면 도착할 수가 있다.

참가하는 멤버는 나와 피니아와 코르티나. 그리고 피셸과 레티나를 포함한 다섯 명이다.

부모들은 일이 있어서 참가할 수 없었다고 한다.

레티나의 부모님도 '코르티나가 인솔해 준다면 괜찮다'며 허가해 주었다.

그런 이유로 이른 아침부터 온천 마을을 향해 출발한 우리였지만, 그 여정은 상상 이상으로 험난했다.

구체적으로, 나에게는…… 이었지만.

"허휴～ 허휴～…….."

"니콜 님, 또 그러신가요?"

"체력 부족만큼은 어떻게 할 수 없어."

나는 정비된 길에 양손을 짚고 풀썩 주저앉았다.

마력축과증은 트리시아 보건의가 처방해 준 약 덕분에 현재 완전히 억제되었다.

이전처럼 급격하게 피폐해져 실신하는 사태는 없지만, 그렇다고 해서 이전부터 있던 허약 체질까지 사라진 것은 아니다.

특히 숲길은 햇빛이 차단되어 습도가 높고 살랑살랑 부는 바람이 미묘하게 체력을 빼앗아 간다.

적당한 시간이라면 기분 좋은 환경이지만 오랜 시간 걷게 되면 이야기가 다르다.

코르티나도 그 부분은 파악하고 있어서, 나에게 수통을 넘겨주고 잠시 휴식을 취해 주었다.

"한 시간 걸을 수 있게 되었으니까 발전한 거야. 시간에는 여유가 있으니까 이쯤에서 잠시 휴식하자."

"나도 참 한심해."

"어쩔 수 없어. 오히려 너희가 나이에 비해 너무 건강한 거야."

코르티나가 미쉘과 레티나를 가리키고 그렇게 지적했다.

확실히 미쉘은 나이에 어울리지 않게 체력이 있어서 10대 소녀와 비교해도 손색이 없을 정도로 활력이 넘쳤다.

반대로 도시에서 자란 레티나는 사실은 야외 활동에 익숙하지 않아서 처음에는 힘이 넘치면서도 지치는 게 빠르다.

지금은 여유를 보이고 있지만 앞으로 30분만 걸으면 나와 마찬가지로 추태를 드러냈을 것이다. 틀림없이 그럴 것이다.

"니콜, 병이 나은 게 아니었어?"

"아니, 나았어. 단지 체력이 아직 붙지 않았을 뿐이야."

"어쩔 수 없네요. 여기서 잠시 쉬도록 해요."

"그거, 벌써 코르티나가 말했잖아."

살짝 리더인 척하고 싶은 나이일 것이다. 평평한 가슴을 펴고 그런 지시를 날리는 레티나를, 나는 흐뭇한 느낌으로 바라보고 있었다.

하지만 꼼짝할 수 없는 상태임은 확실하다. 내 다리를 피니아가 바지런하게 마사지해 주고 있다. 부드럽고 따뜻한 손가락의 감촉이 기분 좋다.

완전히 리타이어 상태인 나를 보고 코르티나는 걱정스럽다는 듯이 상태를 물었다.

"괜찮아? 마력이 넘치거나 하지 않아? 흡인하지 않아도 돼?"

"응. 그건 괜찮아."

"칫."

"어째서 혀를 차는 건데?!"

지금의 나는 강제적으로 해방력을 연 상태인지라, 그것을 방출하는 요령을 배울 때까지는 타인의 보조가 필요하다.

그것을 어째선지 피니아와 티나는 '포상'으로 여기고 있어, 아침과 밤의 흡인작업을 하려고 서로 벼르고 있었다.

솔직히 나로서는 두 명의 미소녀와 입술을 맞댈 수가 있으니까 매우 환영하고 싶지만…… 물론 두 사람에게는 비밀이다.

통행에 방해가 되지 않도록 길 가장자리로 대피하면서 미지근한 물을 입으로 가져갔다.

조금 몸이 차가워졌으니까 따뜻한 술이라도 마시고 싶은 기분이지만, 사치스러운 소리는 할 수 없다.

그 이전에 이 몸은 알코올에 너무 약해서, 술을 입에 댄 순간에 취해서 쓰러지고 말 것이다.

하다못해 우유라도 있으면 좋겠지만, 내 휴식을 고려해 반나절을 예상하고 여정을 잡아서 상하기 쉬운 것은 배제했다.

"아, 그렇지. 니콜, 잠깐 기다려 봐."

"으응?"

코르티나가 내 수통을 빼앗아, 무언가 나뭇잎 같은 물건을 넣고 나서 다른 자루에 담았다.

그리고 그 자루를 바닥에 놓고 틴더(점화) 마법을 사용해 데운다.

이 마법은 이그나이트(발화)보다 소규모 불을 발생시켜서 이렇게 작은 물건을 데우는 데 편리한 마법이다.

수통을 넣은 자루는 불연성 천이므로 틴더 마법으로 데우더라도 불에 타는 기색은 없다.

그렇게 해서 한동안 데운 뒤, 꺼낸 수통의 내용물을 휴대용 컵에 따라 나에게 건넸다.

"자, 마셔."

"응, 이건?"

"말린 살구를 물에 넣어서 데운 거야. 부족해 보이는 표정을 짓고 있었으니까."

"으…… 얼굴에 보였어?"

"조금이지만. 니콜은 아직 어리니까, 참을 필요가 없어."

어린아이 취급을 당하고 있지만, 사실 내용물은 다 큰 어른에, 게다가 남자다.

그야 참을성을 보일 수밖에 없는 것이다. 나는 겸연쩍은 마음으로 컵을 입에 댔다.

살구의 은은한 단맛과 신맛이 물에 배어 마시기 쉬운 맛이 되어 있다.

그것을 마시고 싶은 듯이 미쉘과 레티나가 바라보고 있었다. 코르티나도 그것을 눈치채고 수통의 물을 다른 컵에 따라 건넸다.

"자, 미쉘과 레티나도 마셔. 피니아도 조금 쉬도록 해."

"예, 일단락되면 그렇게 할게요."

"미안해, 피니아."

"오히려 포상이에요."

"어?"

스커트에서 뻗어 나온 마른 가지처럼 앙상한 내 다리를 주물럭 거리며, 피니아가 대답했다.

아무래도 요즘 그 충성심이 이상한 방향으로 성장하는 것 같다. 그 대신에 자학적인 성격은 조금씩 나아지는 모양이라, 좋은 경었다. 더군다나 개중에는 엘프 여성까지 섞여 있었다.

하지만 상인이란 대체로 인상이 좋은 법이다. 겉으로만 봐서는 판단할 수 없는 직업이다.

물론 엘프 중에도 악인은 있다. 하지만 인간에 비하면 적은 것도 사실이다.

다소 폐쇄적이고 보수적이기는 하지만 좋든 나쁘든 선량한 종족인 것이다. 오히려 맥스웰처럼 무책임한 성격인 사람이 더 드물다. 그 할아범은 인간 세상에 너무 물들었다.

결국 경계하지 않는 것은 위험하다는 결론에 도달하고, 나는 느슨해진 마음을 다잡았다.

"아아, 아니요. 이 아이가 조금 지치고 말아서요. 잠시 휴식을 취하고 있었을 뿐이에요."

코르티나는 점잖은 말투로 질문에 대답했다.

희미하게 경계심을 드러내고 있지만 긴장하지는 않았다. 이 상인에게서 악의를 못 느끼고 있을 것이다. 처음 대면한 상대인 만큼 약간 경계심이 있는 정도다.

그러자 호위하는 모험가 중—— 엘프 여성이 앞으로 나섰다.

"지쳤단 말이지. 조금 봐도 괜찮을까?"

"아, 예…… 보세요."

피니아가 자리를 양보하고, 엘프 여성에게 내 다리를 보였다.

긴 금발을 나풀거리는 엘프는 내 앞에서 무릎을 꿇고, 싱긋 미소 짓고 자기소개를 했다.

"안녕. 나는 하우메아, 보이는 대로 엘프야."

향인지 나쁜 경향인지 판별이 되지 않는다.

그렇게 해서 우리가 길가에서 쉬고 있을 때, 마차 한 대가 우리를 지나쳤다.

가도를 따라서 이동하는 흔한 행상 마차다. 호위하는 모험가를 고용하고 있는 것도 흔히 볼 수 있는 광경이다.

보아하니 아는 사이는 아닌 모양이라, 코르티나는 황급히 모자를 써서 고양이 귀를 감췄다.

푹신푹신한 꼬리는 여행용 망토에 가려서 그쪽에서는 보이지 않는다.

밝은 금발과 묘인족의 조합은 의외로 드물다. 아는 사람이 보면 한눈에 코르티나임을 간파할 것이다. 코르티나는 육영웅으로 명성도 높지만 동시에 적도 많다. 그것을 걱정해서 한 행동이다.

길가에서 다리를 주무르고 있는 나를 보고, 고삐를 잡고 있던 남자가 마차를 세웠다.

그 남자──아마도 행상인일 것이다──가 걱정스러운 표정으로 이쪽에 말을 걸었다.

"처음 뵙겠습니다, 저는 순회상인인 빌 위스라고 하는 사람입니다. 뭔가 문제가 있으십니까?"

살짝 풍채가 좋은, 누가 봐도 상인으로 보이는 남자가 그렇었다.

얼핏 보기에도 인상 좋은 남자로 딱히 악의가 있는 것처지지는 않는다. 주위를 둘러싼 모험가도 험악한 느낌

"안녕하세요. 니콜이에요."

서로 인사를 나누고 깨달았는데, 이 엘프는 의외로 나이를 먹은 것처럼 보였다.

월등한 수명을 지닌 엘프는 생김새로 연령을 파악하기 어렵다. 맥스웰은 그중에서도 수명에 상당히 가까워졌기 때문에 특히 늙어 보일 뿐이다.

그녀는 내 다리를 몇 번인가 주무르고 용태를 살폈다.

"지친 것치고는 근육이 별로 굳지 않은 느낌이 드네."

"이 아이는 특히 지치기 쉬운 체질이라요."

"확실히 전체적으로 근육이 적네. 그리고 피부가 굉장히 매끄러워. 마치 귀족의 아이 같아."

"이 아이는 몸이 약해서 최근까지 집 안에만 있었거든요."

하우메아는 코르티나와 내 몸 상태에 관한 정보를 주고받고, 벨트 파우치에서 몇 장의 들풀을 꺼냈다.

물을 뿌려 풀을 적시고 정성스럽게 주물러 진득하게 만들었다.

그것을 내 장딴지와 뒤꿈치에 붙이고 손수건으로 고정한다.

"간이 습포야. 효과는 아주 뛰어날 거야."

"감사합니다. 그거, 밀드의 잎이죠?"

"어머, 잘 알고 있네. 그래, 맞아. 해열제로도 사용되는 그거. 피부의 열을 빼앗는 효과가 있으니까 피로도 쉽게 풀려."

코르티나도 야생미가 넘치는 묘인족이다. 들풀에 관한 지식은 그럭저럭 있었다.

하지만 걸어서 몇 시간이면 도착하는 마을에 가는데, 피로를 풀약초까지는 준비하지 않았던 모양이다.

"실례지만, 이 앞의 엘프 마을이 목적지입니까?"

"예, 숙박할 예정으로요. 아이들을 데리고 있으니까 느긋하게 갈 예정이에요."

"괜찮다면 이 마차에 타지 않으시겠습니까? 이렇게 이야기를 나누게 된 것도 인연이니."

"괜찮을까요? 고마운 제안이기는 한데요……."

"괜찮습니다. 짐칸에 여유는 있으니까 말이죠. 저도 아이는 싫어하지 않습니다. 자, 어서 타시죠."

"그렇다면…… 감사히."

코르티나가 살짝 말을 머뭇거렸다. 그 이유는, 우리가 여자밖에 없었다는 상황 때문일 것이다.

코르티나 본인은 물론 엘프인 피니아도 다른 엘프들처럼 미소녀다.

그리고 미쉘은 소박한 매력을 지녀 장래가 유망한 소녀이고, 레티나는 후작가의 영애로, 마찬가지로 장래가 유망한 미모를 지니고 있었다.

인신매매를 하는 자들에게는 우리는 매우 먹음직한 사냥감으로 보일 것이다. 그렇기에 코르티나는 상인들의 본성을 파악하는 데 시간을 들이고 있었다.

"모험가들은 다소 무뚝뚝하지만 그 점은 봐주시길 바랍니다."

"어머, 말이 심하네요, 빌 씨. 저는 붙임성이 좋은 편인데요?"

"하하하, 하우메아 씨는 예외 중의 예외지요!"

"어이어이, 나도 딱히 나쁘지는 않을 텐데."

"토르트 씨는 얼굴이 무서우니까요."

"거 너무하네!"

상인인 빌과 모험가인 엘프 하우메아, 인간 토르트 그리고 다른 한 명의 엘프 남자.

그 네 명이서 그들도 엘프 마을을 찾아가고 있었다고 한다.

우리는 마차에 올라타면서 의외로 사이좋아 보이는 그들의 모습을 관찰하고 있었다.

"무척 사이좋아 보이네요."

"예, 저는 엘프 마을과 라움을 왕복하는 상인이라서 말이죠. 이들에게는 그 왕래의 호위를 항상 부탁하고 있죠."

"오랫동안 함께 다니셨나요? 아, 아니에요. 이건 너무 주제넘은 질문이었네요."

피니아가 드물게 적극적으로 말을 걸고 있다.

빌에게 말을 걸고 있지만 아무래도 진심은 엘프 두 사람과 이야기가 하고 싶은 모양이다.

엘프이면서 고아였던 피니아로선 오랜만에 보는 동포이기도 하다. 신경이 쓰여서 견딜 수가 없는 것인가.

"신경 쓰지 않아도 돼. 그렇네, 나는 빌이 기저귀를 차고 다니던 시설부터 아는 사이이니까. 콜도 마찬가지야."

"아아, 그러고 보니 상당히 오래되었군."

콜이라고 불린 엘프 남자는 조금 낮은 목소리로 그렇게 대답했다. 이쪽도 상당히 관록이 느껴지는 묵직한 목소리였다.

"이 사람은 정말로 무뚝뚝하니까, 너무 신경 쓰지 마. 마을에는 온천이 목적일까?"

"예, 온천 치료도 겸해서요."

"그러고 보니까 몸이 약하다고 했지. 그 온천은 때때로 드래곤이 몸을 담그러 올 정도로, 좋은 온천이야."

"드래곤?!"

하우메아에게서 터무니없는 말이 튀어나왔다. 레티나도 몸을 쑥 내밀고 되물었다.

이 대륙에 온천이 솟는 장소는 꽤 있다. 그렇지만 드래곤이 찾아오는 장소라니, 흔히 들을 수 있는 말이 아니다.

"저기, 정말인가요? 잡아먹히거나 하지는……."

"아하하, 그건 괜찮아. 드래곤 중에서도 지성이 높으니까."

"지성이 높은…… 고위용이네요."

"그렇지. 최근 수십 년은 찾아오지 않았지만, 이름을 지닌 거물이야."

"헤에……."

코르티나도 나도, 드래곤에게는 별로 좋은 인상이 없다.

그것이 단골인 온천이라는 것은, 살짝 느낌이 좋지 않다.

"뭐, 온천에는 죄가 없으니까 즐기고 오도록 해."

그런 미묘한 표정을 지은 우리를 보고 하우메아는 쾌활하게 웃어넘겼다.

빌의 호의를 받아들여, 우리는 그 마차에 신세를 지게 되었다.

전투력이 높은──일반인과 비교해서──코르티나가 빌과 함께 마부석에 앉고, 아이 셋과 피니아가 짐칸에 탔다.

　하우메아와 콜은, 마차를 사이에 두는 듯한 위치에서 걷고, 토르트라는 모험가는 마차 앞을 선도하고 있다.

　엘프 마을로 물건을 매입하러 가는 중이라고 한 만큼, 짐칸 위에는 거의 아무런 짐도 없다.

　몇 시간 만에 왕복할 수 있는 장소라서 비상식량이나 물도 최소한으로밖에 챙기지 않은 모양이다.

　짐칸에 있는 물건은 수리용 공구나 기름과 랜턴 정도뿐이고, 빌은 물주머니조차 허리춤에 차고 있는 상태였다.

　비를 경계하고 있는 것인지 짐칸에는 천막을 씌운 상태라서 짐칸 안은 상당히 후덥지근한 느낌이 들었지만, 숲 공기에 차가워진 몸에는 오히려 기분이 좋다.

　각자가 짐칸 이곳저곳에서 몸을 쉬며 편히 있는 것을 보고, 나는 기묘한 것을 깨달았다.

　그는 엘프 마을로 물건을 사러 간다고 했다.

　그 마을은 성격이 느긋한 엘프들이 심심풀이로 익힌 정교하고 치밀한 민속 공예품이나 소품 등이 유명한데, 그것은 라움에서도 인기가 많은 장식물이었다.

　빌은 아마도 그런 물품을 사러 가는 것일 텐데, 그런 것치고는 있어야 할 것이 없다.

　나는 그것을 물어보기 위해 마부석 쪽을 돌아봤다.

　비가 내려도 안으로 들이치지 않도록 마부석과 짐칸의 경계는 천막으로 가로막혀 있다. 하지만 손쉽게 드나들 수 있도록 커튼처럼 걷어 올릴 수가 있게 되어 있었다.

　나는 그곳에서 전생에서부터 나를 매료한 존재를 발견했다.

　천막 틈 사이에서 짐칸 위로 늘어져 있는, 코르티나의 꼬리다.
　두 사람은 마부석에서 잡담을 주고받고 있는데, 그 대화의 리듬에 따라 꼬리 끝이 하늘하늘 살랑거리고 있다.
　코르티나가 자랑하는 꼬리인 만큼 묘인족치고는 살짝 길고 털이 매끄럽고 고르게 자랐는데, 매일 손질하는 성과도 더해져 보석처럼 반짝반짝 윤기가 난다.
　이것이 살랑살랑 움직이고 있으니, 원래 남자였던 나라ㄱ 해도 귀엽다는 마음이 들지 않을 수가 없다.
　생전의 나는 아무런 배려도 없이 욕구가 이끄는 대로 이 꼬리로 손을 뻗어, 코르티나에게 엉큼한 자식으로 찍힌 적도 있었다.
　그 이후로 나는 이 꼬리에 손대는 것을 자제하고 있었지만, 이 몸이라면 혼이 나는 일도 없을 것이다.
　"에잇."
　"으냐으?!"
　나는 즐거운 듯이 움직이는 꼬리를 양손으로 잡아, 그대로 목에 감아 목도리로 삼았다.
　"오오. 이 감촉, 말 그대로 더없는 행복──!"
　"잠깐, 대체 뭐야……?"

갑자기 꼬리에 느껴진 위화감에 코르티나는 황급히 천막을 걷어 올리고 짐칸을 들여다봤다. 거기에는 꼬리를 목에 감고 매우 만족스러워하는 내 모습이 있었다.

푹신푹신, 보들보들.

뭐라 말할 수 없는 감촉에 내 입가는 자연스럽게 풀어진다. 정신을 놓으면 침이 흐를 것만 같다.

그런 내 모습을 보고, 코르티나는 경악과 분노를 어디로 돌려야 할지 모르게 됐다.

"아, 으…… 저기…… 놀라게 하지 마, 니콜."

"응, 미안해. 아, 행복해, 행복해."

"하아, 그래서 빌 씨――."

"아, 그렇지, 빌 씨."

"네. 무슨 일이시죠?"

내 말에, 마치 사이좋은 자매를 보고 있는 것처럼 훈훈하게 이쪽을 보고 있던 빌이 놀란 듯한 소리를 냈다.

짧고 아름다운 금발의 코르티나와 긴 청은색 머리의 나.

피가 이어지지는 않은 것 같은데, 전혀 다른 것 같으면서도 어딘가 닮은 두 사람.

내가 생각해도 정신없이 보게 되는 것은 충분히 이해가 된다. 하지만 지금은 그것보다…….

"물건을 사러 가는 거죠? 그런데…….”

아무리 그래도 직설적으로 '돈은 어디에 둔 건가요?' 라고는 물어볼 수가 없나.

처음 본 사이에 갑자기 돈이 어디 있는지 묻는다는 것은 너무 무례하기도 하고 수상쩍게 보여도 할 말이 없다.

하지만 이쪽에도 사정이 있다. 시야가 가로막힌 천막 안. 아이들이 대부분인 일행.

돈도 갖고 있지 않은데 물건을 사러 가는 상인의 마차에 올라타게 된 이상, 아무래도 이쪽도 의심하지 않을 수가 없다.

"저기, 물건을 사러 간다면……."

"아아, 돈 말입니까? 상품을 이 마차에 싣는다면 상당한 양이 된다. 그렇다면 그에 걸맞은 돈이 필요하다, 그겁니까?"

"으, 응."

그가 말한 대로, 물건을 사러 간다면 상당한 액수가 필요하다.

금화 100개나 200개로는 끝나지 않을 것이다. 그것은 상당한 양이 된다. 한 아름 이상의 자루는 필요할 것이다.

모험가 길드의 등록증에는 저금 기능이 있어 그것을 사용한 금전 거래도 존재한다. 길드에 돈을 맡기고 등록증으로 금전 거래를 하게 되면 예금액이 증감하는 시스템이다.

이것이 있으므로 모험가들은 대량의 금화나 금전을 소지할 필요가 없어지고, 또한 도적 등에게서 재산을 지킬 수가 있다.

물론 빌이 있는 상인 길드에도 그 시스템은 있다. 하지만 모든 상인이 길드에 등록하는 것은 아니다. 하물며 엘프 마을에서 물건을 산다면 등록하지 않은 자와의 거래도 많을 것이다.

그렇다면 역시 현금이 필요할 텐데, 마차에는 그만한 금전을 옮기고 있는 흔적이 없다.

만약 물건을 사러 간다는 것이 거짓이라고 한다면…… 거짓말을 하면서까지 얼버무리려 하는 무언가가 있다면, 이 남자는 위험한 인물일 가능성이 생기게 된다.

"호오, 상당히 눈치가 빠른 여동생이군요."

"예, 저보다는 훨씬 말이죠. 그나저나 니콜이 한 말은 조금 신경 쓰이네요."

코르티나도 약간이지만 경계심을 보였다. 하지만 그 말에 빌은 어깨를 으쓱이며 여유의 태도를 보였다.

손가락을 세우고 코르티나에게 자랑하듯이 설명했다.

"상인에게 중요한 교훈이 두 가지 있지요. 한 가지는 '목숨이 우선이다', 두 번째는 '돈은 목숨보다 무겁다'."

"저기, 그건 모순되지 않나요?"

"예. 그러니까 양쪽을 저울에 올릴 사태에 빠지지 않도록 조심하는 것이죠."

"그게 무슨 뜻이죠?"

봐서는 악의가 없는 듯해서 코르티나가 경계를 풀기 시작한다.

"도적에게 둘러싸여 여차하는 사태가 되면—— 저 혼자서도 도망갑니다!"

"자랑이 아니잖아요……."

어이없다는 듯이 한숨을 내쉬는 코르티나. 하지만 빌은 전혀 주눅들지 않는다.

가슴마저 펴고 계속해서 설명한다.

"물론 그때 마차와 같이 도망칠 수 있다는 보장은 없습니다. 그 상황에서 돈을 한가득 끌어안고 도망칠 순 없겠죠?"

"예, 뭐."

"그러니까 마차 안에 숨겨두는 겁니다. 도적에게 발견되지 않도록, 교묘하게."

"그거, 마차째로 들고 가지 않을까요?"

"말은 몰라도 마차는 덩치가 크니까요. 짐이 없을 때는 방치되는 일이 많습니다. 특히 숲속에서는요."

"헤에…… 즉, 도적이 떠난 뒤에 마차에 숨겨둔 돈을 회수하러 돌아온다고요?"

"그런 것이지요."

참으로 신중한 성격이다. 그리고 설명하면서, 그 숨겨둔 장소는 우리에게 말하지 않고 있다.

이것이 상인의 조심성, 아니 여행자의 지혜라는 것일까.

육영웅 시절에는 도적에게 습격받으면 신나게 섬멸하고, 그 아지트를 억지로 불게 해 재산을 모조리 빼앗았다.

당시에는 대체 누가 도적이냐고 도적 본인에게 욕을 먹었다.

물론 코웃음으로 답했지만. 참고로 가장 의욕적으로 작전을 세웠던 것은 다름 아닌 코르티나였다. 그다음은 마리아.

도적에게 붙잡히면 어떻게 되는지 아는 만큼, 더욱 무자비하게 대응했을 것이다. 마리아도 사람들을 상처 입히는 자들에게는 자비가 없다.

여자는 무섭다고, 이때 우리는 깨닫게 되었다.

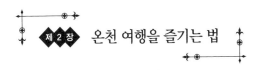

제 2 장 온천 여행을 즐기는 법

　상인의 도적 대책 이야기 등을 들으면서도 마차는 나아가, 우리는 엘프 마을에 도착했다.

　다행히 도적의 습격은 없이——왕도 근처니까 당연하지만——무사히 온천이 명물인 엘프 마을까지 올 수 있었다.

　여기까지 태워다 준 빌 일행에게 고맙다고 인사한 뒤, 우리는 가까운 여관으로 향했다.

　이 여행은 코르티나의 갑작스러운 제안으로 이루어진 것이므로, 당연히 사전에 예약하지 않았다.

　애초에 그런 것을 하지 않더라도 이 마을에는 여관이 대단히 많기 때문에 방이 전부 차는 사태는 거의 없다.

　엘프가 운영하는 마을인데 여관 운영을 인간이나 다른 종족이 하고 있다는 일도 있을 정도다.

　"안녕하세요, 방 있나요? 어른 둘에 아이 셋인데, 가능하면 방 하나로요."

　기묘한 동물을 굽고 있는 것의 옆을 지나쳐, 카운터에서 담배를 피우고 있던 드워프 같은 할아버지를 향해 코르티나는 활기찬 목소리로 말을 걸었다.

그녀도 이미 40에 가까운 나이일 텐데, 그 언동이나 외견은 10대 중반 정도로 보일 정도다.

"알았다…… 다섯 명인가. 4인실이라면 비어 있는데, 어린아이 셋이라면 딱히 상관없겠지?"

"좋아요, 그거면 됐어요. 선불로 해서 이틀 치 부탁해요."

"어른은 1박에 은화 다섯 개, 아이는 두 개면 된다. 2박이니까 은화 서른두 개로군. 식사는 별도 요금인데 어쩔 거지?"

"준비해 주실 수 있을까요?"

"아침과 점심은 은화 한 개, 저녁은 은화 세 개다."

"아침과 점심은 밖에서 먹고 올 거예요. 저녁에만 부탁해요."

"그럼 다섯 명에 열다섯 개, 2박이니까 서른 개를 추가해서 62개로군."

익숙한 어투로 방을 잡고 방 열쇠를 받는다. 관광지의 여관인 만큼 다른 도시보다 배가 넘는 가격이다.

하지만 이것을 바가지요금이라고는 생각하지 않는다. 그만한 서비스를 기대할 수 있기 때문이다.

지정받은 방은 별로 호화롭지는 않았지만 청결하고 널찍해서 편히 쉴 수 있는 방이었다.

풀을 엮은 독특한 바닥에 세면실이 딸려 있다. 발코니도 있다. 거기에는 흔들의자가 놓여 있어, 뒤뜰의 경관을 즐길 수도 있게 되어 있었다.

우리는 곧바로 짐을 풀고 바닥에 누워 쉬기 시작했다. 하지만 코르티나는 그것을 두고 보지 않고 다음 행동을 제안했다.

"자, 서둘러 온천에 몸을 담그러 가 볼까."

"와~!"

"그럼, 저는 차라도 준비할 테니──."

"무슨 소릴 하는 거야. 피니아도 함께 와야지. 너를 위한 여행이기도 하니까."

바로 짐을 정리하기 시작하고 차를 낼 준비를 하려는 피니아를 코르티나가 뒤에서 붙잡아 끌고 갔다.

"저, 저도 나중에 갈게요! 저기. 니콜 님께 마사지도 해야 하니까요."

"어디까지나 니콜이 중심인 거네? 그것도 나쁘지 않지만, 오늘은 모두 함께 노는 거야."

나를 돌보는 일을 제일로 생각하는 피니아에게 단호하게 거부권을 들이대는 코르티나.

오늘만큼은 나도 코르티나의 생각에 찬성한다.

그런 이유로 나도 피니아의 팔에 매달려 끌어당긴다. 몸 전체를 쓰지 않으면 한쪽 팔로도 밀리기 때문이다.

"피니아, 오늘은 모두 함께 놀자."

"아니요, 그래서는 니콜 님을 돌봐드릴 수가……."

"그러면 오늘은 내가 피니아를 돌봐줄 거야!"

"예?"

피니아는 살짝 정도가 아니라 너무 성실하다.

이럴 때 정도는 느긋하게 쉬지 않으면 조만간 몸도 마음도 버티지 못할 것이다.

코르티나의 집 관리에, 나를 돌보는 일. 식사와 청소에 빨래까지. 그게 다라면 또 모르겠지만 최근에는 검술 훈련도 시작했다.

빈 시간에 집 앞으로 나와 앞치마 차림으로 훈련용 검을 휘두르는 피니아의 모습은 주변 명물이 됐을 정도다.

그만한 격무를 소화하니까 손이 점점 트기 시작했고, 그것을 볼 때마다 코르티나가 힐로 상처를 치유해 줬다.

코르티나도 간단한 치유마법 정도라면 쓸 수 있어서 큰 문제가 없었지만, 그렇지 않았다면 피니아의 손은 투박한 남자 손처럼 되었을 것이다. 섬섬옥수 같은 손이 거칠어지고 마는 것은 나로서도 견딜 수가 없다.

치유마법으로 치료받고 있어서 피니아의 손은 여전히 가늘고 섬세함을 유지하고 있다.

마법으로 단숨에 치유력을 끌어올려 치료하면, 그 과잉회복이라고도 할 수 있는 강건함을 손에 넣을 수 없다.

하지만 이것은 마찰에 약하고 내성이 늘어나고 있지 않다는 것을 의미한다. 손의 피부를 단단해지려면 피부가 벗겨지고, 찢어지고, 피를 흘리고 난 뒤에 그것을 자연히 치유하고 난 뒤에야 비로소로 강해진다.

코르티나는 그것을 싫어해 피니아가 거부해도 강제로 치유하고 있던 것이다.

말하자면 '귀여운 아이의 손이 거칠어지다니 용납할 수 없어!'라는 모양이다. 그 의견에는 나도 강하게 동의한다.

"평소의 보답으로, 오늘은 내가 피니아를 마사지해 줄게."

그렇게 천진난만한 웃음을 띠고 말해 봤지만, 딱히 음흉한 마음이 있는 것은 아니…… 뭐 조금, 아주 조금은 있지만.

내가 죽었을 때는 꼬마였던 피니아지만, 다시 태어날 때까지 10년, 다시 태어나고 나서 7년. 이제는 이미 스물두 살의 미녀이다.

엘프는 성인이 된 즈음에 성장이 멈추니까, 피니아의 외모는 10대 중반을 조금 넘은 정도에서 멈추고 말았다.

항상 함께 목욕하고 있어서 알지만, 그 피부의 탄력과 윤기는 말할 것도 없이 군침을 참을 수 없을 정도다.

엉큼한 마음이 생기지 않는 게 이상하다고, 나 자신에게 변명해 보았다.

이윽고 피니아도 잠시 갈등한 뒤, 마지못해 내 제안을 받아들였다.

살짝 표정이 딱딱한 것은, 웃음이 나올 것 같은 얼굴을 억지로 다잡고 있기 때문일 것이다.

"어, 어쩔 수 없네요. 니콜 님께서 그렇게 말씀하시니, 꼭 그렇게 하고 싶다고 말씀하신다면, 저는 거부할 수 없고…… 이렇게 되었으니, 꼭 부탁드리고 싶을지도요?"

"피니아, 뭔가 말이 이상해."

"윽."

뭐, 항상 열심히 일해 주는 피니아가 이토록 기뻐하는 것처럼 보인다.

엉큼한 마음과 관계없이, 마사지 정도는 해 줘도 좋을 것이다.

이렇게 겉으로는 주저하는 피니아를 어찌어찌 잘 설득했으니,

우선은 여관에 있는 대욕탕에서 몸을 씻으러 가게 되었다.

참고로 엘프 마을에서는 앞을 틀 수 있는 가운 같은 의상으로 지내는 것이 권장되고 있다.

지금은 기온이 올라가기 시작한 시기고, 게다가 온천 여관이라는 것도 있어 습도와 기온이 높다. 따라서 그렇기에 바람이 잘 통하는 의상이 대단히 편하다.

모두가 같은 의상으로 몸을 감싸고 대욕탕으로 향한다. 나에게 마사지를 받을 수 있다는 말을 듣고, 피니아의 통통 튀는 발걸음이 것처럼 가볍다.

얼굴만은 평소처럼 무표정으로 꾸미는 점이 조금 웃기다.

뒤를 걷는 내가 미쉘의 옆구리를 찔러 피니아의 발을 가리켰다.

그러자 깡충깡충 뛰고 싶은 것을 간신히 억누르고 있는 듯한, 즐거워 보이는 발걸음이 눈에 들어왔다.

미쉘도 그걸 알아챘는지, 입가를 가리고 웃음을 참고 있다.

레티나도 우리의 움직임으로 피니아가 들뜬 모습을 알아챘는지, 양손으로 입가를 가려 뿜는 것을 참고 있었다.

두 사람도 피니아와 교류가 짧지 않다.

하지만 기본적으로 고용인 스타일에서 벗어나지 않고, 예의 바른 웃음만 보여주는 피니아는 살짝 거리감이 있는 상대였다.

그렇게 다소 다가가기 어려운 분위기를 보이던 피니아에게도 이번 여행에서 친근함을 느껴준다면 그것만으로도 온 가치가 있다.

"피니아 씨, 재미있네."

"응. 기뻐하고 있어."

"좀 더 쿨한 분이라고 생각했어요."

본인 뒤에서 셋이서 얼굴을 가까이 붙이고 그런 이야기를 속삭이고 있었더니, 갑자기 피니아가 빙글 돌아봤다.

평소대로의 새침한 말투.

"니콜 님, 무슨 일이죠?"

"으으응, 아무것도 아니야."

얼굴만 보면 아무런 변화도 없다. 하지만 무릎부터 아래가 빨리 가고 싶어서 안달이 난 것을 감추지 못하고 있다.

"푸흡, 쿠흐흐……."

"잠깐, 미쉘 양?!"

결국 미쉘이 참지 못하고 뿜어, 그것을 당황한 레티나가 타일렀다. 장난이 들키지 않도록 필사적으로 입을 가리는 어린아이 같은 몰골이다.

"미쉘은 때때로 갑자기 웃음을 터트리는 병이 있어."

"그런 병은 들어본 적이 없어요."

"신경 쓰지 마, 신경 쓰지 마."

뒤돌아본 피니아를 앞으로 돌리고, 뒤에서 밀어 걸음을 서두르게 한다. 모처럼 즐거워 보이는데, 그것을 지적해 찬물을 끼얹을 필요는 없을 것이다.

내 키로는 피니아의 등에 손이 닿지 않는다. 그래서 허리에 손을 대고 밀고 있는데, 얇은 옷감 너머로 느껴지는 피니아의 몸은 가녀리고 부드러워서 살짝 가슴이 두근거리고 말았다.

마리아도 코르티나도 모험가 시절에는 상당히 단단하게 방어구를 장착해서 부드러운 몸을 경험해 볼 기회가 거의 없었지만……역시 남자와는 다르구나.

"으~응, 역시 피니아는 귀여워."

"잠깐, 니콜 님 무슨 말씀을——."

"항상 피니아가 해 주는 말인데?"

"확실히 오늘은 돌봐주신다고 말씀해주셨지만, 그런 부분까지 흉내 내지 않으셔도……."

"괜찮아, 괜찮아."

평화롭게 복도를 걸어, 뒤뜰에 있는 대욕탕으로 있었더니, 엇갈려 지나치던 여관의 종업원이 우리에게 말을 걸어왔다.

조금 난처하다는 듯한 음색으로——.

"저기, 손님. 수인족 손님께는 죄송합니다만, 이 앞에 있는 대욕탕의 이용은 삼가 주시기를……."

"——앙?"

"히익!"

종업원의 말은, 너무나도 차별적으로 들렸다.

그것을 느낀 나는, 다시 태어나고서는 전에 없을 정도의 적의를 담은 목소리를 내고 말았다.

살의마저 담긴 내 목소리에, 종업원은 겁먹은 것처럼 대응했다.

경직된 것만 같은 비명마저 터트렸으니까, 어지간히 무서웠을 것이다. 어린 소녀에게서 터무니없을 정도의 살의를 받아 완전히 압도되었다.

"저기, 그게…… 수인족 분을 차별할 의도가 있는 것이 아닙니다만, 그게, 털이…… 털 같은 것이, 그게…….''

"털? 아아, 그런 거구나. 니콜, 이건 괜찮아.''

"어?''

"그 왜, 우리는 꼬리 같은 곳에 털이 있잖아. 그게 빠져서 물에 뜨는 걸 싫어하는 손님도 있거든.''

그렇게 말하고 코르티나는 스르륵 내 앞으로 꼬리를 내밀었다.

그것은 본인이 자랑하는 꼬리로, 복슬복슬한 털이 윤기를 내며 가지런히 자랐다.

확실히 물에 들어가면, 빠진 털이 물에 뜨는 일도 생길 것이다. 결벽증이 있는 손님들은 그것을 싫어할 가능성도 충분히 있다.

"그렇구나, 그런 이유로…… 저기, 죄송해요.''

"아니 아니요! 저야말로 말에 배려가 부족했습니다.''

나와 종업원은 서로 머리를 숙여 사죄했다.

일반인 상대로 나 같은 숙련자──어린 소녀지만──가 살기를 뿜었으니까, 종업원이 느낀 공포는 헤아릴 수 없을 것이다.

나는 우호의 증표로 오른손을 내밀어 악수를 청했다. 앞으로 이틀을 머물 것이다. 그러니 조금이라도 친근하게 구는 게 좋을 것이다.

"정말로 미안했어요, 꼬마 아가씨.''

"아니야, 나도 미안해.''

"언니를 정말로 좋아하는구나.''

"어, 언니라니~.''

코르티나를 언니라고 착각한 종업원의 말에, 코르티나가 뺨에 양손을 붙이고 몸을 배배 꼬면서 몸부림쳤다.

뭔가 불건전한 망상 같은 것을 하는 거 아니야?

"아니야, 저건 겉만 젊은 할망구야. 게다가 속이 시커먼 타입."

"뭐시라고오?!"

코르티나가 내 뒤로 돌아가, 뺨을 잡아당기며 항의했다.

하지만 너, 벌써 40살에 가깝잖아?

"그치마~ 사시이거얼."

"나는 종족으로 보면 아직 젊어! 알겠어?"

"아라써요~."

처음 대면하는 인간에게 이상한 얼굴을 드러내는 처지가 되고 말아, 나는 얌전하게 항복하기로 했다.

하지만 그렇구나. 이런 숙박시설에서는 목욕 하나만 해도 그런 배려가 필요해지는구나.

"수인족 손님도 즐기실 수 있게끔 저쪽에 전용 욕탕을 마련했으니 그곳을 이용해 주세요. 설비도 최대한 비슷한 수준으로 만들어 두었습니다."

종업원은 또 하나의 복도 끝을 가리켜서 유도했다.

잘 보니 복도에는 '수인족 손님은 이쪽을 이용해 주십시오' 라는 표지도 붙어 있었다.

"아, 정말이다."

"감사합니다, 그럼 이쪽으로."

우리는 종업원이 알려준 쪽으로 방향을 틀어서 수인족용 욕탕으로 갔다.

　나는 탈의실에서 옷을 벗어 바구니에 두고 사물함 안에 넣었다. 일단 귀중품도 있으니, 열쇠로 단단히 잠갔다.
　미쉘만은 알몸인 채로 어깨에 대궁용 케이스를 걸치고 있었다. 그 내용물만큼은 사물함 정도로 안심할 수 없기 때문이다.
　그럴 수밖에 없는 것이, 안에 있는 것은 신화급 무기다. 살짝 치면 풀리는 잠금 장치로는, 안심하고 쉴 수가 없다.
　그건 그렇고 어린 소녀가 자기 몸집만큼 커다란 활 케이스를 알몸으로 등에 짊어지고 있는 광경은…… 뭐라고 할까, 비현실적이라고밖에 할 말이 없다.
　주위 손님의 시선도 미쉘에게 향했지만, 여기서는 무시해도 될 것이다.
　욕탕과의 경계에 있는 쪽문을 열어 안으로 들어가니, 그곳에는 바위를 배치해서 실내욕탕과 그 안쪽으로 이어지는 노천탕으로 가는 문이 있었다.
　수증기 속에 희미하게 섞인 독특한 냄새가 코를 찌른다. 살짝 뽀얗게 흐린 탕 속에 성분이 녹아들어 있는 것일까? 세면장 구석에는 커튼으로 칸이 나눠진 마사지 베드 세 개가 나란히 놓여 있었다.
　왼쪽 끝에 있는 하나는 이미 사용 중이다. 아마도 여관 사람에게 말하면 안마사를 불러줄 것이다.
　"오~ 넓어~!"

"저희 저택의 욕실보다 넓어요."

"하지만 수영 연습장보다는 좁네."

"당연하잖아!"

양손을 들어 경악하는 모습을 보이는 미쉘에, 나무통에 자기가 쓸 샴푸를 넣고 껴안는 레티나.

두 사람 다 알몸이어서 여러모로 훤히 보이고 있다. 전혀 기쁘지 않지만.

"응, 훌륭한 절벽이네."

"어, 절벽 같은 게 있었나?"

"저 바위, 아무리 그래도 그런 크기는 아니라고 생각하는데요."

"신경 쓰지 마, 기분 탓이니까."

뭐, 남 말을 할 처지는 아니다. 나도 내려다보면, 발끝까지 가로막는 것이 없는 직활강이다. 오히려 유아 체형이라서 볼록 나온 배가 방해될 정도다.

코르티나도 욕탕 직원에게 안마사를 요청했다. 하지만 우리는 오늘 '하는 쪽'이다.

"그러면, 바로 시작해 볼까. 피니아, 여기 앉아."

"어, 앉는 건가요?"

"응. 우선은 몸을 닦아야지."

그렇게 말하며 손가락을 꼬물꼬물 움직이며 다가갔다. 그런 동작을 하는 나를 보고, 피니아는 한 걸음 뒷걸음질 쳤다.

"니콜 님…… 뭐, 뭔가 손가락의 움직임이 징그러운데요?"

"큭큭큭. 오늘은 좋은 목소리로 울게 해 주지~."

"무슨 말을 하는 건가요!"

짓궂은 장난을 치는 나에게서 도망치려 하는 피니아의 허리를 껴안아, 세면장에 앉혔다.

나무 의자는 수증기로 데워져서 차갑지 않았다. 깨끗하게 닦여 있었기 때문에 불결함도 느껴지지 않는다.

이런 장소까지 확실하게 청소가 되어 있는 것을 보면, 이 여관은 '당첨'이었다.

미쉘과 레티나가 달라붙어 피니아의 몸을 씻기기 시작했다.

"자, 잠깐, 여러분?!"

"괜찮아~ 괜찮아~."

"아하하, 피니아 언니, 각오해~!"

"저도 닦아주는 쪽이 되는 것은 처음 경험해 봐요. 각오하도록 하세요."

두 사람이 피니아의 양팔을 잡아당겨, 벅벅 닦는다. 그런데 레티나. 너는 항상 씻겨지는 쪽인 거냐? 아니, 항상 피니아가 즐겁게 닦아주는 내가 할 말은 아니지만.

나는 등 뒤로 돌아가 피니아의 머리카락을 묶어 올리고, 그 가녀린 등을 문지르기 시작했다.

머리카락을 묶는 것도 피니아만큼 능숙하지 못하지만, 익숙해졌다. 학교에 가면 스스로 머리를 묶어야 하니, 최근에 배우기 시작했다.

머리카락을 묶을 때 닿은 싱싱한 피부 감촉에 살짝 두근거렸다.

"어때? 기분 좋아?"

"아하하, 간지러워요. 미쉘, 그쪽은 안 돼——."

"어, 이쪽?"

"거기는 가슴이에요!"

미쉘이 참으로 부러운 방식으로 닦아주고 있었다.

팔을 구석구석 닦아주려고 가슴에까지 손을 뻗고 있다.

그에 비해 레티나는 손끝부터 정성스럽게 닦고 있었다. 대강대강 하는 미쉘과 사실은 세심한 레티나의 성격이 잘 드러났다.

"으으……."

등 뒤에서 신음하는 듯한 목소리가 들렸나 싶었더니, 코르티나가 원망스럽다는 듯이 이쪽을 보고 있었다.

그러고 보니까 코르티나는 거의 방치되어 있다. 소외감이 들어도 이상하지 않았다.

아무리 그래도 집주인을 방치하는 건 좋지 않나. 아니 그보다, 약간은 엉큼한 마음을 해방해도 문제없겠지?

"아, 그러면 나는 코르티나를 씻겨 줄게. 피니아를 부탁해."

"맡겨줘!"

"치사해요! 제가 코르티나 님을——."

"레티나는 절대로 안 시켜."

육영웅 마니아인 레티나에게 코르티나를 씻기게 했다가 무슨일이 일어날지는 짐작도 가지 않는다.

나는 코르티나에게 다가가, 그 등을 씻기 시작했다.

"으으, 어린 소녀들의 목욕탕이라니, 완전 천국이야."

"코르티나, 그 발언은 아무리 그래도 위험해."

"살짝 진심이 흘러넘쳤을 뿐이야."

"우와, 앞으로의 관계를 다시 생각해 보겠습니다."

"농담이래도!"

질 나쁜 농담을 날리는 코르티나의 머리에 뜨거운 물을 뿌려서 반격했다.

"으꺅."

선언 없는 공격에, 코르티나는 작게 비명을 터트렸다.

"천벌이야."

"상냥함을 원해."

"나는 상냥한데?"

"그건 서로 인식이 다르네~."

둘이서 쿡쿡 웃으며, 서로 몸을 닦아주기 시작했다.

코르티나와는 자택에서도 몇 번이나 함께 목욕했기 때문에, 별로 부끄러움은 없다.

하지만 역시 직접 피부에 닿는다고 하는 것은, 독특한 흥분을 유발한다.

뭐라고 할까, 평소보다 접촉 욕구가 더해진다고 할지, 퍼스널 스페이스가 감소한다고 할지, 그런 느낌이다.

실제로 피니아는 미쉘이 정면에서 껴안아 몸 전체로 씻어주고 있다. 두 사람 다 거품투성이가 되어, 아슬아슬한 부분이 보이지 않았던 것이 그나마 다행일지도 모른다. 보였다면 나도 살짝 흥분했을 뻔했다.

평소라면 있을 수 없는 광경. 모두 쓸데없이 기분이 고양되어 있던 것일지도 모른다.

한차례 몸을 씻은 뒤, 물에 들어가 몸을 따뜻하게 해 준다. 충분하게 데워서 근육도 풀렸을 때 피니아를 마사지 베드 쪽으로 유도했다.

비어 있는 한가운데 마사지 베드에 엎드려 눕도록 지시해두고, 코르티나는 오른쪽 끝으로 향했다.

코르티나는 여관에 있는 프로를 요청했으니, 우리는 예정대로 피니아 담당이다.

마사지라는 것은 실은 위험한 측면도 있어, 힘줄이나 근육이 다칠 가능성도 있다. 따라서 이것만큼은 내가 달라붙어서 지도할 필요가 있다.

어린아이의 힘이라고는 해도 미쉘은 상당히 힘이 세서, 피니아의 몸을 다치게 할 가능성은 충분히 있다.

"그러면, 내가 지시할 테니까, 그대로 해 줘."

"예~!"

"알겠어요."

옆에서는 코르티나가 누워서 프로 안마사에게 몸을 맡기고 있다.

일단 감시의 목적도 있어, 칸막이 커튼은 열어두고 있다.

옆의 안마사도 걱정스러운 듯이 이쪽을 바라보고 있지만, 나도 전생에서는 몸 관리를 소홀히 한 적이 없었다.

그 이전에 남들보다 더 근력을 타고나지 못했던 나는, 그런 방면에서는 실로 세심한 주의를 기울이고 있었다.

최소한의 힘으로 최대한의 효과를 발휘하기 위해, 생각한 대로 곧바로 움직이는 육체는 필수다. 그러기 위해서는 매일 몸을 관리하는 것도 중요하다.

　그러니까 마사지에 관해서도, 그에 걸맞은 지식은 있다.

　"이렇게, 근육의 결을 따라서 주물러 풀어주듯이 말이야. 처음에는 천천히…… 미쉘은 거기가 아니라, 조금 더 오른쪽."

　"이, 이렇게?"

　처음 받는 마사지에 흠칫거리는 피니아의 등을 만지는 미쉘.

　옆 자리의 프로도 내 지시에 감탄한 듯한 시선을 보내고 있다.

　바로 그때, 우리의 등 뒤에서 느닷없는 목소리가 들려왔다.

　그 목소리는 반대쪽 옆자리에서 들려왔다. 커튼으로 가로막힌 건너편.

　이쪽에서는 보이지 않는 옆의 마사지 베드. 그곳에 두 사람분의 기척이 있다.

　살짝 높은, 그러면서 맑게 느껴지는 아름다운 소녀의 목소리.

　유리로 만들어진 종을 울리는 듯한, 그런 투명감이 있는 목소리가, 완전히 녹아내린 신음 소리를 내고 있었다.

　"아~ 거기 거기. 좋네요~…… 조금 민망한 목소리가 나와 버려요~. 아, 조금 더 오른쪽 부탁해요. 으그으으윽!"

　아니, 녹아내렸다고 할지, 완전히 나른해진 목소리였다.

　들어본 적이 있는 목소리에, 나는 저도 모르게 칸을 나눈 커튼을 열어젖혔다. 원래라면 매너 위반인 행위지만, 이번만큼은 용서해 주었으면 한다.

옆자리 마사지 베드에는, 아름다운 백은색 머리카락을 묶어 올리고, 천진하면서도 요염한 신체를 가진, 어디선가 본 적이 있는 소녀가 엎드려 누워서 마사지를 받고 있었다.

그녀의 등에 손을 댄 안마사 아줌마는, 난처하다는 듯한 표정을 짓고 있었다.

"너…… 어째서 여기에 있는 거지?!"

"으앙? 아, 오오, 레이──. 니콜 양이 아닌가요."

그곳에 있던 것은 나를 전생시키고, 미쉘에게 신기를 부여하고 기프트 사용법을 조언해주었던…… 신이었다.

상황을 알아챈 것인지, 나를 레이드라고 부르는 것은 간신히 멈춰 주었다.

"아, 신님!"

"아~ 아~ 그게, 미쉘이었던가? 잘 지냈──. 으오오오, 잠깐 거기는 아파요! 살살, 살사알?!"

"아가씨, 여기가 엄청…… 굳지 않았는데요~? 마사지, 필요한가요?"

"필요해요, 무진장! 최근에 신경 쓸 것이 많아서 정신적으로 피로가 쌓여 있어요."

아줌마의 말에 다리를 파닥거리며 항의하는 신. 거기에 위엄은 한 조각도 존재하지 않는다.

아니, 애초에 이 신에게 위엄을 느낀 적은 한 번도 없지만.

"아니, 그러니까……."

"잠깐 기다려 주세요, 니콜 양. 그것을 대답하기에 이곳은 좋지 못하니까, 나중에 하도록 하죠."

"아……그래."

이곳에는 처음 대면하는 코르티나와 레티나가 있다. 거기에 미쉘도 상세하게 알고 있는 것은 아니다.

듣게 되면 안 될 이야기도 존재할 것이다.

"저기, 신님…… 이라니, 혹시 미쉘에게 그 활을 준 사람?"

이쪽도 엎드려 누워 있는 코르티나가, 미쉘의 어깨에 매고 있는 대궁의 케이스를 가리켰다.

거기에는 이 신에게 받은 백은의 대궁, 서드 아이가 있다.

"응~ 맞아요~. 뭐, 그 정도는 언제든지 만들 수 있으니까~."

"아니, 이건 간단히 만들 수 있는 게 아니에요…… 아, 그렇지. 저번에는 신세를 졌습니다! 저는 지금 니콜의 보호자를 담당하고 있는 코르티나라고 합니다. 이 아이를 도와주셔서, 정말 감사합니다."

"아니 아니에요~. 그녀에 관해서는 저도 살짝 생각하는 바가아아아아아아?! 잠깐 뼈! 지금 으득 했어요, 으득!"

"손님, 몸이 뻣뻣하네요~. 살집은 거의 없는데도."

"무지막지하게 쓸데없는 참견이에요. 저는 연약하니까, 좀 더 살살 부탁드릴게요, 살살. 이거 무지 중요해요!"

"예예."

시끄럽게 소란을 피우는 '신님'을 보고 쓴웃음 지으며 마사지하는 아줌마. 뭐라고 할까, 이 사람도 흔들리지 않는 사람이구나.

결국 복잡한 이야기는 거기서 할 수 없었기 때문에, 아무런 지장이 없는 일상적인 대화를 나누며 마사지 시간을 보냈다.

　각자가 마사지를 마치고 온천을 즐기게 되었다.

　미쉘과 레티나는 안쪽 문 너머에 있는 노천탕으로 가, 거기서 꺅꺅 소란스럽게 떠들고 있다.

　신분이 너무나도 다른 두 사람이지만, 당사자들은 그것을 의식하고 있지 않다. 실로 천진난만한 대화가 훈훈하게 느껴진다.

　가능하다면 성장해서 어른이 되어도 절친으로 남길 바란다.

　피니아와 코르티나는 마사지 베드의 반대쪽에 설치된, 작은 오두막――한증막에 도전하고 있었다.

　흔히 말하는 사우나로, 몸을 내부에서부터 데워줘서 혈액순환을 돕고 피부의 신진대사를 촉진한다든가?

　나로서는 두 사람에게 그런 것은 필요 없을 정도로, 파릇파릇하다고 생각하는데.

　그것을 입에 담았더니 내 뺨을 손가락으로 찌르며 '이렇게 보들보들 탱글탱글한 사람에게 그런 소리를 듣고 싶지 않아!' 라고 혼나고 말았다. 부조리하기 그지없다.

　그런 이유로 나는 지금, 신을 자칭하는 존재와 단둘이 있다.

　"그래, 어째서 이런 곳에 있는 거지?"

　"그건 이쪽이 할 말이에요. 오랜만에 온천 치료를 왔더니 니콜 씨가 얼굴을 보여서 놀랐어요."

　"정말로 다른 뜻은 없는 건가?"

　"그 말투는 마음에 들지 않네요~. 여자아이는 좀 더 귀엽게! 상냥하게! 저는 그렇게 교육받았는데요?"

"그건 지금 문제가 아니야."

탈의실까지 일단 물러나, 거기서 신은 입구 근처에 있는 냉장 마도구에 동화를 넣고, 작은 병에 담긴 우유를 구매했다.

그리고 천천히 허리에 손을 대고 단숨에 들이켰다……. 알몸으로.

"좀 가려."

"여기에는 여자아이밖에 없으니까, 신경 쓰지 않아요~."

"나는 원래 남자였다만?"

"흐흐~응, 야한 짓을 할 수 있으면 어디 해 봐요."

"큭!"

확실히 중요한 내 분신도 없어졌으니, 짓궂은 짓도 할 수가 없다. 오히려 알몸으로 있으면 남들이 기뻐하는 일이 많아졌다.

그건 그렇고, 나는 신에게 한 가지 물어보고 싶은 게 있었다.

"그런데…… 어째서 목줄 같은 것을 하고 있는 거지?"

"응? 안경이라면 김이 서리잖아요."

"눈이 나빴나?"

"힘을 봉인하고 있는 아이템이에요. 이 목줄도 그렇고요."

"헤에……."

신이 지상에 강림하려면 여러모로 귀찮은 일도 있을 것이다. 하지만 하다못해 가슴과 다리 사이 정도는 가리라고 말하고 싶다.

"그리고 보니까, 이 엘프 마을. 가까이에 동굴이 있더라고요."

"아아, 그건 학교에서 들어본 적이 있어. 옛날에는 거기를 모험

탐색의 실습 여행 목적지로 썼다던가.”

“예 맞아요. 그 동굴에서 원천을 판 것이 이 온천 마을의 시작이에요. 그래서, 말이죠…… 그곳에 최근에, 희귀한 몬스터가 출몰한다는 모양이에요.”

“드물다고?”

“카벙클이라고 하는, 용족의 일종인데 말이죠. 이마에 보석이 엄청나게 가치가 높아서요.”

신은 묵직하게, 어떤 환수의 이름을 입에 담았다.

카벙클──그 몬스터라면 나도 알고 있다.

몸집이 고양이 정도인, 동그란 쥐처럼 생긴 몬스터다. 일단 용족으로 분류되는 몬스터로, 이마에 보석이 하나 달렸다.

그것은 용주(龍珠)의 일종으로, 다양한 매직 아이템의 원재료가 된다.

힘에 비해 이 보석의 가치가 높아 발견하면 가차없이 남획되기 때문에 나라가 보호하고 있는 경우도 적지 않다.

이 라움에서도 당연히 보호지정대상이었다.

“그것을 노리고 왔나.”

“설마요. 오히려 보호하러 왔어요. 이렇게 보여도 저, 용족과 연이 있어서요.”

“그런 거야?”

“권속에 드래곤이 있어요. 귀여운 아이예요. 볼래요? 볼 거죠? 보고 싶죠?”

“시끄러워!”

쓸데없이 착 들러붙는 신을 밀쳐내고, 나도 우유를 구매했다.

나에게 무시당한 신은 그 자리에 웅크려 앉아, 바닥에 손가락으로 동그라미를 그리고 있다.

"그렇게 매정하지 않아도 되잖아요. 저도 가족 자랑 한두 가지 정도는 하고 싶을 때가 있다고요."

"됐으니까! 그러면 그 카벙클의 보호가 목적인 거지?"

"아니요, 그건 어디까지 덤, 이에요. 진짜 목적은 온천 치료였어요. 이 몸은 부서지기 쉬워서요. 부서지지 않지만요."

"어느 쪽인 거야?"

"금방 죽지만 바로 되살아난다는 의미예요."

불사인 거냐. 역시나 신. 터무니없는 능력을 아무렇지 않게 내뱉고 있다.

"그 체질은 어떤 의미로는 당신에게도 계승되어 있어요."

"나도 불사인 거야?"

"그게 아니라…… 회복 속도가 통상보다도 빠른 정도예요. 그리고, 마력을 모아두려고 해서, 허약하고 힘이 없죠. 전부 저와 똑같아요."

"헤에……."

나쁜 점까지 계승되어──.

"아니, 계승되었다고?"

"예. 아아, 말하지 않았네요. 당신은 제 혈통이에요."

"하아?"

"상당~히, 먼 자손 정도인 거죠. 그러니까 여러모로 눈여겨 보는 것이에요.”

내가, 신의 피를 이어받았다고?

그러니까 전생 때 도움을 준 것인가. 내 동료에게 무기를 내어주고, 기프트 사용법을 전수했다?

“그렇다면 사룡 퇴치 때도 힘을 빌려주지…….”

“그 시기에는 저도 볼일이 있었어요. 게다가 저나 권속을 보내면 북부 일대가 완전히 초토화가 될 위험성도 있고요.”

“그러면 마신 때는?”

“그때는 매우 조심스럽게 몸을 숨기고 있었으니까요. 저로서도 알아채는 것은 어려웠어요.”

“신이라면 그 정도는 감지해 줘야지.”

“신이리고 해서 뭐든지 할 수 있는 것이 아니에요. 세 전문은 아이템 제작과 파괴 공작이에요. 정보수집은 서툴러요.”

“그런 게 정해져 있나?”

확실히 신에 따라 지칭하는 칭호가 변하는 자도 있다.

전신 아레크나 풍신 하스타르처럼, 담당하는 것이 다른 것이다.

“그리고 보니까 너는 무슨 신이지?”

“파괴신 유리인데요?”

“사신(邪神)이잖아?!”

“실례예요!”

파괴신 유리. 그 이름대로. 계율──.즉 세계수교(敎)의 근원인 세계수를 파괴해, 부러뜨린 신.

전설에 따르면 불사를 노린 마왕을 저지한 것이라지만, 동시에 그것은 세계 최대급 종교인 세계수교를 적으로 돌린 행위다.

그런 탓에 세계수교도에게는 사악한 신으로 찍혔다. 마리아는 혐오하고 경멸해야 마땅할 신이라며 매우 싫어하고 있었다.

지금의 나에게 그 신의 피가 흐르고 있다는 사실은, 마리아나 라이엘에게도 흐르고 있다는 것인가? 아니면 생전의 나에게 흘렀다는 것일까?

어느 쪽이든 얄궂은 이야기였다.

"지금과 생전, 어느 쪽의 나에게 흐르고 있던 거지?"

"양쪽 모두예요. 상당히 흐려졌지만요."

"큰일이야, 또 남들에게 말할 수 없는 비밀이 생겼어."

"뭐, 듣고 좋아하지는 않겠죠~. 아하하."

"웃을 일이 아니야!"

그 붙임성은 좋지만 교육에는 엄한 마리아에게, '사신의 혈통이었습니다!'라고 알렸다가는…… 아무리 그래도 처벌이 내려지는 일은 없겠지만, 미묘한 표정을 짓게 되는 것은 틀림이 없다.

"아니, 잠깐만. 애초에 생전의 나와 지금의 나 양쪽에 흐르고 있다니, 무슨 확률인 거야?"

"그렇게 낮지는 않아요. 세계수가 꺾이고 나서 몇 년이 지났다고 생각하는 건가요? 제 피는 세계 각지에 잠복해 있어요."

"역병이냐."

"거듭해서 실례네요."

전설에 따르면 파괴신이 지상에서 활약했던 것은 천 년 정도 전.

그 뒤에는 문명이 발전하거나 퇴보하면서 정체되고 있다.

그 시대부터 이어졌다면 혈통이 각지로 퍼졌다고 해도 이상하지는 않다.

아무튼 어째서 이 신이 나에게 집착하고 있는지는, 어렴풋이 이해가 되었다.

자신의 혈통이 사룡 퇴치에 동원되어, 그것을 이뤘으니 특별 취급을 받는 것이겠지.

"뭐, 다시 태어나게 해 준 것에는 감사하고 있어."

"좀 더 칭송해도 괜찮은데요? 괜찮은데요?"

"그런 점이 없었다면 말이지!"

나는 빈 병을 전용 회수 상자 안에 던져넣고 다시금 온천으로 돌아가려 했다.

파괴신이 이곳에 있는 이유가, 나와 관계없는 일이라고 확인한 것만으로도 이야기를 나눈 가치는 있다.

이 이틀짜리 여행 동안, 얌전히 있으면 골치 아픈 일에 휘말릴 가능성은 없어 보였다.

"아, 그렇지. 잠깐 기다려 주세요."

"뭐야?"

갑자기 등 뒤에서 불러세워, 나는 파괴신 쪽으로 돌아봤다.

그곳에는 어느샌가 몇 자루의 화살을 들고 있는 신이 있었다. 전라인 채로 이제 그만 옷을 입어 줘.

"이것을 그 아이에게. 강철로 만든 화살이에요. 나선이 들어가 있는 쪽이 관통력이 높은 것이니까, 취급에는 주의를."

"아니, 애초에 당길 수가 없으니까."

나는 아직 그 활을 당길 수 있을 정도의 보조마술을 걸 수가 없다. 따라서 지금은, 그저 골치 아픈 물건이 되었다.

그것을 눈치챈 것인지, 이번에는 어디선가 작은 팔찌도 꺼냈다. 뱅글 타입의 팔찌로, 정밀한 조각이 새겨져 있다.

"자. 그러니까 이걸 주죠. 완력을 강화하는 술식이 있어요. 효과 시간은 약 3분. 그 정도라면 그 활도 당길 수 있겠죠. 기동은 이 보석 부분을 누르며 비틀어 주세요."

"그거, 감사한 이야기네."

"아, 잠깐——."

파괴신의 말을 마지막까지 듣지 않고, 시험 삼아 자신의 팔에 끼우고, 보석을 조작해 봤다.

그러자 상반신에 흘러넘칠 것만 같은 힘이 솟아오르기 시작했다. 그 강화력은 나와 비교할 바가 아니다.

이 넘쳐 흐르는 힘…… 이것도 신기급의 아이템이 아닐까?

"앗, 앗."

"굉장한데, 이거…… 배율은 어느 정도지?"

탈의실에 설치되어 있던 벤치마저 한 손으로 들어올릴 수 있다. 빈약한 내 몸으로 말이다.

"열 배는 가볍게 넘어요. 하지만 반동이 커서…… 빨리 해제하는 것이 좋을 텐데요?"

"어?"

말을 듣고 술식을 곧바로 해제해 봤다. 그러자 전신이 쥐가 난 것처럼 경련하기 시작했다.

물론, 그것에 동반하는 격통도.

"흐, 기이이이이이이이익?!"

"이 정도의 아이템으로 무에서 유는 창조할 수 없어요. 힘도 마찬가지예요. 즉──힘을 미리 가져오는 것이나 마찬가지예요. 그 반동이, 그 고통인 것이죠."

"먼저…… 말해에에에에에!"

"말하기 전에 기동한 것이 누군데요."

전신을 덮치는 고통에, 바닥에서 몸부림치며 나는 절규했다.

"뭐, 몸이 만들어지면 반동도 약해지고, 그 시간도 짧아져요. 그때까지는 긴급용 아이템 정도로 사용해 주세요."

"으가아아아아아아……."

결국, 반동의 영향이 사라질 때까지의 약 10분 동안, 나는 바닥을 굴러다니게 되었다.

잔뜩 바닥을 굴러다닌 뒤, 마침내 고통이 물러나기 시작했다.

파괴신은 이미 사라졌다. 어린 소녀가 바닥에서 움찔움찔 몸부림치고 있는데, 아무렇지도 않은 얼굴로 그것을 보고 있으면 수상한 사람이라고 생각될 테니, 도망치는 것도 당연할 것이다.

여전히 도망치는 것은 재빠르다.

그리고 나도 기억을 떠올렸다. 파괴신만 뭐라고 할 수 없다. 나 또한 알몸으로 탈의실에서 한참 이야기를 나누고 있었으니까.

온몸에 흐른 격통 때문에 비지땀을 잔뜩 흘린 덕분에, 몸이 완전히 식어 버리고 말았다.

"목욕을 다시 해야겠어……."

이런 상태로 나갔다가는, 완전히 몸에 한기가 스며들 것이다. 어차피 이곳은 대욕탕이고, 지금은 알몸 상태다. 탕에 다시 들어간다고 해서 혼나지는 않을 것이다.

하지만 나는 온몸이 근육통 상태가 되는 바람에 일어서는 것만으로도 한고생이다.

후들후들 떨리는 무릎을 잡고, 휘청거리는 발걸음으로 욕탕으로 향했다.

살짝 안짱다리가 되어 있는 다리를 보고, 약간 우울한 기분이 든다. 여성처럼 서고 걷는 법을, 무의식적으로 할 수 있게 되었다.

"뭐, 이미 7년이나 여자로 살았으니까 어쩔 수 없지만 말이지."

강철 화살을 사물함에 넣고, 나는 미닫이문을 드르륵 열어 대욕탕으로 발을 들였다. 그곳에서 문득 어색함을 느꼈다.

조금 전의 대화, 조금 이상한 부분이 있지 않았나?

"그 녀석…… 딱히 수인인 것도 아닌데, 어째서 수인용 욕탕에 있었지?"

파괴신의 외견은 열 살을 어느 정도 넘은 소녀의 모습. 하얀 피부에 백은색 머리카락, 진홍색 눈동자.

대형견용 목줄――마도구라고 주장했지만――을 차고는 있었지만, 짐승의 요소는 어디에도 보이지 않았다.

이 수인용 욕탕에서 우연히 얼굴을 마주치는 것은 너무나 부자연스럽다.

"뭐야, 그렇다는 건…… 그렇게 말했으면서, 잠복하고 있었던 거잖아."

　신에게 들었던 이야기를 요약하면 전생의 나도, 지금의 나도, 그 신의 피를 이었다는 것과 동굴 안에 카벙클의 목격 정보가 있다는 이야기뿐이다.

　즉, 나에게 그것을 들려주고 싶었다는 것은……

　"나보고 카벙클을 확보하게 하고 싶은 것이려나?"

　투덜투덜 중얼거리며 세면장을 지나쳐, 몸에 물을 끼얹고 나서 탕에 몸을 담갔다.

　주위에는 코르티나와 피니아의 모습도, 미쉘과 레티나의 모습도 보이지 않는다.

　나 혼자서 방치되어 있는 상태지만, 이것은 그녀들을 탓할 수가 없다.

　코르티나는 피니아와 함께 한창 한증막을 즐기고 있고, 따로 행동하고 있던 미쉘과 레티나는 노천탕의 바위를 올라가거나 하면서 신나게 놀고 있다.

　일단 그 신은 내 생명의 은인인 셈이니, 그것을 아는 코르티나로서도 할 말이 있다는 말을 들으면 아무래도 거절할 수 없다.

　악의가 있는 존재라면, 지난번 때 뭔가를 해두었을 테니, 그런 면에서는 코르티나도 저 신을 신뢰하고 있었다.

　"아~ 니콜, 돌아왔네~!"

　"뭘 아무렇지 않게 혼자 탕에 들어가 있는 건가요? 미쉘을 돌보는 것이 얼마나 큰일인데요."

　"뭐야~ 레티나도 함께 바위 타기 했었잖아."

"두 사람 다, 여기는 바위를 오르는 장소가 아니야."

뭐, 어린아이 앞에 오르기 쉬울 것 같은 바위가 있으면, 그야 올라가고 말 것이다. 특히 그녀들 두 사람은 평범한 아이들보다도 활발하다.

하지만 그것은 여러 가지 의미로 위험하다.

미끄러지거나 굴러떨어지거나 하면 상처를 입을 것이고, 바위 너머에는 남탕이다. 어린아이라 넘어가더라도 문제는 없겠지만, 역시 체면이라는 것이 있다.

게다가 그녀들이 올라간다는 것은, 나는 그것을 밑에서 올려다보게 된다.

아직 어리다고는 해도, 아무리 그래도…… 문제가 있겠지?

"무슨 이야기를 했어?"

공허한 웃음을 지으며 주의를 주는 나에게, 미쉘은 흥미진진한 기색으로 말을 걸었다.

미쉘에게도 그 신은 생명의 은인이다. 그런 인물이 절친인 나와 은밀하게 나눌 이야기가 있다고 하면, 신경 쓰이는 것도 어쩔 수가 없다.

그러고 보니까 나도 줄 것이 있었다.

"아, 그렇지. 맞아. 그 신님이 이걸 미쉘에게 주래."

나는 맡아두었던 근력강화 마법이 부여된 팔찌를 미쉘에게 건넸다.

손목에서 팔꿈치 아래를 타입의, 정밀한 장식이 들어간 뱅글 타입의 팔찌다. 손목에 단단하게 고정되니까 활을 당길 때 방해되는 일은 없을 것이다.

"이건?"

"여기의 보석을 조작하면 근력증강 마법이 걸리는 팔찌래. 열 배 이상으로 늘어난다는 모양이야."

"정말? 굉장해!"

환성을 터트린 직후에는, 그 손이 보석으로 뻗고 있었다. 나는 그 의도를 알아채고, 필사적으로 제지했다.

"멈춰어?!"

아직 설명이 끝나지 않았는데, 너무 성급하잖아! 나도 남 말은 할 게 못 되지만.

"단점도 있어. 근력은 미리 당겨온다는 모양이라, 해제했을 때 엄청난 격통이 느껴져."

나는 탕 속에서 부들부들 떨리는 팔을 들어올려 보였다.

솔직히 말하자면 여기까지 오는 것도 고생했을 정도로, 아직 전 신이 힘들다.

이 능력을 전투 중에 사용하는 것은, 상당히 아슬아슬한 곡예가 될 것만 같다. 효과가 끊기면 계속해서 싸울 수 없어진다.

"효과 시간은 3분으로, 그 뒤 10분 정도 엄청난 격통이 느껴져. 그러고 난 뒤에는 근육통으로 제대로 움직일 수 없게 돼."

"그리고 지금, 당신이 그런 상태에 빠져 있다는 것은…… 시험 한 것이네요?"

"윽?!"

레티나는 마술 영재교육을 받은 만큼, 통찰력이라고 할지 머리

회전이 나쁘지 않다.

하지만 이럴 때 발휘하진 말아 주었으면 한다.

"니콜, 당신은 얌전해 보이는 생겼으면서, 경솔하네요?"

"이건 그 하얀 것이 설명을 생략한 탓이야."

더는 그것을 '신' 이라고 부르지 않겠어, '하얀 것' 으로 충분해.

"있잖아! 그러면 이번에는 니콜을 마사지해 줄게!"

"으응?"

미쉘이 갑자기 이해할 수 없는 소리를 했다. 아니, 무슨 말인지 의미는 이해하지만…… 내용을 받아들일 수가 없었던 것이다.

"좀 전에 마사지 방법을 가르쳐 주었으니까! 괜찮아~ 제대로 기분 좋게 해줄 테니까!"

미쉘은 내 손을 잡고, 가차없이 탕에서 끌어냈다.

그대로 마치 짐짝처럼 들어서, 마사지 베드로 옮겨졌다. 마치 쌀자루를 옮기는 듯한 모양새다.

미쉘, 이미 근력만이라면 어른과 비슷한 수준 아닐까?

"자~ 하자~!"

"각오해 주세요~!"

손가락을 꼬물거리며 나에게 다가오는 미쉘. 레티나도 재미있어 하며 옆에서 같은 포즈로 다가온다.

그건 그렇고 마사지를 잠깐 배운 정도로 터득할 리가 없다. 아마도 이것저것 잘못된 행동을 할 것이다. 틀림없이.

하지만 내가 도망칠 곳은 없었다.

그 뒤, 수인용 대욕탕에서 나의 안쓰러운 비명이 울려 퍼진 것은 굳이 말할 필요도 없을 것이다.

치유받은 것인지 고통받은 것인지 알기 어려운 입욕을 마치고, 우리는 객실로 돌아와 있었다.

어째선지 쓸데없이 녹초가 된 나를 제외하고, 모두 몸에서 윤기가 나는 것이 부럽다.

저녁 식사는 방으로 가져다 달라고 부탁했으니까, 시간이 될 때까지는 각자 원하는 대로 시간을 보내고 있었다.

나는 먼저 풀로 짠 바닥 위에 침구를 깔고, 그 위에 엎드려 누워 있었다.

야영용 침낭과 다르게 바닥 깔개에 은은하게 온기가 있는 것이 나쁘지 않다. 풀의 따스함이 실로 좋다.

엎드려 누워 있으니, 미셸과 레티나가 내 등에 올라탔다.

"니콜, 아직도 피곤해~?"

"마사지할까요? 저, 조금 눈을 뜨고 말았어요."

"단호하게, 거절하겠어."

나는 등에 어린 소녀 둘을 태우고, 짐 속에서 어떤 아이템을 꺼내 바라보고 있었다.

이것은 마치스가 납치되었던 유괴범의 아지트에서 갖고 나온 물건이다.

다행히 이 방에는 식별 능력을 지닌 사람이 없어서 이것을 꺼내서 보여도 수상쩍게 여길 일은 없다.

　나도 아이템을 식별하는 능력은 없어서 이 아이템에 담긴 효과를 알 수 없다. 하지만 독특한 분위기에서 마도구라는 것만은 알 수 있다.

　세부적인 사항을 알기 위해서는, 그에 걸맞은 능력을 지닌 사람에게 의뢰할 필요가 있었다.

　"이럴 줄 알았으면 아까 하얀 것에게 감정해 달라고 할 걸."

　그것도 일단 신이니까 그런 능력 정도는 있을지도 모른다.

　하지만 도망치는 속도 하나는 일품인 하얀 것은, 그것을 화제로 꺼낼 틈도 없을 정도의 속도로 도망쳤다. 덕분에 어떻게 처리해야 할지 곤란하다고 할 수 있다.

　그러나 오늘의 나는 운이 좋다. 이 마을에 오는 동안에 상인이라는 지인을 얻은 것이다. 이것을 이용하지 않을 이유가 없다.

　"분명, 빌 위스라고 했지. 찾아내서 감정해 달라고 하는 것도 한 방법이겠어."

　아이템을 감정하려면는 식별계 기프트를 지니고 있거나, 그런 물품에 대해 상세한 지식이 필요하다.

　그 외에도 식별마법을 쓴다는 방법도 있다. 맥스웰에게 부탁하면 써 주겠지만, 아무리 그래도 그의 눈앞에 이런 것을 들이밀면 의심받게 된다.

　지금, 레이드가 환생한 존재를 의심하고 있는 녀석들에게, 출처가 불명확한 마도구를 제시하는 것은 내 목을 조르는 행위에 지나지 않는다.

거기서 내가 눈길을 돌린 것이, 낮에 만났던 그 상인이다.

가능하다면 이 여행 중에 다시 만나서 감정을 부탁하고 싶다.

"그러기 위해서는…… 애들을 어떻게든 해야겠는데."

"응~?"

"뭔가 말했나요?"

피니아를 마사지해 주고 재미가 들린 두 어린 소녀는, 축 늘어져 있는 내 등에 올라타, 꾹꾹 등을 누르고 있었다.

레티나의 힘은 별로 강하지 않으니까 문제없지만, 미쉘은 굉장히 아프다.

"미쉘, 거기 아니야. 아파."

"어, 그래? 어기라고 생각했는데 말이야~."

"초보자는 함부로 손을 대면 안 돼. 제대로 감독을 받아야지."

"니콜도 초보자 아니야?"

"나는 피니아에게 오랫동안 마사지를 받아서 지식이 있어."

"그렇구나~."

엎드려 누운 내 위에 미쉘과 레티나라는 어린 소녀가 올라타 있다. 말하자면 소녀들의 탑 같은 상태를, 피니아와 코르티나가 훈훈하게 바라본다.

하지만 이쪽을 주시하게 되면, 아무래도 내 손에 들고 있는 물건에도 시선이 쏠리게 마련이라.

"어라, 니콜, 뭔가 좋은 물건을 들고 있네?"

"응. 집을 나올 때 몰래 챙겨 왔어."

내가 살던 북부의 저택은 라이엘과 마리아의 집이기도 하다.

과거 모험에서 손에 넣은 마도구가 상당히 아무렇지 않게 놓여 있었던지라, 이렇게 말해도 문제는 없을 것이다. 라이엘과 마리아도 저택에 무엇이 있는지 정확히 기억하지 못하는 상태였을 정도니까.

코르티나에게서 마리아 쪽으로 구체적인 이야기가 흘러가지 않는 한은, 내가 의심받을 일도 없을 것이다.

"어린아이 손이 닿는 곳에 단검이라니…… 다음에 마리아에게 주의를 줘야겠어."

"아, 안 돼! 그 소리를 하면, 내가 혼날 거야."

그렇게 생각했는데, 곧바로 코르티나는 고자질을 하겠다고 선언했다.

뭐, 생각해 보면 당연한 일일지도 모른다.

"이건 호신용으로 몰래 가져온 것이니까."

"하지만 니콜은 카타나가 있잖아? 그것도 상당히 좋은 녀석."

"그건 출발 직전에 파파에게 선물로 받은 거니까. 그 전에는 이렇다 할 무기가 없었어. 여행을 떠나려면 나이프 정도는 필요하고."

"아~ 그런 거구나. 엇갈리고 말았나."

내가 호신용으로 단검을 구했다. 그 뒤에 라이엘이 무기를 선물했다. 그런 엇갈림이 발생했다고, 코르티나는 이해해 준 모양이다.

물론 사실과는 다르지만, 그런 식으로 해석해 주는 편이 나로서는 형편이 좋다.

"확실히 여행을 떠나려면 나이프 하나는 필요하지. 하지만 말없이 가져가는 건 좋지 않아."

"응, 그건 알고 있지만."

"뭐, 카타나까지 다룰 수 있는 아이에게, 단검 하나로 혼낼 필요는 없다 싶지만."

"부탁이야 봐줘. 뭐든지 할 테니까."

"지금 뭐든지라고 했어? 아니지, 그게 아니라. 어디서 그런 표현을 배웠으려나?"

일부러 상황을 얼버무리려는 말을 선택한 나를 보고, 어이없다는 듯이 머리를 부여잡는 코르티나.

하지만 설교의 분위기가 흐려졌다는 것은 눈치챈 모양이라, 그 이상의 언급은 없었다.

"하아, 뭐 됐어. 비밀로 해 줄게. 하지만 하나 빚진 거야."

"응."

장난스럽게 윙크를 보내오는 코르티나에게, 나는 엄지를 치켜세워 승낙의 뜻을 보냈다.

낮에 수도를 떠나, 한 시간의 행군으로 나는 퍼졌다.

그 뒤에 빌 씨의 마차를 타고, 두 시간 만에 이 온천 마을로 왔다.

이어서 여관에 들어와 짐을 풀고, 온천에서 늘어져서 두 시간.

방으로 돌아와 편히 쉬다가 저녁을 먹고——.

"그래도 아직 이런 시간이야."

"잠자기는 아직 조금 이르네~."

"잠시 마을을 돌아볼까요?"

내 말에 코르티나가 뒤따르고, 피니아가 제안했다.

시간상으로도 아직 저녁 7시 전이라 이제 막 해가 떨어진 참이다. 잠들기에는 아무리 그래도 아직 이르다──고 생각했다.

"구경 다니고 싶지만⋯⋯."

나는 슬쩍 조금 전까지 누워 있던 이불을 슬쩍 봤다.

그 위에는 미셸과 레티나가 포개진 것처럼 잠들어 있었다.

평소에는 나보다도 훨씬 터프한 두 사람이지만, 오늘만큼은 흥분해서 지나치게 날뛰었던 모양이다.

놀다 지친 어린아이답게, 어느샌가 내 등에 올라탄 채로 잠이 들어 있었다.

거기서 어찌어찌 탈출해서, 지금에 이르렀다. 또한 두 사람의 식사는 따로 받아두었다.

"뭐, 이 아이들을 방치하는 것도 문제겠네. 괜찮아, 내가 보고 있을 테니까, 피니아랑 니콜은 견학하고 와."

"어, 그래도 될까요⋯⋯?"

"괜찮아~ 괜찮아~! 나는 자주⋯⋯ 오는 것도 아니지만, 뭐 처음이 아니니까. 너희는 여기 처음이잖아?"

"예. 북부 마을에서는 별로 나온 적이 없었으니까요."

"그럼 마음껏 돌아보도록 해. 그것도 공부의 일환이야."

"그럼⋯⋯ 니콜 님, 함께 가시겠어요?"

"물론이지."

피니아도 어른이 되었지만, 원래부터 세상 물정을 잘 모른다.

이런 온천 마을 같은 번화가에서는, 어떤 말썽에 휘말리게 될지 짐작도 가지 않는다.

내가 똑똑히 지켜봐 주지 않으면, 유괴…… 는 없겠지만, 주정뱅이에게 시비가 걸리거나, 여자를 꼬시려는 남자에게 붙잡힐 가능성이 충분히 있다.

사실 피니아는 엘프라는 것을 빼고 보더라도, 상당히 예쁜 소녀였다.

"피니아는 내가 단단히 지켜줄 테니까, 안심해."

"그래그래, 니콜이 더 걱정되지만 말이지~."

"어째서?!"

나는 지극히 일반적인 어린이이다. 걱정하게 할 정도로 장난을 쳤던 기억은…… 꽤 있구나.

딱 반론을 멈춘 나를 보고, 코르티나는 씨익 웃었다.

"짐작, 가는 게 있지?"

"엄청……."

"얌전히 있어야 해."

"신중하게 검토하고, 최선을 다해 노력하겠습니다."

"어른 같은 변명하지 마."

웃으면서 딱콩 머리를 얻어맞고, 나는 피니아와 둘이서 마을로 나가게 되었다.

밤이 된 온천 마을은 관광지답게 온통 떠들썩했다.

평범한 도시라면 상점이 문들 닫기 시작해 거리가 어두워졌을 테지만, 이 부근은 술집도 많아서 아직 영업하는 가게도 많다.

아니, 그 이전에 술집이 다른 도시보다도 많다. 그리고 특산물 가게도 아직 문을 열었다.

"활기찬 마을이네요, 니콜 님."

"그렇네."

들뜬 발걸음을 감추지 않고, 특산물 가게를 들여다보러 간다.

그런 피니아를 보며, 나도 슬쩍슬쩍 주변으로 시선을 날리고 있었다.

피니아와 달리, 나는 목적을 갖고 주위를 관찰하고 있다. 반지와 단검을 감정받기 위해, 빌 씨를 찾고 있는 것이다.

그런 걸음걸이를 하고 있으니, 피니아가 전방…… 이라기보다 뒷걸음질을 치듯 움직이다가 누군가와 부딪힌 것도 당연한 귀결이려나.

쿵하고 기세 좋게 누군가에게 부딪혀, 상대가 바닥을 굴렀다.

몸집이 작은 피니아에게 밀려 넘어질정도니, 상대도 몸집이 매우 작았다. 아니, 애초에 어린아이였다.

"아, 죄송해요!"

"아프잖아! 어딜 보고 있는 거야."

"정말로 미안해. 살짝 한눈을 팔고 있었어."

상대가 어린아이라는 것을 알고, 피니아도 살짝 친근한 말투가 되었다. 경계심이 조금 풀린 모양이다.

상대는 나보다 조금 나이가 많은, 겉보기에 파괴신과 별로 차이가 없을 정도의 남자아이였다.

조금 더러워진 옷을 입은, 장난꾸러기처럼 보이는 소년이다.

소년은 일어나서는 엉덩방아를 찧고 더러워진 바지를 두드리고, 이쪽을 휙 노려봤다.

"진짜! 조심하라고!"

"응, 미안해. 너무 들떴었어."

"우리 덤벙이가 부딪혀서 미안해."

"니콜 님, 그건 좀 너무해요."

내 말에 피니아가 불만스러워 보였지만, 폐를 끼친 것은 틀림없이 이쪽이다.

솔직하게 사과하고, 피니아가 반성하게 해야 할 필요가 있다. 조금은.

소년은 우리를 보고 살짝 얼굴을 붉혔지만, 콧바람을 내쉬고는 아무 말도 하지 않고 달려가 버렸다.

뭐 피니아는 당연하고, 나도 생김새는 상당히 단정하다는 모양이니, 얼굴을 붉히는 정도는 관대하게 봐주도록 하자.

"정말 피니아, 조금 지나치게 들떴어."

"으으, 죄송해요. 자중할게요."

"조금 주의하면서 들뜨는 거라면, 괜찮아."

"그건, 굉장히 어려운 일인데요?"

드물게 뺨을 부풀리는 피니아를 보고, 나는 뿜고 말았다.

약간 실수를 저지르고 말았지만, 피니아가 즐거워 보이니까 문제없다. 바닥을 굴렀던 소년에게는 미안하지만, 나는 이 웃는 얼굴이 더 소중하다.

"아, 이것 봐. 이 손수건, 피니아에게 어울릴 거 같아."

나는 이야기를 돌리기 위해, 가게 앞에 장식되어 있던 손수건을 가리켰다.

거기에는 흰색 천에 가장자리에 네 잎 클로버 자수가 들어간 손수건이 걸려 있었다.

가격도 적당해서, 내 용돈으로도 살 수 있을 정도다……. 용돈을 받는 신세인 것이, 조금 슬프다.

"귀엽네요. 그러면 이것을 인원수만큼———."

어째선지 다른 일행 것까지 사려고 하는 피니아를, 내가 황급히 제지했다.

이래서는 마치, 내가 사달라고 조르는 것 같지 않은가.

"아니야 아니야. 모두에게 줄 선물이 아니라…… 저기, 이건 내가 피니아에게 사 줄 거야!"

"예? 하지만……."

"괜찮아, 이렇게 보여도 나는 꽤 부자야."

코르티나에게 매달 용돈을 받고 있는 몸이지만, 미쉘과의 사냥으로 돈을 제법 벌어들이고 있다.

항상 잡는 토끼나 새만이 아니라, 산양까지 사냥했다.

이것들의 털가죽과 남은 고기를 선물로 챙기는 것만이 아니라, 동네 정육점에 매각한 몫만큼 수입이 발생하고 있다.

그 결과 우리는 또래 아이들보다도 지갑 사정이 넉넉했다.

"그러면 저도 니콜 님께 선물을 드릴게요."

"어?"

"여기요, 이쪽의 초승달 자수가 들어간 것은 니콜 님에게 딱 어울려요."

"저기……."

이 경우, 나만 선물을 억지로 떠넘기는 것은 실례일지도 모른다. 서로가 선물을 주고받는 쪽이 심정적으로도 편할 것이다.

"응, 그러면 선물 교환이네."

"예!"

우리는 각자 상품을 손에 들고, 안쪽에 있는 카운터로 향했다.

들어가 보니 두 명 있는 계산 담당 점원 앞에, 다른 남자가 서서 이야기를 나누고 있었다. 아무래도 손님은 아닌지, 상품을 손에 들고 있지는 않았——지만, 그 모습은 본 기억이 있었다.

"어라, 빌 씨?"

거기에는 낮에 신세를 졌던 행상인, 빌이 있었다.

그는 점원과 무언가 협상 중이던 모양이지만, 우리를 알아채기 전에 가게 점원이 먼저 말을 걸었다.

"어서 오세요, 뭔가 찾으시는 것이 있나요?"

"아, 저기. 예, 이걸."

피니아가 너무나도 빠른 재회에 놀라면서도, 상품을 내밀었다. 나도 뒤이어, 각자 계산을 끝마쳤다.

그러고 나서야 마침내 빌이 이쪽을 알아채고 돌아봤다.

"어라, 당신들은…… 분명 피니아 씨였던가요."

"예. 오랜만, 은 아니네요. 설마 이렇게 빨리 다시 만나다니."

"정말이군요. 아직 몇 시간밖에 지나지 않았군요."

방긋 웃으며, 이쪽으로 오른손을 내밀어 온다. 악수는 상인의 인사이자, 협상을 결정할 때 마무리의 행위이기도 하다.

이것은 우호를 드러내기 위한 행위일 것이다. 피니아도 웃음을 지은 채로 그 손을 맞잡았다.

"그것은 선물입니까?"

"예, 기념으로요. 니콜 님과 교환할 거예요."

"하하, 참 사이좋아서 보기 좋군요."

"빌 씨는 일?"

나는 자못 천진난만하게 고개를 갸우뚱거리며 물어봤다.

이런 장소에서 이렇게나 단시간에 재회하는 것은, 내가 바라고 있던 일이라고는 해도 지나치게 잘 맞아떨어진다고 생각했기 때문이다.

그런 나에게 약간의 의심도 보이지 않고, 그는 질문에 대답했다. 딱히 수상한 기색은 보이지 않는다.

"예, 제 일은 매입이었으니까요. 이쪽 가게의 특산물을 수도에서도 팔까 해서 말이죠."

"이 손수건도 꼼꼼하게 잘 만들었으니까 말이에요."

"알아보시겠습니까! 마감도 꼼꼼하고, 자수 센스도 좋죠. 가격도 적당하니, 이거라면 수도에서도 충분히 상품성이 있죠."

"그렇다면 값을 더 높여 부를 걸 그랬군요~."

빌과 이야기하던 남자가, 농담 삼아 그런 소리를 했다.

아무래도 내가 점원으로 생각한 남자는 빌의 협상 상대였던 모양이다.

"그건 곤란합니다. 매입 단가가 올라가서는 큰 손해예요."

"하하하, 농담이에요. 앞으로도 잘 부탁합니다."

"그야 물론이죠. 그러니까 단가 상승은 제발 참아 주세요."

"걱정하지 않으셔도 됩니다. 원재료 값이 폭등하지 않는 이상, 가격을 유지하도록 하지요."

이런 모습을 보면, 우리와 만나기 전부터 거래가 있었던 가게였던 건가. 아무래도 너무나 괜찮은 가격에 괜한 의심을 품게 된 것 같다.

그렇다면 그냥 나는 원래의 목적을 이루면 된다.

"그렇지, 빌 씨. 이거, 뭔지 알 수 있나요?"

나는 품에서 반지와 단검을 꺼내 빌에게 보였다.

단검은 호신용이라는 명목으로(그렇게 말하고) 들고 나왔던 것이다. 카타나와 달리 작아서 다루기 쉬워, 마을 안에서는 이쪽이 우수한 상황도 많다.

"호오…… 이건 양쪽 다 마법이 담긴 도구이군요. 자세한 것은 감정해 봐야 알겠지만요."

"응. 하지만 뭐가 담겨 있는지 몰라서."

"흠…… 저기, 말씀드리기 어렵습니다만……."

"응?"

내 의도를 눈치챈 것인지, 죄송스러운 듯이 빌은 말해왔다.

그것은 사람이 좋은 아저씨의 것이 아니라, 상인으로서의 말이었다.

"아이템 감정이라면 무료로 해드릴 수 없습니다. 아무리 아는 사이라도, 그것은 장사의 범주에 들어가니까요."

"아, 그렇구나."

아이템 감정이라는 것은, 의외로 수요가 많다.

옛날의 마법 등은 지금의 마법과 시스템 자체가 달라, 감정하지 않으면 어떤 효과가 있는지 추측조차 할 수 없다.

그리고 그런 아이템이 유적 등에 가면 꽤 수두룩하게 나오는 것이다.

그것을 판별하기 위해, 감정 때 돈을 받고 있는 상인은 많다.

면식이 있다는 것만으로, 무료로 해 줄 만한 것이 아니다.

"응, 알았어. 얼마일까?"

"물품 하나당 은화 50개. 상당히 고액이라고 생각합니다만?"

여관에 열흘 머물 수 있는 가격이다. 하지만 매직 아이템의 가치라면, 그것을 월등히 뛰어넘는 것도 많다.

이 가격도 절대로 터무니없는 설정은 아니다. 하지만 아무리 나라도 이 금액은 들고 다니지 않았다.

"므으, 부족해."

돈이 없는 것이 아니다. 매일 버는 것 이외에, 남모르게 예의 유괴범에게 나는 돈을 뜯어냈다.

그 정도의 저축은 남모르게 갖고 있었다. 하지만 그것을 여행지까지 들고 다닐 리도 없다.

"니콜 님, 이것은 제가 낼게요."

"하지만……."

은화 50개는 상당한 액수다. 라움으로 와서 코르티나에게 급료를 받고 있는 피니아지만, 그래도 버거운 액수일 것이다.

물론 피니아는 처음에 거절하려 했지만, 주장이 강한 코르티나 상대로는 끝까지 거절하지 못했던 것이다.

"괜찮아요. 저도 쓸 일이 없으니까요."

"그래? 그러면 부탁해. 나중에 꼭 갚을게."

"네."

"꼭이야."

"그렇게 다짐을 받지 않으셔도……."

피니아가 허리춤에 찬 주머니에서 금화를 하나 꺼내 빌 씨에게 건넸다.

빌 씨는 그것을 받아 품에 넣었다.

"잘 받았습니다. 그럼…… 장소는 여기서 괜찮겠습니까?"

이곳은 토산물 가게 앞이다. 누가 듣고 있어도 이상하지 않다.

하지만 나는 이 아이템의 내용물을 모른다. 유괴범 녀석들이 갖고 있던 아이템이라, 알려지면 위험한 물건일 가능성도 있다.

그렇다면 제삼자가 없는 장소 쪽이 좋을 것이다.

"여기라면, 조금."

"그럼, 제가 머무는 숙소가 이 근처에 있으니, 그쪽에서."

"괜찮겠어?"

"예. 손님이시니까, 과실수 정도라면 대접해드리죠."

상인으로서의 표정을 지우고, 빙긋 웃으며 그렇게 전해왔다.

"저도 아름다운 아가씨들과 차를 마시면 즐거우니까요!"

이 말만큼은 본심이라는 것을 나도 알 수 있었다.

빌에게 안내받아, 그가 숙박하고 있는 여관으로 향했다.

빌이 머물고 있는 곳은, 우리가 숙박하고 있는 것 같은 관광객 대상의 여관이 아니라, 상인이나 모험가가 이용하는 진정한 의미의 여관 같은 곳이었다.

서비스를 받고 휴식을 즐기기 위한 것이 아니라, 진정한 의미로 잠만 자는 여관.

커다란 마구간이 있어 마차와 함께 머물 수 있는 부분이 마음에 들었을 것이다.

하지만 그래도 최소한의 서비스는 존재하는지, 빌은 카운터에서 약속했던 과실수를 주문하고, 자기 객실로 안내해 주었다.

그곳은 그럭저럭 돈을 갖고 있는 상인이라고는 생각할 수 없을 정도로 초라한 방이었다.

그는 커다란 마차를 보유하고, 그것을 채워 넣을 상품을 구매할 수 있을 만큼의 재력을 보유하고 있다. 호위를 고용할 여유마저 있다.

그것도 도적에게 습격당했을 때의 대처까지 생각해야만 할 정도의 재산. 그런데 침대와 테이블, 물병밖에 없는 방에 머물고 있을 줄은 생각지도 못했다.

"자, 그럼 여관 사람이 오기 전에 정리하도록 할까요."

"아, 예."

그에게 재촉을 받고, 나는 단검과 반지를 테이블 위에 놓았다.

확연하게 마력을 지니고 있을 것으로 보이는, 힘찬 존재감을 내뿜고 있다.

단지 그 '힘'이 좋은 건지 나쁜 건지는 전혀 모른다.

만약 골치 아픈 능력이 부여된 물품이고, 그것을 설명하고 있는 도중에 여관 사람이 오거나 했다가는 어떤 오해를 받을지 생각하기도 두렵다.

빌은 내가 꺼낸 아이템을 한동안 바라보고, 그 내포한 강한 마력에 감탄하듯이 한숨을 내쉬었다.

"이것은 참으로…… 훌륭한 물건이군요."

"하지만 거기에 담긴 마법의 내용을 알 수가 없어서."

"그것은 어쩔 수 없지요. 감정은 저희 상인의 밥줄 중 하나이기도 하니 말이죠."

미소를 지으며 품에서 돋보기를 꺼내, 아이템을 찬찬히 관찰하기 시작했다.

전체를 빠짐없이 관찰하고, 이윽고 품에서 백지 두루마리를 꺼내, 거기에 렌즈를 비추었다.

그러자 렌즈에서 햇빛을 모았을 때 같은 광점이 종이를 내리쫴, 그 표면을 태워간다. 탄 자국은 이윽고 종이 위에 문자를 만들어가고 있었다.

그 문자는 나는 물론이고, 피니아도 읽어낼 수가 없다.

하지만 빌은 그것을 읽을 수가 있었다.

"이것 참……."

"뭔지 알았어?"

"예. 이 단검은 키워드를 읊는 것으로 미세하게 진동하는 마법이 담겨 있는 모양이로군요."

"진동?"

분명히 이전에 맥스웰에게 들었던 기억이 있다.

작고 격렬하게 진동시켜서, 날붙이의 날카로움을 증가시킬 수가 있다고 했던가?

정확하게는 날카로움이 더하는 것이 아니라, 접촉면의 결합이 붕괴해 어쩌고저쩌고…… 진동 때문에 톱 같은 효과가 발생하니 어쩌니.

뭐, 구체적으로 설명할 수 있을 만큼 나도 잘 아는 건 아니지만.

"예, 진동하는 것으로 어떤 효과가 있는지는 모르겠습니다만."

"그건 들어본 적이 있어. 더 날카로워진다고 해. 무진장."

"호오, 그렇습니까?"

"응."

감탄하듯이 턱을 쓰다듬는 빌 씨. 눈빛이 물품을 감정하는 상인으로 변했다.

그때 기세 좋게 문을 노크하는 소리가 들렸다. 아무래도 기다리고 있던 과실수가 도착한 모양이다.

안으로 들어온 여관 사람은 물병을 얹은 쟁반을 들고 있었다. 그것에 과실수가 있을 것이다. 그리고 인원수만큼의 컵도.

테이블 위에 물병과 컵을 놓고, 아무 말도 하지 않고 퇴실했다. 종업원 교육이 잘됐다.

"이곳에서는 사업상의 거래도 하는 일이 있으니 말이죠. 무뚝뚝하다고 생각하지 말아 주십시오.”

“응, 알았어.”

몰래 기척을 살펴보았더니, 문밖에서 귀를 기울이고 있는 기색도 없다.

이것이라면 안심하고 이야기를 나눌 수가 있다.

“일단 한 모금 드시죠. 목이 마르셨죠.”

빌은 컵에 과실수를 따르고, 피니아와 나에게 나눠주었다.

안에는 탁한 흰색의 살짝 걸쭉한 과즙이 채워져, 새싹 같은 산뜻한 향기를 내뿜고 있다.

바로 입으로 가져가 본 그것은 새콤달콤하고, 그러면서 희미하게 풋내가 나는 풍미가 있었다.

이 부근은 엘프들의 본고장이라고도 할 수 있는 장소라, 여기서 수확하는 채소나 과일의 맛은 수도에서도 유명하다. 실제로 맛을 보고, 그 평판은 올바르다고 실감했다.

“맛있어.”

“이건…… 독특하지만, 농후한 맛이네요.”

“뭘요, 그것은 아직 윗부분인걸요? 고여 있는 아래쪽이 되면 될수록 맛이 진해지니까, 추가로 드실 것을 추천하겠습니다.”

빌이 그렇게 권해서, 나는 처음 받은 한 잔을 전부 들이켰다.

전생부터 단것은 좋아했기 때문에, 이 대접은 실로 감사하다.

“그래서 키워드라는 건? 꿀꺽.”

쉴 새 없이 목을 울리며, 나는 본론으로 돌아갔다.

날카로움을 더하는 마법이 걸려 있다는 것은 알았지만, 그 키워드를 알지 못하면 의미가 없다.

그건 그렇고, 들었던 대로 이 과실수는 맛있다.

빌이 말한 대로, 두 잔째가 되면 바닥에 침전되었던 과실 성분이 더욱 농후해져, 끈적한 단맛을 느끼게 해 준다.

마시면 마실수록 진하고 달콤해지는 과실수. 중독될 것 같다.

"예, 우선 이 단검, 그 진동에 견딜 수 있도록 터프니스(완강) 마법이 들어가 있습니다. 따라서 칼날이 열화되지 않고, 이대로라도 처음 만들 때처럼 날카롭습니다만, 키워드를 읊으면 철마저 종이처럼 가를 수 있게 될 것입니다."

"흠흠."

"그 키워드 말입니다만…… '파괴신을 칭송하라' 이군요. 이것 참 뒤숭숭하기 그지 없습니다."

"푸후우우우우우우우?!"

"꺄악! 니콜 님, 무슨 일 있으신가요?"

그 하얀 것이 만든 것이잖아!

확실히 세간에서는 사신 취급을 받는 만큼, 거의 입에 담지 않을 대사이기는 하다. 기동용 키워드로서는 딱 좋을지도 모른다.

그야 천 년 전부터 전설이 남아 있는 신이니까, 만든 아이템이 흔하게 유통되어도 이상하지는 않지만…… 참으로 지독한 이야기였다.

피니아는 구매한 지 얼마 안 된 손수건으로 과즙투성이가 되어 버린 내 얼굴을 닦아 주었다.

빌은 그런 나에게 잔소리하지 않고, 다음 아이템을 감정했다.

그런 부분은 실로 상인답다. 돈을 벌 수 있는 아이템이 눈앞에 굴러들어와서, 주위가 눈에 들어오지 않게 되었을 것이다.

"이쪽은 장착자의 주변에 환각을 배포하는 매직 아이템이군요……어라, 왜 그러시죠?"

"아니……."

"니콜 님이 살짝 목이 막혀서요."

"하하하, 이 과실수는 걸쭉하니 말이죠! 익숙하지 않으면 목에 걸리고 말 겁니다."

가볍게 흘려넘기고, 반지를 가리켰다.

"이쪽은 마력을 흘려보내면, 주위에 사용자가 바라는 환각을 배치할 수가 있습니다. 아마도 모습을 감추기 위한 물건일까요."

그렇군. 그 녀석들은 트렌트의 씨앗을 훔치기 위해 아이템을 준비했다.

트렌트와 전투가 벌어질 때를 대비해, 트렌트가 싫어하는 불을 발생시키는 스크롤을 준비하고, 그 강인한 외피를 베어낼 수 있는 단검을 준비하고, 감시를 속이는 반지를 준비했다는 것이다.

"하지만 이것은…… 대단히 가치가 높은 물건입니다. 이 반지는 백금화 한 개는 넘을 겁니다."

"백금화?!"

백금화 한 개는 금화 100개분. 금화 한 개는 은화 100개분.

관광객용의 비싼 여관이 어른 기준으로 1박에 은화 5개였다는 것을 생각하면, 얼마나 비싼 것인지 짐작할 수 있다.

"이쪽의 단검도 금화 50개는 충분히 받을 수 있죠."

"5, 50개인가요……."

어지간한 가족이 1년은 살 수 있는 액수다. 그런 아이템이라는 사실을 알게 되어, 피니아는 경악하고 있었다.

설마 내가 가져온(그런 것으로 알고 있다) 아이템이, 이렇게나 고가일 줄은 생각하지 못했던 모양이다.

하지만 내가 지닌 카타나도, 시장에 내다 팔면 금화 20개는 확실한 물건이다. 그것을 생각하면 놀랄 정도의 일은…… 아니, 놀라려나.

"어떤가요, 니콜 양. 이 아이템을 저에게 팔지 않겠습니까? 아직 어린 당신에게 이런 제안을 하는 것은 공평하지 않겠습니다만, 그래도 부디 검토해 주셨으면 합니다."

진지한 눈으로 빌은 나에게 거래를 제안했다.

그로서는 갑자기 눈앞에 굴러 들어온 돈벌이 이야기다. 달려드는 것이 당연한 반응이다. 하지만 이것을 받아들일 수는 없다.

변명 때문에도, 실리적으로도 말이다.

힘이 없는 나로서는 이 단검은 대단히 유용한 아이템이고, 환각을 만들어 내는 아이템도 써먹을 길이 많아 보인다.

게다가 이 아이템은 내가 '라이엘의 개인 소유품을 들고 나왔다'는 것으로 되어 있는 아이템이라, 나 개인이 멋대로 처분하는 것은 문제가 있다.

"미안하지만 이건 파파의 물건이니까…… 멋대로 팔 수 없어."

"그렇…… 습니까. 아니, 생각해 보면 당연하군요. 이 정도의 물품을 어린아이가──.이거, 실례했습니다."

"으으응, 그 생각은 틀리지 않았으니까."

보통은 틀리지 않다. 아쉽게도 내가 보통이 아니었을 뿐이다.

그건 그렇고 그 녀석들, 꽤나 좋은 물건을 소지하고 있었구나. 이것을 처분하면 도둑질을 할 필요도 없었던 것 아닌가?

아니면 또 다른 흑막이 있는 건가⋯⋯?

"그렇다면 아버님과 협상할 수는 없겠습니까?"

"그건 어려워. 파파는 라움에 없으니까."

"니콜 님의 아버님께서는 북부 3개국 연합의 변경 마을에 살고 계세요. 이쪽까지 오는 것은⋯⋯ 어라?"

피니아가 고개를 갸우뚱하는 것도, 뭐 이해는 간다.

원래라면 그 거리는 협상을 포기하게 하는 데 충분하다. 하지만 라이엘과 미리아는 매일같이 라움까지 쳐들어오고 있었다.

이 무슨 민폐스러운 영웅들인가. 만약 라이엘과 빌이 얼굴을 마주쳤다가는, 내 거짓말이 발각되고 말지 않은가.

"아, 아무튼, 성능은 알았어. 다른 게 없으면, 나는 이만."

"니콜 님, 벌써 괜찮으신가요? 과실수가 아직 남았는데요."

"응, 이제 배불러."

위험한 상황이 벌어지기 전에, 여기서는 빨리 물러나고자 한다.

딱히 빌이 내 정체에 도달할 가능성은 없겠지만, 피니아가 매일 밤 라이엘이 라움을 방문하는 것을 흘리게 되면, 틀림없이 거짓말이 들킨다.

그리고 거기서부터 '어떻게 손에 넣은 것인가?' 라는 의문에 이르게 되면, 나에게까지 도달하는 것은 간단하다.

레이드가 이미 환생했다는 정보를, 그 녀석들은 갖고 있다.

"그럼 남은 것은 수통에 담아 가져가시죠. 이것은 술을 타서 마셔도 맛이 있습니다."

여행용의 커다란 물주머니를 꺼내, 빌이 과실수를 옮겨주었다.

이것은 이것대로 미쉘이나 코르티나에게 좋은 선물이 생겼다.

역시나 상인. 배려가 꼼꼼하다.

"고마워."

"아닙니다. 저야말로, 희귀한 물건을 볼 수 있었습니다. 이런 상태라면 라움에는 아직 감춰진 보물이 숨어 있을 것 같군요."

"모험가가 자주 드나드는 장소에는, 그런 것이 많을 것 같네."

"이야, 정말 맞는 말입니다! 실로 총명한 아가씨군요."

모험가가 갖고 오는 것은 몬스터의 소재만이 아니다.

대대로 계승되던 명기, 명품이나 유적에서 나온 발굴품 등도 다수 존재한다. 물론, 그것들 전부에 가치가 있다는 이야기는 아니지만, 그중에는 이런 눈이 번쩍 뜨일 만한 물건도 섞여 있을지도 모른다.

그런 사실을 빌은 깨달은 것이다. 앞으로 그는 다수의 모험가와도 교류하게 될 것이다.

굳게 악수하고 나서, 나와 피니아는 방을 나왔다.

선물도 손에 넣었고, 아이템 감정도 받았다. 실로 좋은 일만 가득하다.

이 단검이라면 내 전투력은 더욱 상승하게 될 것이고, 반지에 담긴 환각마법이 있으면, 앞으로는 얼굴을 감추는 것이 편해진다.

은근히 귀찮았던 변장에서 해방되는 것이니까, 참으로 고맙다.

폴짝폴짝 뛰고 싶을 정도로 기분이 좋아져서, 우리는 밤거리로 돌아왔다.

피니아도 전에 없이 가벼운 발걸음으로 따라왔다. 그렇다, 다시금 감사를 전해야만 할 것이다.

피니아가 요금을 대신 내주지 않았다면, 나는 감정을 받을 수 없었을 테니까.

"그렇지. 피니아, 돈 고마워. 나중에 꼭 갚을게."

"신경 쓰시지 않아도 괜찮아요. 제가 갖고 있어도 쓸 일이 없으니까요."

"그래도 돈 관계는 확실하게 해야 해."

일에 따라서는 인간관계에도 영향을 주는 것이다. 얼렁뚱땅 넘어가서 좋을 일이 아니다.

빌린 것은 반드시 돌려준다. 이것이 전생에서 이어지는 내 신조였다. 돈도, 원한도, 은혜도, 반드시 돌려주도록 하고 있다.

"괜찮아, 나도 사냥으로 돈을 벌고 있으니까, 집에 돌아가면 그 정도는 있어."

"정말로 괜찮으신가요?"

"괜찮고 자시고, 원래는 피니아의 돈이니까."

피니아는 엘프다. 그 수명은 터무니없이 길다.

지금은 필요 없어도, 나나 마리아, 라이엘이 수명이 다해 죽고 난 뒤에도 계속 살아간다.

지금이 좋으면 좋다는 것은, 느긋한 엘프다운 생각이지만……
그때를 위해서, 지금이라도 저축의 개념을 배워서 나쁠 일은 없
을 것이다.

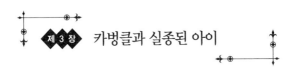

제 3 장 카벙클과 실종된 아이

아침에 일어난 내가 가장 먼저 보게 된 것은, 실로 혼돈이라고 할 만한 광경이었다.

이 여관은 관광객을 상대로 경영하고 있는 만큼, 객실 구조도 일반적인 집과는 다르다. 풀을 엮어서 두꺼운 융단처럼 만든 바닥에, 직접 면을 넣은 이불을 깔고, 그 위에서 자는 것이다.

그 침구 위에서 다섯 명이 가지런하게 누워서 잠들었을 텐데, 아침이 되고 보니 그 질서정연함은 혼돈으로 변화해 있었다.

내 위에는 미쉘이 올라타 있고, 다리는 어째선지 거꾸로 드러누운 레티나가 껴안고 자고 있다.

꼿꼿하게 똑바로 자고 있는 것은 피니아뿐이지만, 어째서인지 그 몸을 휘감는 것처럼 코르티나가 들러붙어서는 미묘한 관절기를 먹이고 있다.

"으그그."

"으응~ 레이드으……."

무슨 꿈을 꾸고 있는지 이해할 수 없지만, 일단 피니아가 힘들어 보이니 빨리 두들겨 깨우기로 했다.

"코르티나, 일어나."

미셸의 밑에서 빠져나와 찰싹찰싹 얼굴을 때려 깨우려 했지만, 코르티나는 전혀 눈을 뜰 기색이 없었다. 참고로 내 다리에는 아직 레티나가 끈질기게 들러붙어 있다.

숙련된 모험가인 코르티나지만, 모험할 때 말고는 그다지 쉽게 잠에서 깨어나지 못한다.

모험 중에는 척척 눈을 뜨곤 했으니, 일상과 비상시의 의식 전환을 무의식중에 할 수 있는 타입일 것이다.

지금은 완전히 긴장을 풀고 있는 증거로, 우리에게 마음을 허락하고 있는 뜻이기도 하다. 이것은 기쁘기 그지없는 일이지만, 지금은 그럴 상황이 아니다. 이대로는 피니아의 목이 위험하다.

이미 해가 떠오르고 상당히 시간이 지났다. 너무 얼굴을 비추지 않으면, 여관의 사람이 상태를 보러 올지도 모른다.

전혀 모르는 사람에게 이런 망측한 모습을 보일 수는 없다. 코르티나는 가슴팍이 성대하게 드러나 있기도 하고.

"응후~."

계속해서 찰싹찰싹 얼굴을 맞고, 마침내 코르티나는 희미하게 눈을 떴다.

나를 인식하고──그대로 엄청난 기세로 나를 껴안았다.

"응~ 부드러워, 따뜻해."

"작작 하고 눈을 떠~!"

껴안는 것은 딱히 상관없지만, 어째서 오른손을 등 뒤로 고정하는 거지?!

게다가 팔꿈치 안쪽에 팔을 끼워 넣고 있어서 관절이 꺾였고, 거기에 더해 다리 쪽의 레티나도 몸을 비틀어 무릎을 꺾기 시작했다. 아니, 이 이상은 위험——. 아, 안 돼.

"으갸아아아아아아아아!!"

내 비명이 여관에 울려 퍼지고, 그 절규로 모두가 눈을 떴다.

"아~ 미안해. 무의식중에 매달려서 장난을 치는 바람에~."

여관에서 아침 점심은 식사를 주문하지 않았기 때문에, 우리는 여관을 나와 외부 식당으로 가고 있었다.

이곳은 휴양지이자 관광지다. 식사 면에서도 상당한 노력을 기울이고 있다.

여관에서 정해진 요리를 계속 먹는 것보다, 밖에서 먹는 편이 풍부한 종류를 즐길 수가 있다.

"장난을 치는 데 관절을 꺾는 건 그만두자."

"응, 반성할게."

머리를 긁적이고, 코르티나가 사죄했다.

보아하니 상대를 붙잡을 때 호신술로 배운 관절기를 쓰는 버릇이 있는 모양이다.

코르티나는 육영웅 중에서도 전투력이 떨어지는 만큼, 목표가 되는 일도 많았다. 그렇기 때문에 조금은 체술 지식이 있다.

전생에서는 남녀 침소는 나누는 일이 많았기 때문에, 이렇게 나쁜 버릇은 알지 못했다.

나중에 마리아가 어떻게 대처했는지 물어봐 두자.

조금만 더 가면 식당이 보이는 장소까지 와서, 우리가 이동하는 방향에 사람이 몰려 있는 것을 발견했다.

무언가 위험한 분위기가 있어서, 나와 코르티나는 자연스럽게 경계태세를 취했다.

일단 나는 호신용으로 어젯밤에 감정을 받았던 단검과 반지를 장비하고 있다.

그에 비해 코르티나는 발동 보조 효과를 지닌 반지를 장비하고 있었다. 이것을 장비하게 되면 마법 효과가 조금 상승한다는 모양이다.

미쉘도 예전의 그 팔찌와 서드 아이를 들고 왔지만, 이 기척은 알아채지 못하고 있다.

피니아와 레티나에 이르러서는 아예 말할 것도 없다.

"대체 뭘까?"

나는 웃옷의 품속으로 손을 찔러넣고 안에서 단검 자루를 쥐며 코르티나에게 물었다.

코르티도 내 행동을 간파했는지, 긴장한 표정을 풀지 않는다.

"모르겠어. 하지만 잠시 이야기를 듣고 올 테니까, 여기서 기다려 주겠어?"

"알았어. 위험하면 물러나."

"걱정이 많네. 하지만 알았어."

코르티나는 우리 다섯 명 중에서 가장 전투력이 높을 것이다.

하지만 그것도 결국은 후방 요원이다. 전선에서 싸우는 요령까지는 이해하지 못하고 있다.

내 긴장이 마침내 전해진 것인지, 피니아가 의아한 표정으로 이쪽을 살폈다.

"무슨 일이 있으신가요?"

"저기 사람이 모인 곳, 뭔가 분위기가 험악해."

"예?"

"그래서 코르티나가 상황을 살피러 갔어."

설명을 듣고, 미쉘이 활 케이스의 잠금장치를 말없이 풀었다. 이것은 여차할 때를 대비한 움직임이다.

미쉘도 나와 함께 숲에서 사냥을 하고 있는 만큼, 실전의 감은 날카롭다.

사람들이 모인 곳으로 다가간 코르티나가 무슨 일인가 물었다.

코르티나는 겉보기는 미소녀인지라, 집단 안의 남자들은 처음에는 호의적으로 설명해 주었다.

하지만 뒤에 대기한 내 모습을 본 순간, 그 태도를 싹 바꿨다.

"저 녀석이야! 나는 봤어, 저 녀석들이 어제 마이키와 이야기를 하는 걸!"

그 말에 군중의 분위기가 일변했다.

확연하게 경계를 드러내는 집단. 그중에서 한 명의 여성이 걸어나왔다.

초췌한 표정의 중년여성. 용모는 별로 뛰어나지 않지만, 소박하고 성실해 보이는 분위기를 풍기고 있다.

하지만 지금은 그 눈을 치켜뜨고, 히스테릭한 감정에 지배되어 있었다.

"너희가 마이키를 데리고 간 것이냐!"

"어?"

"시치미 떼지 마! 마이키를 어디로 데리고 간 거야!"

날카로운 목소리로 감정적으로 고함을 쳐대며 이쪽으로 다가오는 여성.

그 모습을 보고, 피니아가 사이에 들어와 접근을 방해했다.

미쉘은 서드 아이를 꺼내고 시위에 화살을 걸어 견제한다. 뱅글의 힘을 사용하지 않아서 당길 수는 없지만, 그 분위기만으로 위협은 된다.

레티나도 언제라도 마법을 쓸 수 있도록 대기하고 있었다. 나는 그 두 사람을 손으로 막아 공격을 자제시켰다.

"무슨 일인지 모르겠는데, 마이키가 누구야?"

"너희가 어제 데려간 내 아들이야!"

피니아의 가슴팍을 붙잡으며 고함을 치는 여성. 그래도 피니아는 그 자리를 물러나려 하지는 않았다. 뒤에는 내가 있으니까, 그럴 수가 없었을 것이다.

반격에 나서지 않는 것은 대화 중간중간에 그 사정을 알아챘기 때문일까?

이야기의 단편을 조합해 보면, 이 여성의 아들인 마이키라는 소년이 어제부터 모습을 감춘 것으로 추정된다. 그리고 그 아이가 우리와 이야기를 나누는 모습이 목격되었다?

전혀 기억에 없다…… 아, 잠깐?

"아, 혹시 어제의 아이?"

"역시 알고 있잖아!

"아니, 어제 헤어지고 나서, 본 적이 없는데."

"거짓말하지 마!"

전혀 말이 통하지 않는다. 게다가 그런 그녀에게 촉발되는 것처럼, 뒤쪽에 있는 군중의 분위기도 나빠지고 있다.

이대로라면 폭동으로 발전할 가능성도 있다.

내가 어떡해야 할까 고민을 하고 있었더니, 코르티나가 모자를 벗어 그 고양이 귀를 드러냈다.

"저기, 이 아이가 아무것도 모르는 것은 제가 보증할게요. 그러니까 진정하고 이야기를 해주지 않겠어요?"

"네가 보증을 한다고──. 어 그 귀는?!"

묘인족은 별로 수가 많지 않다. 이 라움에서 묘인족, 그것도 금발에 장모종인 마술사라면, 그 수는 한없이 줄어든다.

보통 묘인족만이 아니라, 수인계 종족은 그 우수한 신체 능력을 살려 전위직종에 종사하기 때문이다.

"저는 코르티나라고 해요. 이 아이는 제가 보호하고 있는 아이로 니콜이라고 하고요. 뭔가 도움을 줄 수 있는 일이 있을지도 모르니까, 자세하게 이야기를 해주세요."

정중하게 이름을 밝힌 그녀를 보고, 일동은 곤혹스러운 표정을 짓게 되었다.

과거 세계를 구한 영웅. 그중 한 명인 코르티나에게 따지고 들었던 것 때문에 여성은 딱딱하게 굳은 표정을 지으며 사정을 설명해주었다.

코르티나가 마음만 먹으면, 사람 한 명을 이 세상에서 사라지게 하는 것은 실은 매우 쉬운 일이다.

그리고 그런 소문이 퍼지면 관광지로 유명한 이 마을도 이미지가 대폭 나빠지게 되고 만다.

그것을 이해하고 있기에 긴장을 감추지 못하고 있었다.

목적지인 식당. 거기서 식사하며 여성과 이야기하게 되었다.

우리는 식사하며, 코르티나는 차로 목을 축이고 여성—— 제시카의 이야기를 들었다.

"즉, 아드님인 마이키 군이 어젯밤부터 행방불명이라고요?"

"예. 알아챈 것은 잠들기 전이에요. 자주 집을 빠져나가는 아이였으니까 또 어슬렁거리며 돌아다니겠구나 싶었지만, 아침이 되어도 돌아오지 않았어요."

"그래서 밤을 샜나 보군요. 안색이 너무 안 좋아요."

"그야 아들이——!"

그 마이키 군은 어젯밤 피니아와 부딪혀 넘어졌던 소년이다.

활발해 보이고, 그러면서 건방져 보이는 소년이었다. 그 행방을 아직도 알 수 없다.

제시카는 마을 안을 뛰어다녀, 근처의 사람들까지 동원해 수색했지만, 발견하지는 못했다.

"그러고 보니까 어제 헤어질 때, 문 쪽으로 뛰어간 것 같은데."

"문 말인가요?"

피니아가 어젯밤의 모습을 떠올리며 보고했다. 이것은 코르티나에게도 정보를 전할 필요가 있으니까, 굳이 입에 담은 것이기도 했다.

분명히 그 소년은 우리와 헤어진 뒤에 마을 바깥으로 뛰어갔다. 지금 생각해 보면, 그런 시간에 그 방향으로 뛰어간다는 것은 상당히 수상쩍다.

"마을 밖으로 나갔을 가능성도 있어?"

"하지만 어째서 밖으로…… 이 근방은 다른 곳보다도 안전하다고는 해도, 짐승이 나오지 않는 것도 아닌데."

모험가들에 의해 주변 치안은 안정되어 있지만, 그래도 소규모 몬스터 종류는 존재한다.

특히 야생 산양이나 멧돼지 같은 야수 종류는, 라움 전역에 그럭저럭 존재한다.

나보다 조금 나이가 많은 정도의 어린아이로는 제대로 대처하지 못할 것이다.

"거기까지는 모르겠지만…… 아니, 잠깐 기다려."

거기서 나는 어떤 말을 떠올리고 있었다.

그것은 그 하얀 것── 파괴신이 나에게 전했던 말이다.

"분명, 동굴에 카벙클이 있다고……."

"카벙클? 보호지정대상이잖아. 어째서 그런 곳에?"

"모르겠지만, 신님이 그렇게 말했어."

"신님이라니, 어제 봤던 그 하얀 아이? 스스로 신이라고 말하다니 이상한 아이라고는 생각했지만……."

코르티나는 그 하얀 것이 신이라는 것에 반신반의하고 있다. 하지만 이것은 평범한 반응일 것이다.

그것은 그렇다 치고, 의심스럽다고는 해도 신이 입에 담은 일이다. 게다가 나의 조상님. 그렇다면 나를 속일 필요성도…… 아마도 없을 것이다.

"아무튼, 동굴 근처에서 카벙클을 봤으니까, 보호하러 왔다고 말했어. 하지만 아마도 둘러댄 말이야."

"둘러댔다니…… 어째서 그렇게 생각한 거야?"

"왜냐면, 거기는 수인용 욕탕이잖아? 그런 곳에서 기다렸다가 일부러 나에게 알려주었다는 것은, 내가 가주길 바란 것이 아닐까~ 해서."

동굴에 카벙클이 있다. 그 정보를 나에게 주려고 뻔뻔한 연기까지 해가며 그 자리에서 기다리고 있었던 것이다.

정보를 알려준 이상, 내가 그곳에 가기를 은근히 권한 것일 터.

그리고 모습을 감춘 소년. 이 타이밍에 이 사건. 관계가 없다고 단정하는 쪽이 힘들다.

"혹시, 그 아이가 먼저 카벙클을 발견했다거나?"

"설마, 환수에게 습격당해서?!"

"아니, 카벙클은 그렇게 호전적인 몬스터가 아니에요. 함부로 손을 대지 않는 한 안전해요. 애초에 어린아이 정도의 위협이라면, 신경도 쓰지 않고요."

피니아의 추측에 제시카는 얼굴이 창백해졌지만, 코르티나가 그것을 부정했다.

카벙클은 별로 강한 몬스터가 아니다. 하지만 그래도 용종 나부

랭이, 게다가 마법에 특히 뛰어난 종족이다. 어린아이 상대라면 자유자재로 상대할 수가 있을 터.

즉, 마이키가 카벙클에게 습격받아 돌아오지 못하게 되었다는 노선은 제외다.

"어찌 되었든, 가능성이 있는 이상 상황을 보러 가야 하겠네."

"나도 갈래!"

아니 그보다, 얼굴을 알고 있는 것은 나나 피니아뿐이다. 마을 사람을 데리고 가는 것보다는 내 쪽이 훨씬 도움이 될 터.

"그렇네. 별로 기분은 내키지 않지만 니콜의 탐지능력은 나로서도 고마워."

코르티나는 책략을 짜는 일에는 뛰어나도 다른 능력은 일반적인 모험가를 웃도는 정도. 일류에 손이 닿을 것 같으면서도 닿지 않는, 그런 레벨이다.

즉, 탐지능력으로 말하자면 사실 내가 더 뛰어나다.

"그렇다면 나도!"

"아, 치사해! 저도 가겠어요."

"안~돼."

미쉘과 레티나도 양손을 들고 입후보해보지만, 숲속 용종을 찾으러 가는데 두 사람을 데려갈 수는 없다.

이번에는 코르티나가 타일러서, 결국 대기하게 했다.

피니아는 미쉘과 레티나를 돌봐주기 위해 남기로 했다.

"저기, 저는 어떻게 해야……?"

"제시카 씨가 숲에 와도, 할 수 있는 일은 아무것도 없어요. 엇갈리게 될 가능성도 있으니까, 마을에서 기다려 주세요. 그리고 카 벙클 쪽으로 갔다고 확정된 것도 아니니까요."

"아, 예……."

제시카도 현재 코르티나에게 반론할 정도로 이성이 없지는 않았다. 지금은 얌전히 우리의 제안을 받아들여 주었다.

이렇게 해서 나는 코르티나와 둘이서 카벙클 탐색에 나서게 되었다.

나와 코르티나는 장비를 갖춰 출발 준비를 했다.

그렇다고 해도 이 마을에는 위안 목적으로 와 있기 때문에, 본격적인 장비 같은 것은 가져 오지 않았다.

나도 코르티나도 움직이기 쉬운 복장을 코디네이트하고, 최소한의 무장을 한 것만으로 완료다.

나는 단검과 피아노선과 털실을 장비하고 끝이었다.

"역시 살짝 장비가 불안하네."

"어쩔 수 없어. 보통은 온천에 무기를 갖고 오지 않으니까."

"니콜은 그 단검이 있으니까 괜찮지만, 나는 이 반지밖에 없으니까……."

코르티나의 장비는 마력보조를 위한 반지 하나. 그것 말고는 마치 산책이라도 하러 가는 듯한 가벼운 장비다.

약하다고는 해도 용종이 있다고 하는 동굴로 향하기에는 불안할 것이다.

"코르티나, 쓸래?"

"이 단검? 괜찮아, 니콜이 써. 나는 그런 건 잘 안 쓰니까."

코르티나의 근접전투는 기본적으로 체술과 마법을 사용한 방어가 주체다.

단검을 다루는 것은 의외로 상당한 숙련이 필요하므로, 확실히 내가 갖고 있는 편이 효과를 발휘할 수 있다.

"하지만……."

"나는 도중에 지팡이라도 사서 가지고 갈게. 일단 몬스터가 나오는 장소에 가까운 마을이니까 그 정도의 장비는 팔고 있겠지. 그렇지 않더라도 트래킹용 지팡이 같은 거라도 괜찮고."

방어에 사용한다면 필요한 것은 튼튼함이다.

평범한 나무 지팡이라도 코르티나의 간섭계 마법으로 강화하면 그럭저럭 튼튼해진다.

"피니아도 미쉘도, 잘 기다리고 있어."

"예, 맡겨주세요."

"응, 맡겨줘!"

미쉘이 주먹을 꼭 쥐고 결의표명을 했다.

이 마을에 있는 한 아무 일도 없을 것으로 생각되지만, 다섯 명 중에서 주전력인 나와 코르티나가 빠지기 때문에 충분하게 경고를 해두었다.

여관을 나설 때 걱정스러운 듯한 제시카가 배웅해 주었다.

"죄송합니다, 코르티나 님. 아들을, 부디 잘 부탁드립니다."

"아직 동굴에 있다고 정해진 것은 아니니까 너무 기대하지는 마세요. 하지만 희망은 버리지 마세요."

"예. 틀림없이 어딘가에서 또 장난을 치고 있을 거예요……."

공허하게 웃어 보이지만 눈에는 걱정하는 감정이 확연하게 드러나 있었다.

코르티나 앞이라 무리해서 감정을 억누르고 있는 모양이지만, 이대로는 오래 버티지 못할 것 같다.

"가자, 코르티나. 서둘러야지."

"그렇네. 다녀올게요. 부디 성급한 행동은 하지 마세요."

"예, 잘 알고 있습니다."

이런 경우, 성급한 행동이란 단독으로 동굴로 양하거나 하는 행위다.

지금은 엇갈리는 것이 두려워 집에서 기다릴 것을 받아들였지만, 걱정하는 감정이 폭주하면 무슨 짓을 할지 모른다.

최대한 빨리 데리고 돌아오지 않으면 그런 독단을 저지르게 될 수 있다.

우리는 걸음을 서둘러 숲속에 있는 동굴로 향했다.

숲속은 어둑어둑해서 시야가 나쁘다. 척후 기술을 조금 익힌 수준에 지나지 않는 코르티나로에게 감시 역할을 맡기는 것은 불안하다.

내가 선행해서 주위를 관찰해 갔다. 그랬더니 기묘한 것을 발견했다.

"발자국이야."

"발자국? 마이키 군 것이려나?"

"아니, 이건 무장하고 있어."

발까지 단단히 덮는 그리브(다리 보호대) 자국이다. 아직 생긴 지 얼마 되지 않았고 게다가 정성스럽게 스파이크까지 박혔다. 이것은 병사거나 전위를 담당하는 모험가가 즐겨 착용하는 것이 기도 하다.

마을의 장난꾸러기 소년이 착용할 물건이 아니다.

"병사……치고는 이상하네. 이런 곳에 주둔하고 있을 리가 없으니까."

"응, 분명 모험가. 그것도 여럿."

"여럿?"

"세 명 정도."

스파이크의 자국은 세 종류 존재했다. 지금 이 숲속에 최소한 세 명의 모험가가 있다는 것이 된다.

그들의 발자국은 일직선으로 안쪽으로 향하고 있었다.

"안쪽? 이 녀석들도 카벙클을 노리고 있다는 것이려나?"

"글쎄. 내 정보의 출처는 상당히 기밀성이 높으니까, 아니라고 생각되는데."

그 하얀 것도 일단은 신이라고 자칭하는 존재다. 아니, 그 악질 스러움은 다른 신보다도 한 단계 위기 때문이다.

그리 간단히 정보를 흘리거나 하는 짓은 하지 않을 터. 그렇다는 것은 다른 쪽으로 정보 출처가 존재하는 걸까?

"아니면 카벙클이 목적이 아닐 가능성?"

"아, 그런가! 그리고 보니까 이름이 있는 드래곤이 찾아온다고 했었지."

"드래곤을 해치우려고?"

아무리 그래도 셋이서 드래곤을, 그것도 이름이 있는 것을 토벌하는 것은 어지간히 실력이 뛰어나지 않으면 불가능하다.

하지만 코르티나는 내 의견을 간단히 부정했다.

"아니야, 해치우는 것보다 훨씬 간단히 돈이 벌릴지도 몰라."

"돈을 벌다니……."

"빌 씨 일행의 이야기로는, 드래곤이 온천 치료를 위해 찾아온다고 했었지? 어지간히 목욕을 좋아하는 것인지 모르겠지만, 그만큼 탕에 들어가 있다면 비늘 같은 것이 떨어져도 이상하지 않잖아."

"아, 그렇구나."

드래곤도 파충류다. 게다가 재생력이 터무니없이 강하다. 다소 거칠게 몸을 닦아 비늘이 벗겨져도 금방 재생하고 만다.

그런 비늘의 일부가 남아 있다고 하면 회수하는 것만으로 상당한 돈벌이가 된다.

이름이 붙을 정도로 상위 드래곤의 비늘이라면 특히 높은 값이 붙을 것이다.

"드래곤의 유류품을 노린 모험가가 숲 안쪽으로 향하다가, 만에 하나 카벙클을 발견한다면 어떻게 할까?"

"틀림없이 사냥하겠네."

코르티나는 빌 일행과의 대화에서 모험가의 목적을 예측하고,

최악의 사태를 상정해 간다.

　나도 이것에는 솔직한 예상을 답했다. 평범한 대답도 현재 상황 파악에는 필요한 일이다.

　"그것을 마이키 군이 목격한다고 하면?"

　"틀림없이, 소문이 나는 걸 막으려고 죽일 거야."

　"나도 그렇게 생각해. 아무래도 서두르는 편이 좋을 것 같네."

　드래곤의 유류품을 뒤진다. 그것은 유한한 자원을 먼저 찾으려고 경쟁하는 것이나 다름없다. 그렇다면 목격자는 적을수록 좋다.

　하물며 드래곤의 출몰하는 곳으로 찾아올 만한 어린아이라면, 마을에서 사라지는 일도 충분히 있을 수 있는 이야기였다.

　그렇다면 목격지를 이 모험가들이 놓아줄 리가 없다. 그렇게 판단하고, 우리는 속도를 높였다.

　카벙클이 목격되었다는 동굴 앞까지 찾아 왔지만, 모험가도 마이키도 만나지 못했다.

　조사해 본 결과, 작은 신발 자국과 짐승의 발자국이 동굴 쪽으로 향하고 있었다. 이 신발 자국은 마이키의 것으로 생각된다.

　다행스럽다고 할지 카벙클의 사체나 혈흔 등도 발견되지 않았으니까, 마이키도 카벙클도 아직 무사할 것이다.

　"아직 마이키는 무사한 모양이네."

　"응, 카벙클도. 새로운 발자국은 동굴 안으로 이어졌어. 하지만 나온 흔적은 없네."

"마이키 군은 아직 안에 있다는 거구나."

계속해서 주위를 탐색해 보니 다른 발자국은 없다고 판명되었다. 즉 모험가는 아직 이곳까지는 오지 않았다는 뜻이다.

드래곤이 들르는 원천(源泉)은 이 근방이 아니다. 사람이 들어오는 장소에 드래곤이 들러서는 손님의 발길이 끊기고 만다.

지성이 높은 드래곤이라는 모양이니 그 부분을 배려해 마을에서 떨어진 장소를 선택했을 것이다.

모험가가 이곳에 오지 않는 이유도, 드래곤이 있는 곳을 탐색하기 위해서인가.

"마이키가 나오지 않는 이유를 모르겠네. 모험가와 마주치지 않았다고 한다면…… 안에서 뭔가 문제가 있었다는 거야."

"어찌 되었든, 안으로 들어가야지."

"동굴 안에 가스가 있을 가능성이 있어. 퓨리파이(정화) 마도구는 있어?"

"있어."

이 마을이 온천 마을로 발전한 원점이, 이 동굴에서 온천이 발견되었기 때문이다.

즉, 이 내부에는 가스가 있을 가능성도 적지 않다.

나는 얼굴을 감추기 편리해서 퓨리파이 마법이 담긴 머플러를 항상 챙기고 있었다.

두 사람 모두 머플러를 감고 동굴 안으로 들어간다. 내부는 어두워, 아무리 나라도 시야가 확보되지 않는다.

거기서 코르티나가 라이트(광명) 마법을 사용해, 주위를 밝혀 주었다.

"발자국, 아직 쫓을 수 있어?"

"응. 어린아이 발자국과…… 짐승? 발톱이 있고…… 입구에 있던 것과 같은 발자국이 있어."

"소문의 카벙클이네, 분명."

"음~ 둘 다 빈번하게 드나들고 있는 흔적이 있어."

"빈번하게……?"

한 번뿐이라면 우연도 있을 것이다. 하지만 양방향으로 몇 번이나 반복되었다고 하면 우연이라고는 할 수 없다.

그리고 그 횟수만큼 드나들면서 카벙클과 만나지 못했다는 것도 생각할 수 없다.

"아마도, 마이키 군은 여기서 카벙클과 만나기 위해 드나들었던 것이네."

"카벙클은 보호지정종이야."

"그렇기 때문에 남들 눈을 피해 만나고 있던 거야."

보호지정 몬스터와 빈번하게 접촉하는 것은 별로 권장되는 행동이 아니다.

카벙클은 지성이 낮지 않은 몬스터지만, 그래도 함부로 건드리는 것은 위험하다.

그러니까 부모에게도 비밀로, 밤중에 만나러 오고 있었다.

"하지만 안에서 무슨 일이 있어서, 돌아가지 못하는 상태에 처한 것이려나?"

"가스가 있다면…… 위험해."

"그렇네, 최악의 사태는 각오해야지……."

우리는 그대로 앞으로 나아갔다.

동굴은 상당히 풍화되어 있어, 언제 무너져도 이상하지 않을 정도로 너덜너덜해져 있다.

내부는 예상대로 가스가 희미하게 고여서, 장시간 자리를 잡고 있다고 한다면 상당히 위험한 상태가 될 것이다.

한동안 안으로 들어가니 무너진 벽을 발견했다.

그 옆에는 어린아이의 발자국이 남아 있어, 무너진 암반 너머로 이어져 있었다.

"코르티나, 여기."

"발자국이네. 무너진 벽 너머로 이어져 있어?"

"응. 돌아가는 길이 낙반으로 막힌 걸지도."

"가능성은 있네. 조금 물러나 있어. 주홍 다섯, 군청 여섯, 황금 아홉──닫힌 길을 열어라. 터널."

코르티나의 주문에 따라, 낙반의 토사에 구멍이 생겨 간다.

굵기 2미터 정도의 구멍이 파여나가, 3미터나 전진했을 무렵 건너편을 관통하고 말았다.

나와 코르티나는 서로에게 눈짓을 하고 나서, 내가 먼저 구멍의 안쪽으로 들어갔다.

이대로라면 다시금 낙반을 일으키고 마니까, 코르니타는 터프니스 마법으로 벽을 보강하고 있다.

나는 단검을 뽑아 경계하며 안쪽으로 들어간다. 그러자 공기가 새는 듯한 소리…… 아니, 위협하는 소리가 들려왔다.

거기에는 털을 곤두세운, 이마에 보석을 붙인 거대한 햄스터, 카벙클이 우리를 향해 이빨을 드러내고 있었다.

"카벙클, 이야……."

"캬악!"

등 뒤의 코르티나에게 알려주기 위해, 그리고 상대를 자극하지 않도록 조용히 말했다.

코르티나도 보강을 마치고 나서 내 등 뒤까지 다가왔다.

그리고 카벙클의 건너편에, 다리를 붙잡고 쓰러져 있는 어린아이를 발견했다.

"마이키 군!"

"그르르르르르……."

나는 카벙클을 자극하지 않도록 단검을 집어넣고, 해를 입힐 의지가 없다는 것을 보이기 위해 양손을 펼치며 천천히 소년에게 다가갔다.

여전히 나를 위협하고 있는 카벙클이지만 덤벼드는 일은 없었다. 그런 카벙클을 우회해서 소년―― 마이키의 상태를 살폈다.

다리에 상처를 입어서 움직일 수 있을 것 같지는 않지만, 호흡은 안정되어 있어 생명에 지장은 없어 보인다.

가스로 가득 찬 동굴 안인데, 마이키 주변에는 그 가스가 존재하지 않았다.

마이키가 운 좋게도 그런 공기가 있는 곳에 쓰러져 있었다…… 라는 것은 너무 편의주의적인 발상일 것이다.

"네가 공기를 정화해 주고 있던 것이려나?"

"뀨우?"

나에게 해를 끼칠 의사가 없다는 것을 깨달았는지, 살짝 고개를 갸우뚱하며 이쪽을 살피고 있다.

나는 이 상처를 치료할 정도의 마법을 쓸 수 없었으니, 코르티나에게 자리를 양보하고 치유를 하게 했다.

"고칠 수 있어?"

"이 정도라면 나라도 괜찮아. 그나저나 용케 무사했네……."

코르티나가 상처를 치료하고 있는 사이에 나는 주변을 살폈다.

그곳에는 빵과 말린 고기 같은 비상식량이 이리저리 흩어져 있었다.

"아무래도 여기서 카벙클에게 먹이를 주고 있었던 모양이네."

"그 보답으로 공기를 정화해 준 걸지도 몰라."

마이키의 다리를 빛이 감싸고, 그 상처가 눈에 띄게 사라진다.

호흡이 안정되어 있던 마이키를, 코르티나가 등에 업고 출구로 향한다.

"너도 따라올래?"

"뀨우!"

말은 할 수 없어도 이쪽의 의도를 알아챌 수가 있는 것인지, 카벙클은 정확하게 답을 해 왔다.

동굴을 나가는 이쪽의 뒤를 졸졸 따라오고 있었다.

"이렇게 보니까 귀엽네."

"하지만 몬스터니까 위험한 것은 차이가 없어. 법률적으로도 위법이고."

"쓰다듬으면 기분 좋을 거 같은데."

"아무리 나라도, 그건 봐주지 않을 거야."

"아쉬워……."

원래 남자라고 해도 저 푹신푹신한 느낌의 매력에는 도저히 저항하기가 어렵다. 조금은 마이키의 마음이 이해가 될 것 같다.

하지만 나쁜 짓은 나쁜 짓이다. 이것은 나중에 단단히 혼내야만 한다.

그리고 이 카벙클은 확실하게 보호해 줄 상대가 있다.

"그 하얀 것, 실은 만지려는 것이 목적은 아니겠지?"

"응, 하얀 것?"

"아무것도 아니야."

아무튼 이쪽이 카벙클을 발견했으니까, 언젠가 그쪽에서 얼굴을 보일 것이다.

그런 것을 생각하며 동굴을 나왔더니 동굴의 출구 부근에 세 명의 모험가가 자리 잡고 있었다.

그들은 모두 중장비로 몸을 감싸고, 빵빵하게 부풀어 있는 자루를 옆에 두고 있다.

전원이 큰 목소리로 웃음을 터트리고 건배를 나누고 있었다.

그들은 모닥불을 둘러싸듯이 자리하고, 컵을 입가로 가져가고 있었다. 아마도 술일 것이다.

손에 드는 작은 가방의 틈 사이로 검게 빛나는 비늘 같은 물건이 보이는 것을 보면, 코르티나의 예측대로 드래곤의 비늘을 모으러 온 모험가가 틀림없어 보였다.

어째서 이런 곳에서…… 하는 생각이 들었지만, 거기서 나는 깨달았다.

이 숲은 의외로 깊다.

탁 트인 장소라고 하면 드래곤이 들르는 온천이거나, 이 동굴 앞 정도일 것이다. 그것 말고는 마을 근처까지 돌아가지 않으면 존재하지 않는다.

마을로 돌아가면 사람들 눈에 띄고 만다. 이 수확은 공공연하게 드러낼 수 없다. 떨어져 있는 비늘 같은 것은 유한한 자원이자 먼저 줍는 사람이 임자인 보물이기 때문이다.

함부로 입을 놀려서 경쟁자를 만들 필요도 없을 것이다. 그리고 최근에는 모습을 보이지 않는다고는 해도, 온천에서는 언제 드래곤이 찾아올지 알 수 없다.

그렇다면 사람의 눈에 띄지 않는 장소에서 휴식을 취하고, 빨리 이 마을에서 벗어날 필요가 있다.

즉 이 장소가 그들에게 가장 편히 쉴 수 있는 장소라는 것이다.

"꾸꾸웃──?!"

갑작스러운 조우에 카벙클이 놀란 듯인 소리를 터트렸다.

나도 코르티나도, 아무래도 모험의 경험이 있어서 이럴 때 목소리를 내거나 하는 실수는 저지르지 않지만…… 그것을 몬스터에게 요구하는 것은 가혹한 이야기였나.

카벙클의 목소리에 반응해, 남자들도 이쪽을 알아챈 모양이다.

술을 입으로 가져가는 손을 멈추고, 우리에게 탁한 시선을 보내온다.

"아앙?"

"뭐냐, 너희는?"

어린아이를 업은 여자 일행. 확실히 수상하게 여기는 것이 당연한 모습이기는 하지만 그래도 그들만큼은 아닐 것이다.

술에 취해 붉게 달아오른 수염투성이 얼굴. 몸에 착용한 판금 갑옷도 여기저기에 흠집이 있고, 거기에 희미하게 녹이 슬었다.

손질 상태는 나쁘지만 상당히 오래 사용한 분위기. 그 모습으로 봐서 그럭저럭 경험을 쌓아온 것 같지만, 품성은 경험에 반비례해서 낮아 보인다.

이쪽에 보낸 정체를 묻는 목소리에서도 그 품성의 서열함이 엿보인다.

"저기…… 우리는 미아를 보호하러 왔을 뿐이야. 신경 쓰지 마."

"미아라고?"

코르티나가 살갑게 말하며 등에 업은 마이키를 남자들에게 보였다.

그리고 그대로 마이키를 내 등으로 이동시켰다.

"뭐야?"

"쉿, 가만히 있어."

등에 이 녀석을 업고 있으면 나는 싸울 수가 없다. 가능하면 코르티나 쪽에서 맡아주길 바랐는데.

그렇게 생각하고 돌아보려고 했던 차에, 남자들이 얼빠진 목소리로 말했다.

"어이, 그 뒤에 있는 거——. 설마, 카벙클이냐?"

경악을 상당히 머금은 목소리. 드래곤의 비늘 줍기라는, 수수하지만 벌이가 큰 일을 성공시키고 돌아온 길에 설마 이런 보물까지 마주하게 될 줄은 생각지 못했을 것이다.

하지만 지금의 우리에게 남자의 고함은 불온하게밖에 들리지 않았다.

카벙클은 보호지정 몬스터다. 그것을 데리고 있는 것만으로도, 이쪽으로서는 큰 문제다.

게다가 그 이마의 모석은 대단히 가치가 높다. 법을 어겨서라도 손에 넣을 가치가 있을 정도로.

"용케 길들였잖아? 이 봐, 잠깐 그 녀석을 빌려주지 않겠어?"

몹시 친근한 척 말을 걸어오는 남자. 다른 두 사람도 이쪽을 둘러싸는 듯한 위치로 이동한다.

그 포위망이 완성하기 전에——.

"니콜, 도망쳐!"

"어?"

"마이키를 데리고, 빨리!"

거기서 마침내, 마이키를 나에게 넘긴 진위를 깨달았다.

코르티나는…… 여기서 혼자, 이들을 붙잡고 있을 작정이다.

남자들의 성격은 그렇다 치고, 역량은 그럭저럭 있어 보였다. 후위직종인 코르티나 혼자서는 짐이 너무 무겁다.

물론 거기에 내가 참가해도 승산은 희박하다. 평소의 나라면,

말이지만.

실을 이용해 신체를 강화하면 나도 충분한 전력이 된다. 그리고 코르티나와 힘을 합치면, 녀석들을 격퇴하는 것도 가능할 것이다.

하지만 그렇게 했다간 내 정체를 코르티나에게 알리게 된다.

"빨리 가. 나도 나중에 쫓아갈 테니까!"

코르티나는 그렇게 말하고 있지만, 세 명에게 포위되고 도망치는 것은 어렵다.

이것은——.

"그때의, 나와 마찬가지인가."

목숨을 건 시간 끌기.

아니, 코르티나는 우리라는 짐이 없으면 어떻게든 할 수 있을지도 모른다.

지형을 이용한 함정이나 트랩은 제일가는 전문 영역이다.

어쩌면 본인의 주특기 분야로 잘 대응할 가능성도 있다.

하지만 그 본질은 마술사다. 그렇다고 해도 맥스웰처럼 강력한 것도 아니고 마리아처럼 빠르지도 않다.

그 실력이 일반적인 모험가보다도 뛰어난 것은 분명하지만, 세 명을 상대한다면 어떨까?

그런 데다가 지금은 전투용 장비도 착용하지 않았다. 공격을 받으면 일격에 큰 상처를 입고 만다.

"빨리!"

함께 싸울 것인가, 후퇴인가. 내가 그 결론을 내리기 전에 코르티나가 재촉한다.

그 목소리에 등이 떠밀린 것처럼, 나는 그 자리에서 달려나가고 있었다.

이것은 전생부터 그 지시에 따른 조건반사라고도 할 수 있다.

나는 무작정 숲을 향해 달렸다. 남자들도 나를 쫓으려 하지만, 그 전에 코르티나가 가로막아 추적을 방해했다.

그대로 영창이 시작되고, 남자들이 코르티나에게 덤벼들기 시작한다.

전투가 시작되는 기척을 등 뒤로 느끼며, 나는 마이키와 카벙클을 데리고 숲속으로 달려들어 갔다.

한동안 숲속을 뛰어다니고, 추적이 없는 것을 확인한 뒤 나는 발을 멈췄다.

마이키를 나무 그늘에 숨기고, 나뭇가지와 낙엽으로 위장해 주위에서 보이지 않도록 해두었다.

거기에 더해 발자국도 숨겨두어야 할 것이다. 나는 카벙클에게 말을 걸어 망을 보도록 부탁해 봤다.

"발자국을 지우고 올 테니까, 마이키를 부탁해."

"뀨!"

카벙클이 우리 말을 이해할 수 있다는 것은 이미 알고 있다.

나는 카벙클의 표정을 알 수 없지만, 이 사태를 불러온 것이 자신이라는 자각이 있는지, 예쁜 눈썹을 곤두세우고 결의의 표정을 짓고 있는…… 것처럼 보였다. 아니 애초에 이 녀석이 암컷인지도 눈썹이 있는지도 알 수 없지만.

아무튼 한시라도 빨리 발자국을 지우기 위해, 빗자루 대신할 나뭇가지를 들고 그 자리를 벗어났다.

그러는 사이에도 나는 코르티나를 걱정했다.

그 뒤로 아직 몇 분밖에 시간이 지나지 않았지만, 목숨을 잃기에는 충분한 시간이다.

그리고 무엇보다 코르티나는…… 편애가 없더라도 보기 드문 미소녀이다. 실제 나이는 소녀라는 영역을 넘어갔지만.

"빌어먹을!"

지금이 되어 어째서 도망쳤나 하고 후회의 파도가 밀려온다.

전생의 그때, 나를 두고 그 자리를 벗어나야만 했던 코르티나도 이런 기분을 느꼈을까?

그렇다고 하면 나는 얼마나 어리석은 짓을 했던 것일까.

그렇다고 해서 마이키나 카벙클을 그 자리에 남겨둘 수는 없다. 그런 의미로 코르티나의 판단은 잘못되지 않았다.

하지만 지금은…….

"지금이라면 저 둘의 안전은 확보한 거겠지?"

발자국을 지워두었으니까, 한동안 추적을 걱정할 일도 없을 것이다.

즉, 지금의 나는 참전하기에 충분한 구실을 손에 넣었다.

하지만 지금 이대로는 문제가 너무 많다. 내가 전력이 되려면 실 조작의 능력을 사용해야만 한다. 하지만 그것을 코르티나에게 보였다가는, 내가 레이드라는 것이 들킨다.

그렇다면 어떻게 해야 할까?

그때 나는 왼손 중지로 눈을 돌렸다.

니콜이 달려나가는 것과 동시에 코르티나는 영창을 개시했다.

남자들에게는 우호적인 기색이 눈곱만큼도 존재하지 않는다. 애초에 드래곤의 비늘 회수라는 돈벌이를 남에게 보인 것만으로도, 입막음하려고 들 가능성도 충분히 있다.

그런 데다가 카벙클의 존재. 자신들에게 해를 끼칠 동기는 널리고 널렸다.

"주홍 셋, 군청 하나, 황금 셋── 하이 인챈트(상위 강화)!"

살짝 강하게 마력을 담은 신체 강화. 원래 신체능력이 뛰어난 묘인족에게 이 마법을 걸면 모험가라도 쓰러트리기는 쉽지 않을 것이다.

필요한 것은 니콜 등이 완전히 도망치기 위한 시간. 그 목적을 우선했기 때문에 가장 먼저 자기 자신을 강화했다.

발동과 동시에 덤벼드는 남자들.

이 행동도 코르티나는 예상하고 있었기 때문에, 여유롭게 옆으로 뛰어 피했다.

하지만 이미 포위되어 있다. 뛰어서 물러난 곳에서도 다른 남자가 덤벼든다.

이번에는 앞으로 굴러, 어찌어찌 그 옆을 지나쳐 일단은 무사히 넘겼다.

"잠깐 기다려 주면 좋겠네. 나는 딱히 당신들의 푼돈 벌이를 방해할 마음은 없는데?"

몸을 다시 일으키며 시간을 끌기 위해 대화를 시도해 본다.

"시끄러워! 기껏 찾은 명당을 너희가 어지럽게 가만둘 것 같아! 저거라면 이번 의뢰만이 아니라, 앞으로 몇 번이라도 돈을 벌러 올 수 있었는데!"

"그래 맞아! 거기에 그 카벙클…… 이마의 용주를 팔면, 더는 이런 짓을 하지 않아도 돼."

"카벙클은 보호지정대상이야. 그런 것을 사들일 업자는 라움에는 존재하지 않아."

여왕꽃의 씨앗마저, 큰손인 홀튼 상회는 매수를 거부했다.

카벙클의 용주는 유니콘의 뿔에 필적할 정도의 거래금지품. 취급 리스크 쪽이 크다.

그런 경고를 날리며 코르티나는 작은 목소리로 주문 영창을 시작하고 있었다. 남자들에게 들리지 않을 정도로 작은 목소리로. 마법진은 허리 뒤에서 그려, 남자들에게는 사각이 되도록.

"목격자가 없으면 외국 수입품이라고 해서 팔아 치울 수 있어!"

"어이 기스, 너는 꼬마를 쫓아! 우리는 이년을 처리——."

"하게 두지 않아——. 파이어 볼트!"

그런 전개가 될 것은 코르티나도 예상하고 있었다. 따라서 미리 영창한 공격마법을 해방했다.

발을 돌려 니콜을 쫓으려 하는 남자를 노리고 파이어 볼트를 쏴서, 그 움직임을 견제한다.

"크억, 뜨거워?!"

하지만 불충분한 자세와 시간으로 발동시킨 만큼, 마력을 제대로 담지 못했다. 초기 레벨의 마법으로는 효과적인 타격을 줄 수 없었다.

이것이 맥스웰 정도의 마력이라면, 일격이었을 테지만…… 혹은 마리아 정도의 영창 속도가 있으면──.

"이년이!"

허를 찌른 공격에, 남자들은 분노의 고함을 터트리고 덤벼든다.

게다가 이번에는 동시에 세 방향에서. 코르티나는 순간적으로 백스텝을 해서 거리를 벌려 공격을 회피했다.

이렇게 몇 번이나 공방을 되풀이하는 사이에, 코르티나는 점차 피할 곳을 잃어 갔다.

아무리 묘인족이 민첩함으로 이름을 떨치고 있다고는 해도, 혼자서 셋에게 포위당한 싸움에서는 한계가 있다.

하물며 이곳은 숲속의 작은 광장. 본격적인 숲속이라면 모를까, 지리적으로 상대에게 유리하다.

아예 니콜을 쫓아가기 위해 숲속으로 뛰어들까도 싶었지만, 순식간에 그 생각을 뿌리쳤다.

니콜의 체력은 아직도 연약한 소녀 상태다. 틀림없이 거리를 별로 벌리지 못했을 것이다.

그렇다면 자신은, 아직 여기서 시간을 끌어야 한다.

게다가 숲에 들어간다는 것은, 자신의 시야도 숲에 막히는 상황이 된다는 것을 의미한다.

만약, 남자들 중 한 명이 니콜을 쫓기 위해 따로 움직여도 알아채지 못할 수 있다.

"아 정말…… 진짜, 이대로는 계속 소모될 뿐이잖아!"

자신을 고무하기 위해, 일부러 크게 소리쳤다. 하지만 이 정도의 수라장이라면 몇 번이고 헤쳐나왔다.

녀석들에게 있고 자신에게 없는 것은 무엇인가? 그것을 감안한 결과, 그녀는 자기 옷의 가슴팍을 크게 찢었다.

옷의 틈 사이로, 농담으로도 풍만하다고는 할 수 없지만, 모양이 좋은 가슴이 흘러나왔다.

"하! 뭐야, 이번에는 미인계냐?"

"좋네, 니를 때려눕혀 준 다음에 즐겨주겠어!"

"이제 와서 안 통한다고!"

천박한 환성을 터트리는 남자들. 하지만 코르티나는 그 목소리를 무시하고, 슬금슬금 동굴의 입구 쪽으로 다가갔다.

그 움직임을 동굴 안으로 도망치려 한다고 착각한 남자들은, 그렇게 두지 않겠다고 돌아가서 막으려고 했다.

하지만 그것보다 한발 앞서, 코르티나는 동굴 안으로 뛰어드는 데 성공했다.

"놓칠 줄 알아!"

"쫓아가! 붙잡은 녀석이 제일 먼저 맛보는 거야!"

"이거 질 수 없겠는걸!"

욕망이 섞인 고성. 옷을 찢어 가슴을 드러낸 효과로 그들은 충분히 발정하고 있었다. 불쾌하지만, 마음을 먹고 도발한 보람이 있었다.

등 뒤에서 들려오는 목소리는 세 종류. 코르티나는 전원을 유인하는 것에 성공했다고 확신했다.

가슴팍을 찢은 것은, 자신이라는 먹잇감을 더욱 맛있어 보이기 위해서다. 그리고 미인계를 시도하지 않으면 불리할 정도로 구석에 몰렸다고 보이기 위해서다.

그렇게 해서 남자들을 흥분시켜, 정상적인 판단력을 빼앗은 것이다.

동굴 안을 달리면서, 코르티나는 생각했다.

다행히 동굴을 나와 금방 모험가에게 붙잡혔기 때문에 라이트 마법은 아직 유지되고 있었다. 바닥이 안 보여 위험할 일은 아직 없다.

게다가 이 동굴에는 가스가 희미하게 차 있다. 잘해서 안쪽까지 끌어들인다면, 녀석들은 중독을 일으켜 기절할 가능성도 있다.

그에 비해 자신은 퓨리파이가 부여된 마도구를 지니고 있어서, 몇 시간 있어도 영향은 없다.

도망칠 곳은 없지만 이것으로 상황은 유리해질 터. 그렇게 생각하고 뒤를 돌아보고…… 낙담했다.

남자들도 또한, 퓨리파이가 걸린 마스크를 장착하고 있었기 때문이다.

"제기랄……."

저도 모르게 욕이 입에서 흘러나왔다.

생각해 보면 녀석들은 드래곤이 들어가는 온천을 탐색하러 왔었다. 가스 대책을 하지 않았을 리가 없다.

동굴 내부에 도망칠 곳은 없다. 이것은 완전히 실책인가……. 그렇게 후회했다.

그렇다고 해서 포기할 마음은 없다. 다음 책략을 짜기 위해, 머리를 굴렸다.

쓸만한 것은, 마이키를 발견했던 낙반의 자국. 그곳은 자신이 터프니스를 걸어서 벽을 보강해두었다. 그것을 해제하면 다시금 무너져, 적어도 남자들을 가두는 정도는 할 수 있다.

그렇게 생각하고 행동에 옮기고자 다시금 등 뒤의 상황을 살핀 직후.

"크악?!"

괴성을 지르며, 가장 뒤에 있는 남자가 갑자기 쓰러졌다.

그리고 그 너머에, 날씬한 남자가 모습을 드러냈다.

역시 코르티나 혼자서는 버거웠는지, 동굴 안에서 바싹 쫓기고 있었다.

아니, 아직 바싹 쫓긴다고 할 정도로 여유가 없었던 것은 아닌 모양이지만, 그래도 위기라는 것에는 변함이 없다.

코르티나의 무기는, 바로 사람이다.

타인의 능력을 최대한 발휘하게 해, 최대 효율의 전과를 올리게 하는 것이 주특기 분야다.

그렇기에 단독으로 하는 전투는 별로 능숙하지 못하다.

우리를 도망치게 하려고 시간을 끄는 것은 본래 역할이 아니다.

그래도 보호자라는 책임감이 무리를 시켰다.

이미 옷의 가슴팍은 찢겨져, 멀리서도 알 수 있는 모양이 좋은 가슴이 훤히 드러나 있다. 나는 그것을 보고, 머리에 피가 솟구치는 것을 느꼈다.

물론, 입 밖으로 낼 수는 없다.

나는 지금, 환각을 만들어내는 반지를 사용해, 레이드의 모습을 두르고 있다. 이것으로 코르티나의 눈을 속이는 것에 성공하기는 했지만, 반지로 속일 수 있는 것은 겉모습뿐이다.

목소리까지 변화하는 것은 아니고, 직접 만져도 들키고 만다.

따라서 빠르게 무법자를 제거하고, 곧바로 이탈할 필요가 있다.

"레이드…… 인 거야?"

잠긴 목소리로, 나를 향해 묻는 코르티나. 하지만 그 목소리에 답해 줄 수는 없다.

나는 작게 고개를 끄덕여 긍정의 뜻을 표시한 뒤, 곧바로 전투행동에 들어갔다.

이곳은 일직선 외길. 힘이 약해 결정력이 부족한 나에게 불리하게 보일지도 모르지만——사실은 그렇지도 않다.

어두컴컴하고, 바닥이 불안정한 지형.

심하게 울퉁불퉁한 벽과 천장.

폭이 2미터 정도로 좁아, 행동을 한정시키는 동굴 안은 함정을 얼마든지 설치할 수 있다. 실을 자유자재로 다루는 나에게 있어, 이곳은 말 그대로 거미줄을 까는 소굴에 적합하다.

바로 한 개를 벽에 깔아, 툭 튀어나온 곳에 걸어서 선두 남자의 발밑에 휘감아 두었다.

"뭐냐, 이 자식…… 여자의 동료냐!"

"뭐가 됐든, 얼굴을 본 이상 살려보낼 수는 없어. 운이 없었구나, 애송이!"

상대가 누구인지도 이해하지 못하고, 허세를 떠는 모험가들. 그것도 무리는 아니다. 육영웅 중에서 나만이, 별로 얼굴이 알려지지 않았다.

각지에 동상마저 세워진 육영웅이지만, 그중에서도 나만은 얼굴이 별로 명확하게 남아 있지 않다.

암살자라는 입장 탓에, 얼굴이 유명해져서는 안 됐기 때문이다.

대답을 하지 않는 나를 보고 화가 치밀어 올랐는지, 이쪽을 베려고 달려드는 선두의 남자.

하지만 그 움직임은 내 손바닥 위에 있다. 간단히 발밑에 설치한 실에 다리가 잡혀, 앞으로 고꾸라진다.

"우억?!"

"바보 자식, 정신 똑바로 차려! 안 그래도 좁은 곳인데, 쓰러지면 어쩌자는 거야."

그 말대로, 이곳은 좁은 외길이다. 도망치는 코르티나에게는 최악의 지형일지도 모르지만, 나에게는 공격을 피할 곳이 없는 사냥터이기도 하다.

하물며 넘어진 상태에서는 피하는 것도 마음대로 할 수 없다. 게다가 적에게는, 쓰러진 동료는 방해되는 장해물이 된다.

나는 강사(鋼絲)를 세로로 휘둘러, 천장에 아슬아슬하게 스치듯이 참격을 날린다. 넘어진 남자는 피할 수가 없어, 안면을 강하게 얻어맞았다.

그 참격은 남자의 마스크를 날리고, 오른쪽 눈 부분을 깊숙하게 베었다.

"크악!"

"뭐야? 원거리 무기인가!"

아무리 코르티나가 라이트 마법을 유지하고 있다고는 해도, 이 어두컴컴한 어둠 속에서는 내 공격의 본질을 간파할 수 없다. 녀석들은 중장비라서 제대로 방어하면 막지 못할 공격이 아니지만, 공격 자체가 보이지 않아서는 막을 방법이 없다.

나머지 두 사람의 기세가 꺾인 것을 보고, 나는 단숨에 거리를 좁혀 손에 든 단검으로 두 번째 남자에게 참격을 날렸다.

레이드의 모습을 두르고 공격을 가하는 나. 그 손의 단검에도 환각은 영향을 미치고 있다. 동시에 단검의 형태도 다소 변경해 두었기 때문에, 내가 갖고 있던 물건이라고 간파당할 가능성은 낮을 것이다.

그리고 그 환각에는, 또 한 가지 이섬이 있다.

"안 통한── 뭐야앗?!"

내 일격은, 단검을 받아내려고 했던 남자의 검을 지나친다.

물론 단검이 검을 통과한다는 것은 있을 수 없다. 이것은 내가 보이고 있는 환각과 내 실제 체격의 차이 때문에 궤도가 달라진 영향이다.

　키가 작은 어린아이인 내 체격과 전생의 나로는 어깨의 위치도 리치도 크게 다르다.

　그 차이는 검의 궤적 차이로 나타나, 남자의 방어를 파고든 것이었다.

　"──파괴신을 칭송하라."

　작게, 코르티나에게 들리지 않게 키워드를 읊었다. 이건 앞으로 이 단검을 자세히 조사할 때를 대비한 것이다.

　하지만 거기서 나는 깨달았다. 이 단검을, 어째서 그 유괴범들이 장비하지 않았던가를.

　급격하게 진동을 시작한 단검은, 철제 갑옷을 종이처럼 가르고 있었다. 하지만 그 진동은 칼자루를 타고, 내 팔까지도 떨리게 한다.

　손목과 팔뚝이 부들부들 격렬하게 흔들리고, 손안에서 단검이 날뛰기 시작했다.

　"크, 으으으으으?!"

　순간적으로 실을 감아 고정해 손에서 뛰쳐나가는 것을 막았지만, 그것만으로 이쪽의 악력이 소모된다.

　마치 미친 말처럼 손안에서 진동하는 단검. 이런 골치 아픈 단검은 제대로 쓸 수가 없다.

　"커헉, 뭐, 뭐야…… 그브브브으브브브아아아아아아아?!"

공격을 받아내지 못하고, 경악의 표정을 짓는 남자. 방어를 통과한 것은 환각 덕분이지만, 당연히 그 사실은 환각을 보여주고 있는 나만 이해할 수 있다.

어째서 받아내지 못했는지 그 이유도 모르는 채로, 남자는 비명을 터트렸다. 단검으로 치명상을 주기 위해서는 어지간히 깊숙이 찔러야 하지만, 이 단검의 경우 미세하면서 강력한 진동이 파도가 되어 퍼져, 내장을 때려 파괴한다.

움찔움찔 경련하고, 팔다리를 쭉 뻗고 그 자리에서 쓰러진다.

앞으로 고꾸라져서 얼굴 아래에서 거품이 된 토혈이 흘러나온다. 어린아이라고는 해도 그 악력으로 제어할 수 없을 정도의 진동이, 직접 체내로 쏟아져 들어온 것이다. 아마도 내장이 파괴되어, 걸쭉해질 때까지 휘저어진 결과일 것이다.

나는 다리로 남자의 안면을 걷어차, 동굴 한쪽으로 치워두었다. 이 좁은 동굴 한가운데서 쓰러져 있어서는, 내가 피할 곳을 제한하는 장해물이 되고 말기 때문이다.

시체에 지독한 처사라고 생각할지도 모르지만, 코르티나에게 폭행을 가하는 녀석에게 자비는 없다. 이것도 부족할 정도다.

이때, 가장 처음에 베었던 남자가 일어나 있었다. 하지만 그 발걸음은 불안정했다.

찢어진 오른쪽 눈의 대미지가 큰 것이 아니라, 퓨리파이가 걸렸던 마스크가 날아간 것이 원인이다.

이 동굴 안에 있는 가스는 전체적으로 희미하지만, 상처를 입고 전투 행동을 취하고 있으면, 호흡은 깊어지고 숨을 들이마시는 양도 월등히 늘어난다.

결과적으로 유독 가스를 더욱 많이 들이마시게 되면서 정신이 몽롱해진 모양이었다.

거기서 나는 천장에서 튀어나온 바위에 실을 걸고, 남자의 목에 감았다. 실 반대쪽을 가까운 바위에 감아서 고정해, 교수대의 밧줄 같은 상태로 만들었다.

남자의 다리가 평상시라면 아무 문제도 안 될 것이다. 하지만 지금은 의식이 혼탁하고, 다리도 손끝도 떨리고 있는 상태다.

서 있지도, 실을 벗기지도 못하고, 비틀비틀 흔들거리며 서 있는 것밖에 할 수 없게 되어 있었다.

이대로 방치해 두면 조만간 의식을 잃고, 쓰러지는 대로 목이 조여서 절명할 것이다.

순식간에 동료 둘이 무력화당하고, 맨 뒤의 나머지 남자는 허둥거리면 주위를 둘러봤다.

그들은 확실히 나름의 실력은 갖추고 있었겠지만, 아무리 그래도 영웅들 중에서 전선에 섰던 내가 보기에는, 아무리 신체 능력이 떨어진다고 해도 질 상대는 아니다.

하물며 지금의 나는 실을 사용해 평범한 어른보다 민첩하게 움직일 수가 있다. 상대가 내 능력을 모르고, 나에게 유리한 이 지형에서라면 더욱 그렇다.

압도적인 역량을 목격하고, 부들부들 떠는 마지막 남자에게는 이미 싸울 의지는 남지 않았다.

나는 안쪽의 코르티나에게 들리지 않도록, 되도록 낮은 목소리를 내서 경고했다.

"싸울 마음이 없다면 무기를 버려라. 그리고 마스크를 벗고 여기서 사라져라."

"그런 말도 안 되는! 이곳은 가스가 충만해 있어. 마스크를 벗었다가는 입구까지——."

"자신의 힘과 운을 믿어야겠지."

무자비한 내 말에, 남자는 마스크를 벗고 그 자리에 떨어트렸다. 그리고 머뭇머뭇 걸음을 옮겨, 나를 지나쳐——.

"샤, 샬려져……."

목이 매달린 동료에게 붙잡혔다.

"이, 이거 놔, 빨리 동굴을 나가지 않으면——."

"벼리지마, 끄거억!"

목이 매달린 남자도 손끝이 떨려서 제대로 움직일 수 없었기 때문에, 팔 전체를 사용해 필사적으로 매달리고 있다. 저 남자가 살길은, 이제는 동료에 의한 구조밖에 없다.

그렇기에, 전력으로, 목숨을 걸고 도움을 청했다.

"이러지 마, 나까지 끌어들일 생각이야?!"

소리치는 남자. 그것은 이 동굴의 공기를 급격하게, 또한 다량으로 빨아들이는 행위다. 현기증을 일으켜 몸이 휘청거리고, 무릎이 후들거린다.

그 움직임은 매달린 남자의 목을 조이는 행위이기도 했다.

"어걱, 거어어어……."

목이 조여져, 매달렸던 남자의 손가락이 반사적으로 쥐어진다.

그것은 다른 남자의 움직임을 막는 행동이기도 했다.

"이, 이거…… 놓으…… 라고, 했잖아!"

붙잡힌 남자는, 짜증이 내며 일부러 무릎을 굽혀, 매달린 남자가 죽도록 목이 졸리게 했다.

그 의도가 전해진 것인지, 매달린 남자도 핏발이 선 눈으로 상대를 노려본다. 필사적으로 팔을 움직여, 상대의 목에 손가락을 걸었다.

목이 조여질수록 손가락은 단단히 쥐어져, 남자의 목을 조인다.

이대로 가다간 둘 다 죽는다. 그것을 알면서도 서로 손을 놓으려고 하지 않는다.

너무나도 천박한 광경에, 나는 녀석들을 방치하고 코르티나의 곁으로 향했다.

다가오는 나를 보고, 코르티나의 사고는 마침내 재기동을 한 모양이다.

"레이드, 살아 있었어?!"

눈물을 흘리며 달려오려 하는 코르티나. 아무래도 가볍게 옷이 찢어진 정도이고, 큰 상처는 없는 모양이다.

무사한 것을 확인하고, 나로서도 감동의 포옹을 하고 싶은 마음이기는 하지만──. 이 몸은 환각.

정체를 숨기기 위해 환각을 두르고 왔는데, 괜히 건드렸다가는 모든 것을 다 망치게 된다.

나는 발동시키고 있는 환각의 종류를 바꿔, 등 뒤의 벽에 녹아드는 것처럼 모습을 감췄다.

이것에 은밀의 기프트를 지닌 내 능력이 더해지면, 발견할 수 있는 사람은 거의 없을 것이다.

"레이드!"

그녀는 비통하게 소리치고 나에게 손을 뻗었지만, 그것에 응답해줄 수 없는 것이 마음 아프다.

현생에서도 이것저것 저지르고 말았기 때문에, 슬프지만 정체를 밝힐 수는 없다.

여기서는 아무 말도 하지 않고, 떠나는 것이 가장 좋은 대응일 것이다. 등 뒤에 내버려두었던 남자들은, 이미 숨이 끊어졌다.

내가 떠나고 나서도, 코르티나의 안전은 확보되었을 것이다.

코르티나가, 내가 모습을 감춘 장소에서 나를 찾고 있다. 그 얼굴은 슬픔으로 물들어 있었다.

나는 이를 악물고, 미련을 떨쳐내듯이 그 자리에서 떠났다.

등 뒤에서 들려오는 코르티나의 비통한 외침을 느끼면서……

제 4 장 재회하는 두 사람

코르티나와 헤어진 뒤에는 전력 질주다.

아마도 코르티나는 타고난 빠른 전환으로 우리를 기억해 낼 것이다.

그렇게 되면 안전을 확보하고자 우리에게 찾아올 게 뻔하다.

녀석들의 동료가 그게 다라고는 단정할 수 없고, 따로 움직이고 있는 모험가 있어도 이상하지 않다.

코르티나보다 먼저 마이키의 곁으로 돌아간다. 그것이 지금의 나에게 주어진 최우선 사항이었다.

다행이라고 할지, 숨겨두었던 카벙클과 마이키가 있는 장소를 누군가가 어지럽힌 흔적은 없었다.

뿌려 두었던 가지와 낙엽을 치우고 안을 들여다보니, 아직 기절해 있는 마이키의 모습이 있다.

갑자기 위장을 벗겨냈기 때문에 카벙클이 순간 경계를 보였지만, 그곳에 나타난 것이 환영을 푼 나라는 것을 알고, 콧소리를 내며 바짝 다가왔다.

"뭔가 꽤나 사람을 잘 따르는구나, 너."

사람을 두려워하지 않는다고 할지, 잘 따른다고 해야 할지······.

내가 어이없다는 목소리로 혼잣말을 했을 때, 등 뒤에서 말을 걸었다.

나는 아직 경계를 풀지 않았다. 그 경계망을 파고들어 오고, 그러면서 적의가 없는 목소리로 말을 걸어올 존재──. 그런 것은 한 명밖에 짐작이 가지 않는다.

"그것은 제가 조금씩 길들여 왔기 때문이지만 말이죠."

"드디어 납셨어? 조금 더 빨라도 좋았을 텐데."

등 뒤에 나타난 것은 예상대로 그 하얀 것. 즉, 신이시다.

내가 아무렇지 않게 대답을 한 것에 대단히 시시하다는 듯한 표정을 짓고 있다.

"놀라지 않나요?"

"모르는 존재가 말을 걸었다면 놀라지만 말이야. 비교적 여기까지는 예상대로 됐어."

살짝 입술을 삐죽이는 모습 등은, 정말로 흔히 볼 수 있는 어린아이 같은 모습이다.

하얀 것이 나타나자마자, 카벙클은 환희의 목소리를 터트리고 달려들었다.

"우워엇. 체격 차이라는 걸 생각해 주셔야죠? 저를 덮쳐도 되는 것은 서방님뿐이에요."

"너, 기혼자였냐?!"

아무리 그래도 신이라는 존재가 결혼이라니…… 그렇게 생각했을 때, 문득 떠올렸다. 분명 신화에서는 파괴신은 풍신(風神)의 아내였던가?

"신화 따위는 딱히 기억하고 있지 않아."

"공부 부족이네요. 나이에 걸맞게 공부부터 다시 시작할 것을 추천드려요."

"시끄러워."

확실히 내 육체적인 연령이라면 신화나 이야기를 읽는 것은 나이에 맞을 것이다.

하지만 그것을 지적당하는 것은, 어딘지 모르게 납득이 가지 않는다. 내 내용물은 여전히 다 큰 어른이다. 최근에 물들어 가고 있는 느낌이 들지 않는 것도 아니지만.

카벙클을 한 번 쓰다듬어 주고 나서, 파괴신은 이쪽으로 웃는 얼굴을 돌렸다.

"이 아이를 보호해 주어서 감사해요."

"그렇게 생각한다면 감사는 물리적으로 보여주길 바라는데."

"그것은 먼저 주지 않았던가요?"

미쉘에게 넘겨준 뱅글 말인가.

하지만 그것은 어디까지나 미쉘의 물건이지, 내 물건이 아니다.

"있잖아. 네가 주는 보수는 전부 미쉘에게 흘러가고 있는 느낌이 드는데?"

"아차, 눈치채고 말았나요. 사실 저는 그런 아이에게 약해요."

확실히 씩씩하고 한결같고 활기가 가득한 미쉘은, 주위의 호의를 끌어내기 쉽다.

그 의견에는 나도 반대 의사를 보일 생각이 없지만…… 직계 자손으로서는 뭔가 아쉽다.

"뭐, 그 장비도 잘 받은 모양이고요?"

"역시 너였나——."

이 단검의 가치는 크다. 이것을 팔면, 트렌트의 씨앗과 비슷한 정도의 돈을 받을 수 있을 것이다.

그런 아이템이 있으면서 좀도둑질이나 유괴에 손을 더럽히다니, 나중에 생각해 보면 이상한 이야기였다.

즉, 누군가가 이 아이템을 녀석들에게 흘려보낸 것이다.

"저, 이렇게 보여도 아이템숍을 경영하고 있어요. 다른 고객에게 '편리한 아이템' 이라고 팔았던 것인데, 그것이 흐르고 흘러 그런 녀석의 손에 들어가고 말아서요."

"민폐스러운 이야기구만."

"나중에 회수할 생각이기는 했어요. 뭔가 느낌 좋게 당신에게 흘러간지라, 일단은 지켜보고 있던 것이에요."

'에헴' 하고 가슴을 펴 보이지만, 이것을 적이 사용했으면 어쩔 작정이었던 거야?

뭐, 이것을 갖고 있었다고 해도, 질 생각은 전혀 없지만.

"그러고 보니까, 넌 이 녀석이 있는 곳을 알면서 왜 직접 확보하지 않았던 거야?"

내가 느끼고 있던 또 한 가지의 의문을 던져 보았다. 이 하얀 신은, 카벙클이 있는 장소를 알고 있으면서, 손을 쓰지 않고 있었다.

그것은 나로서는 위화감이 느껴지는 행동이다.

"아~ 그것 말인가요. 그 왜, 예정에 없던 갑작스러운 손님이라고 할지 뭐라고 할지……."

공허한 시선이 허공을 맴도는 파괴신. 거기서 나는, 이 녀석이 마이키를 잘 따르고 있던 것을 떠올렸다.

"혹시, 마이키 탓이야?"

"강제로 사이를 가르다니, 불쌍하잖아요? 저는 그런 짓은 할 수 없어요. 기억조작 같은 것도 하고 싶지 않고요."

"남에게 안 좋은 역할을 떠넘기다니…… 아니 그보다, 기억까지 건드릴 수 있는 거야?!"

"하려고 마음먹으면 할 수 있어요. 그러면 걱정이 많은 보호자가 오기 전에 떠나도록 할게요. 저도 그 사람은 불편하거든요."

"그렇겠지. 코르티나는 나처럼 바보가 아니니까."

"그렇게 비하할 필요는 없어요. 당신은 지금…… 대단히 사랑스러우니까요!"

"기쁘지 않아!"

나를 놀리고 나서, 하얀 것은 머리 위에서 손가락을 딱 울렸다. 그 동작도 실로 그럴듯한 것이 밉상스럽다.

그리고 손가락을 울리고 몇 초 뒤, 고작 그것만의 시간으로 어디에선가 거대한 그림자가 내 근처로 날아와 내려왔다.

"뭐, 드래곤?!"

날아왔던 그림자의 정체는 드래곤. 그것도 평범한 것이 아니다.

겁게 빛나는 비늘은 요사스러울 정도로 아름답고, 그 거대한 몸은 우아하고 아름다우면서, 두려움을 불러일으킬 정도의 사나움을 느끼게 했다.

겉모습만이라면 사룡 코르키스와도 닮았다. 하지만 녀석이 내

뿜던 폭력적일 정도의 위압감과는 달리, 이 드래곤은 신성함도 함께 지니고 있었다.

그리고 그 비늘의 빛은 본 기억이 있다. 조금 전의 남자들이 갖고 있던 작은 가방의 틈 사이로 보였던 것이다.

"마룡 파프니르. 이름은 이그라고 해요. 제 권속이에요."

"마을에서 소문이 도는 이름을 가진 상위종인가…… 정말, 어째서 사룡 퇴치에 와주지 않았던 건지……."

"몇 번이나 말했지만, 여러모로 저희에게도 사정이 있었거든요. 그때는 정말 큰 신세를 졌어요."

신의 사정 따위, 내가 짐작할 수도 없다.

하지만 카벙클이 기뻐하며 파프니르의 목에 기어오르는 것을 보면, 그녀들에게 맡겨도 문제는 없다고 생각되었다.

"이 아이도 드래곤의 권속이라, 이그와도 상성이 좋은 모양이니까요. 미안하지만 데리고 돌아가도록 할게요."

"그래, 상관없어. 그 녀석은 있는 것만으로도 사람을 현혹하니까 말이지."

카벙클의 용주. 그 가치는 사람의 욕심을 불러일으킨다.

이 녀석을 위해 마을 빠져나갔던 마이키에게는 미안하지만, 사람이 사는 마을에 다가가게 하지 않는 편이 좋을 것이다.

"평화적으로 해결되어서 다행이에요. 그럼 나중에 또 봐요!"

하얀 것은 그렇게 말을 걸고, 파프니르의 목에 뛰어 올라탔다.

그리고 드높이 날아오르는 마룡. 순식간에 시야 밖으로 날아서 사라지고 만다.

"잠깐, 이그! 빨라 빨라, 음속의 벽이, 소닉붐이! 뿌갸아아아아아아?!"

하얀 것의 꼴사나운 비명만을 남기고———.

"내가 저것의 자손인 건가……?"

한심한 목소리를 듣고, 뭔가 살짝 절망을 느끼고 말았다.

하얀 신은 파프니르를 타고 날아가 버렸다.

남겨진 것은 나와 아직 정신을 잃은 마이키뿐.

"뭐, 조금만 더 있으면 코르티나도 와주겠지."

카벙클도 없어지고, 할 일이 없어진 나는, 그렇게 중얼거리고 마이키의 옆에 앉았다.

어린아이를 업고 도망치고, 그대로 뛰어 돌아가서 세 명을 압도했다. 그리고 이곳으로 다시 돌아왔기 때문에, 상당한 중노동이 되고 말았다.

신체에도 상당한 부담이 가해져, 다리가 조금 떨리고 있다. 이미 위협은 제거되었으니까, 여기서 한숨 돌리고 있어도 문제는 없을 것이다.

하지만 내가 한참을 기다리고 있어도, 코르티나가 이곳으로 오는 일은 없었다.

아무리 갈 곳을 알리지 않았다고 해도, 너무 늦다. 내 피로는 이미 회복되고, 몸도 식어가기 시작했다.

마이키가 의식이 돌아올 기척도 없고, 가능하면 빨리 의사에게 보이고 싶지만, 이래서는 움직일 수 없다.

"위험했다면 그 신이 뭔가 말했을 것 같은데…… 조금 상황을 살피러 돌아가 볼까."

헤어질 때, 코르티나는 의상이 흐트러지기는 했지만, 상처를 입은 기색은 없었다.

만약 보이지 않는 곳을 상처 입었다고 한다면…… 그렇게 생각하고 나니, 가만히 있을 수가 없었다.

새삼스럽다고 생각할지도 모르지만, 이렇게나 늦어지면 상태를 보러 돌아가는 편이 좋을지도 모른다.

하지만 이제 카벙클이 없으니까, 마이키를 방치할 수는 없다.

"귀찮아도 업고 갈 수밖에, 없으려나?"

위험한 몬스터는 없을 테지만, 그래도 유해한 짐승은 있다.

들개 정도라도, 정신을 잃은 마이키에게는 저항할 수단이 없다. 눈을 뗄 수는 없을 것이다.

나는 다시금 마이키를 업고, 왔던 길을 되돌아가기 시작했다.

동굴 앞까지 돌아왔지만, 코르티나와 엇갈리는 일은 없었다.

입구 부근을 조사해 보니, 새로운 것은 내 발자국 정도밖에 보이지 않는다.

즉, 코르티나가 나온 발자국은 없다.

"설마 안에서 기절했다든지……."

모종의 이유로 퓨리파이가 걸린 마도구가 벗겨지고 말았다면, 그런 가능성도 없지는 않다.

하지만 숙련된 모험가인 코르티나가 그런 실수를 저지를 것인가를 물으면, 있을 수 없다고밖에 생각되지 않는다.

그 정도로 초보적인 문제다. 게다가 모험가 놈들은 이미 해치웠다. 위협이 될 존재는 없을 터다.

그래도 나오지 않고 있다는 것은——.

"안에서 무슨 일이 있었나?"

나는 퓨리파이가 걸린 머플러를 등에 업었던 마이키에게도 감아주고, 동굴 안으로 발을 들였다.

나는 체격이 작기 때문에, 자신만이 아니라 마이키의 목에 감아도 여유가 있다.

코르티나가 없기 때문에 라이트 마법은 존재하지 않지만, 밤눈이 밝은 편인 나라면 문제없이 걸음을 옮길 수가 있다.

신중하게, 발밑을 살피듯이 전진하며 동굴 안쪽을 향해 간다.

코르티나와 헤어졌던 장소 부근까지 들어갔을 때, 여자의 훌쩍이며 우는 소리가 들려왔다.

"레이드, 어째서…… 히끅, 으으……."

평소에 다부진 코르티나를 생각하면 도저히 있을 수 없는, 연약한 목소리. 애처로울 정도의 오열.

그 목소리를 듣고, 나는 처음으로 자신의 실수를 깨달았다.

눈앞에서 나라는 존재의 모습을 드러내면, 그것은 코르티나의 옛 상처를 후비는 일이 된다.

그래도 만질 수만 있다면, 구원이 되었을 것이다.

하지만 나는 그것조차 하지 않고, 빠르게 모습을 감추고 코르티나의 앞에서 사라졌다.

그 행위를, 코르티나가 거절로 받아들여도 이상하지 않다.

"코르티나……?"

나는 되도록 자극하지 않도록, 작게 불렀다.

확실히 아까 내가 취했던 행동은 잘못되었다. 하지만 그렇다고 해서, 이 자리에서 울고 있는 일이 위험하다는 것만은 분명하다.

코르티나를 위로해 주는 것도, 여기서 데리고 나가지 않으면 불안해서 할 수 없다.

"헉?! 니, 니콜?"

내 부름에 코르티나는 다부지게도 울음소리를 억누르고 대답을 해주었다.

당황한 것처럼 얼굴을 닦는 동작도 전해져 왔다.

코르티나는 다시금 라이트 마법을 사용해 주위를 비췄다. 그러자 바닥에 주저앉은 코르티나의 모습이 나타났다.

"안 되잖아. 이런 장소까지 돌아오면."

"응. 그래도 한참을 나오지를 않았으니까."

"아, 걱정을 끼쳐 버렸네. 미안해……."

코르티나는 몸가짐을 가다듬고, 일어났다. 그 움직임에 어색함은 없다.

발칙한 짓을 당한 것도, 상처를 입은 것도 아닌 모양이라, 그 점에서는 안심했다.

결국은, 지금 그녀의 문제는 내가 헤집어 놓은 옛 상처뿐.

"저기, 미안해, 코르티나."

"응? 어째서 사과하는 거야?"

"음, 그러니까…… 그냥."

되물어 왔지만, 나는 이것에 답할 수 없다. 이유를 말하면, 그것은 내 정체로 이어지니까.

코르티나는 망설이는 내게 의아한 표정을 지은 뒤, 머리를 한 번 쓰다듬어 주고는 억지로 웃음을 지었다.

"뭐, 괜찮아. 빨리 돌아가자. 여기는 공기가 나쁘니까."

"정신을 잃을 정도로, 위험하니까."

"그렇네. 빨리 나가 버리자."

싱긋하고, 하지만 애처롭게 미소짓는 그녀. 그 얼굴을 보고, 나는 환각으로 레이드의 모습을 사용할 때는 세심한 주의를 기울이자고 결심했다.

마을로 돌아오니, 입구 부근에서 몇 명의 남자가 기다리고 있었다. 주민이 행방불명되었으니, 걱정되어 파수를 서고 있었던 모양이다.

나중에 들은 이야기로는, 날아왔던 마룡 파프니르를 보고 만약을 위해 경계의 파수를 세운 것이기도 했다고 한다.

파프니르는 빈번하게 이 마을의 외곽에 있는 온천에 찾아오기 때문에, 어디까지나 만약을 위해서였다고 한다.

마이키를 업고 돌아온 우리를 보고, 주민 중 한 명이 환성을 터트리고 달려갔다. 아마도 제시카에게 알려주러 갔을 것이다.

하지만 마이키의 의식이 없는 것을 보고는, 이번에는 창백한 표정이 되었다. 당황하는 그들에게, 코르티나가 위엄을 담은 목소리로 전했다.

"진정하세요. 정신을 잃었을 뿐이에요. 아마도 동굴 안의 가스를 마셨기 때문이겠죠."

"동굴? 마이키는 동굴 안에 들어갔던 겁니까? 위험한 장소라는 걸 알고 있었을 텐데……."

"동굴 안에 카벙클이 살고 있었어요. 그 아이와 만나기 위해, 마을을 빠져 나갔던 모양이에요."

"카벙클?!"

보호지정의 몬스터가 가까이에 정착했었다고 듣고, 주민들은 진심으로 놀라워했다.

이어서 미묘한 표정으로 변화한다.

카벙클이라고 하면 가치가 높은 용주가 유명한다. 그 존재가 알려지면, 밀렵이 목적인 모험가가 산더미처럼 밀려오게 된다.

사람으로 붐비게 되는 것은 마을로서는 기쁜 일이지만, 그것이 범죄가 목적이라면 이야기는 다르다.

"그 점은 안심해 주세요. 카벙클은 파프니르가 데리고 간 모양이니까요."

코르티나가 주민들에게 사정을 설명해 주었다.

카벙클을 데리고 떠났다는 부분은, 내가 돌아오는 길에 코르티나에게 설명해 두었기 때문에 사정은 파악하고 있다.

"아아, 좀 전의! 저기 그럼, 카벙클은 이제?"

"예. 이미 이 근처에는 없으니까, 안심하세요."

코르티나도 마을 사람들이 당혹스러워하는 이유는 파악하고 있었다. 따라서 일부러 카벙클이 떠났다는 것을 강조해서 설명하고 있다.

카벙클과 마음이 통했던 마이키에게는 미안하지만, 본인의 안전을 위해서도 카벙클은 포기하게 하는 수밖에 없다.

그 햄스터 비슷한 것이 근처에 있는 것만으로, 오늘 같은 말썽이 빈번하게 발생할지 모른다.

"마이키!"

그때 제시카가 숨을 헐떡이며 달려왔다. 호흡마저 불안정할 정도의 전력 질주.

그만큼 아들을 걱정하고 있던 것이다.

"마, 마이키는, 무사한——."

"진정하세요. 일단 목숨은 무사해요. 의식이 돌아오지 않고 있으니까, 빨리 의사에게 보여야 해요."

"아, 예. 이쪽으로 오세요!"

이 사람에게 이 마을 치유술사가 있는 곳으로 안내하게 하자.

지금의 마이키에게 상처는 없고, 호흡도 안정적이다. 얼굴색도 평상시와 같아서, 겉보기로는 가스에 의한 영향이 없는 듯하다.

다리의 상처는 코르티나가 이미 치유했으니까, 심각한 상황은 아닐 것이다.

"아아, 이건 그냥 잠든 거야. 굳이 말하자면 피로 정도인가."

큰 소동을 피우며 데리고 온 마이키를 보고, 마을 치유술사는 산뜻하게 단언했다.

만약을 위해 메딕(진찰)이라는, 신체적 이상을 발견하는 치유계 마법을 걸어주었지만, 이쪽도 이상은 발견할 수 없었다.

피로라는 것도, 마이키가 다리가 부러지고 거의 밤을 새워 고통을 견디는 바람에 완전히 지친 것이라는 모양이다.

자고, 일어나, 잘 먹으면 원래대로 돌아온다고 확실하게 보증해주었다. 이 소동도, 이것으로 일단락되었다는 것이다.

"코르티나 님, 정말로 감사했습니다."

아들이 무사한 것을 알고, 제시카는 이쪽에 감사를 전해왔다. 간신히 제정신이 들어, 주위를 둘러볼 여유가 생겼을 것이다.

코르티나도 손을 흔들어 그것에 답했다.

"아니에요, 이것도 다 인연이니까요. 게다가 저로서도 헛고생은 아니었고요."

"예?"

"아니 아니에요, 신경 쓰지 마세요."

코르티나의 발언을 이해하지 못한 제시카가 기묘한 표정을 짓는데, 그것도 무리가 아니다.

레이드의 모습을 아는 사람이 앞에 나타났다. 그것도 당시와 같은 방식으로 적을 쓰러트렸다.

그것은 그 레이드가, 코르티나가 아는 레이드와 동일한 존재라는 증거이기도 하다.

코르티나는 이번 일로 내가 환생했음을 더욱 확신했을 것이다. 게다가 대륙 어디에 태어났을지도 모르는 내가 라움에 있다고 알려진 것이다.

"뭐, 다시는 그 모습을 할 마음은 없지만 말이야……."

뭔가 기쁘기도 하고 슬프기도 한 복잡한 표정을 짓고 있는 코르티나를 보고, 나는 남모르게 중얼거렸다.

그 모습은 좋든 나쁘든 코르티나에게 상처를 준다. 다음에 내가 전생의 모습으로 코르티나 앞에 모습을 드러낼 때는, 폴리모프 마법을 습득해 제대로 실체를 갖고 난 뒤다.

그때까지는…… 다른 모습을 생각해 두어야만 할 것이다.

"아, 여기 있어! 니콜, 무사했어?"

"코르티나 님, 잘 다녀오셨어요."

"니콜 님, 다친 곳은 없으신가요?"

이어서 소란스럽게 치료소로 처들어온 것은, 미쉘 일행이었다.

기특하게도 걱정스러운 표정을 지은 피니아. 활기가 넘치는 미쉘. 이들의 모습은 보기만 해도 힐링이 된다.

"응, 괜찮아."

"걱정을 끼쳤네. 모두, 그쪽은 괜찮았어?"

"네, 이쪽은 아무 일도 없었어요."

피니아가 우선 사무적으로 근황을 보고하고, 코르티나도 거기에 답했다.

미쉘이 파프니르 부분을 들었을 때, 눈을 반짝이며 몸을 내밀어 왔다.

"니콜, 파프니르를 봤어?! 어땠어, 굉장했어?"

"잠깐, 가까워 가까워. 그게, 파프니르는 지성이 있는 드래곤으로 유명해서, 무섭지는 않았어. 굉장했지만."

"당연해요. 공격당하면 죽는걸요!"

레티나는 어째서인지 뽐내듯이 가슴을 펴지만…… 뭐, 그 말도 틀린 것은 아니다.

우리 육영웅은 마룡 파프니르와 거의 동격인 사룡 코르키스를 해치우기는 했다. 하지만 그것은 파티 전원의 힘을 결집하고 코르티나의 책략을 이용해 지형의 이득을 얻었던, 행운이 있었기에 나온 결과다.

단독으로 파프니르와 대결하는 사태에 빠진다면, 아무리 나라도 꼬리를 말고 도망친다.

"에휴. 그래도 간단히 정리가 되어서 다행이야."

"그렇네요, 아직 오후니까요."

아침, 식사를 하러 가는 도중에 사건에 휘말려, 그대로 바로 동굴로 향했다.

그리고 마이키를 발견하고, 모험가에게 휘말려 격퇴하고, 파괴신과 파프니르 콤비가 카벙클을 데리고 떠났다.

이것들의 흐름이 정체 없이 이어졌기 때문에, 시간은 별로 지나지 않았다.

"그러면 함께 점심을 먹으러 가자. 지금이라면 아직 늦은 런치 타임이 적용돼."

"좋았어~!"

"와아~ 예요!"

밥이라는 말을 듣고 미쉘과 레티나는 만세로 기쁨을 표명했다.

그것은 이해가 가지만, 어째서 둘이서 내 손을 잡고 양손을 드는 거지? 덕분에 나도 어쩔 수 없이 만세를 하게 되었다.

아니 그보다 성장이 빠른 미쉘과 나이에 비해 체격이 좋은 레티나에게 손이 잡혀 만세를 하게 된 덕분에, 나는 매달린 모양새가 되었다.

그런 우리를 보고, 코르티나는 입가를 손으로 가리고 웃음을 짓고 있다.

이건 그늘이 없는, 실로 코르티나답게 보기 좋은 얼굴이었다.

문제를 뚝딱 해결되었다고는 해도, 점심 식사는 상당히 늦어지고 말았다.

그것도 어쩔 수 없다. 오전 중에는 행방불명자 수색에 나섰으니까. 오히려 반나절도 되지 않는 시간에 해결한 것은 행운이었다.

마이키의 어머니 제시카도, 그 뒤로 정중하게 사죄와 감사의 뜻을 보여주었기 때문에 기분 좋게 점심을 먹을 수가 있다.

점심을 대접하고 싶다고 제안해 주었지만, 그것은 정중하게 거절해 두었다.

감사의 마음은 알겠지만, 코르티나가 함께라면 다들 정신적으로 지칠 것이다. 게다가 지금은 마이키의 간병으로 바쁘기도 할 것이다.

밤새워 걱정했을 사람에게, 그런 부담을 줄 수는 없다.

우리는 가까운 식당에 들어가, 각자가 좋아하는 것을 주문했다.

이곳은 수도에서 가까운 관광지이고, 또한 숲속에서만 얻을 수 있는 식재료도 있다. 어지간한 식당이라도, 이 지역에서밖에 먹을 수 없는 요리는 존재했다.

나는 여주 돼지고기볶음을 주문하고, 독특한 풍미에 입맛을 다시고 있었다.

여주는 수도 부근에서는 입수할 수 없어서, 이 볶음요리는 온천 마을의 명물 요리가 되었다.

찌릿하고 혀를 찌르는 듯한 쓴맛과 박과 특유의 풋내가 계속 찾게 만든다.

"쓴맛 좋아, 쓴맛 좋아."

"보통 아이는 싫어하는데 말이죠~. 니콜 님은 호불호가 없다고 할지……."

"그러고 보니까 커피도 좋아했었지. 밀크와 설탕은 넣거나 넣지 않거나 하지만."

"단 것도 쓴 것도 좋아하는 모양이네요."

나는 어린아이의 미각이 상당히 남아 있어서, 달콤한 음료수를 정말 좋아한다. 거기에 전생에서도 단 것은 좋아하는 부류였다.

하지만 쓴맛이 있는 음식도 싫어하지는 않다. 혀를 찌르는 자극도, 이건 이것대로 기분 좋다.

"니콜, 나도 그거 한 입만~."

"상관없지만, 이거 쓴데?"

"괜찮아~!"

미쉘은 내가 먹는 요리에 흥미를 느낀 모양이지만, 예상대로 괜찮지 않았다.

포크로 여주를 한 조각 찔러 입으로 가져가서는, 마치 새끼 새처럼 입을 크게 벌려 먹었다.

미쉘이 만면의 웃음을 지은 것은 거기까지였다.

순식간에 그 얼굴이 새파래지고, 얼굴의 각 부분이 경직되어 경련한다.

그리고 비지땀을 철철 흘리기 시작하고…… 움직임이 딱 멈췄다.

미쉘은 한 번 입에 넣은 것을 뱉지 않는다. 그런 식으로 배우고 자랐다.

그렇다고 해서 본인의 미각 상한을 초월한 쓴맛을 지닌 요리를 삼키는 것도 할 수 없다.

뱉지도 삼키지도 못하고, 그저 끊임없이 입안의 쓴맛에 유린당하고 있었다.

"무리라면 뱉어도 돼. 자."

두고 보지 못하고 테이블 냅킨을 펼쳐 입가로 내밀었지만, 미쉘은 고개를 부들부들 저어 거부했다.

부모의 가르침을 잘 따르는 것은 좋은 일이지만, 이곳에 그 부모는 없다. 그 정도의 매너 위반은 너그럽게 봐줘도 될 것이다.

"여기에는 아저씨도 아줌마도 없으니까. 자."

"으~ 으……."

종이로 만들어진 테이블 냅킨을 보고, 미쉘은 잠깐 고민하며 신음하고…… 마침내 패배한 듯한 표정으로 입안에 든 것을 뱉어냈다.

"퉤, 퉤…… 써~."

"빨리 뱉으면 됐을 텐데."

"모처럼 나눠준 건데, 뱉으면 실례잖아."

"그런 거 신경 쓰지 않아."

넘겨준 시점에, 그것은 미쉘의 것이다. 먹든 뱉든 나랑은 관계 없다.

게다가 목숨을 걸고 서로를 지켜준 전우이기도 하다. 그 정도로 미쉘을 싫어할 리도 없었다.

"먹을 수 없는 것을 욕심내다니, 미쉘은 아직 어린아이네요."

그런 미쉘의 모습을 보고, 레티나 녀석은 흥흥 코웃음을 쳤다.

이 녀석도 이 녀석대로, 귀족 신분이면서 변두리 식당에 따라와, 나온 것을 불평 없이 먹고 있는 것을 보면 상당한 괴짜였다.

때때로 잊게 되지만, 이래 보여도 후작 영애다.

하지만 미쉘을 비웃는 것은…… 너라도 용서 못 해.

"에잇."

나는 여주 조각을 레티나의 입에 던져넣었다. 정확하기 그지없는 컨트롤로 입으로 날아 들어가, 말하고 있던 기세 그대로 깨물어 부쉈다.

물론 레티나의 미각도 아직 한참 어린아이다. 갑자기 입안에 퍼진 쓴맛에, 얼굴이 새파랗게 질려 입을 막았다.

하지만 숙녀의 긍지가 뱉어내는 것을 거부하고 있었다.

"므그으, 후그으으?!"

"친구를 비웃으니까 벌 받은 거야. 자."

아무리 그래도 이대로 방치하는 것은 불쌍하니, 나는 물을 내밀어 구원의 손길을 내밀었다.

레티나는 낚아채듯이 그것을 가져가 들이켜고, 맛을 보는 일 없이 위장으로 흘려넘겼다.

"너무해요!"

레티나는 한숨 돌린 뒤 맹렬하게 비난했지만, 그것은 내가 할 말이다.

"미쉘을 비웃은 게 잘못이지."

"으으, 그건 사죄하겠지만…… 당신, 잘도 이런 쓴 요리를 먹을 수가 있네요?"

"나는 어른인걸."

되돌려 주듯이 가슴을 내밀고 선언해 보였다. 내용물이 어른인 상태인지라, 이것은 살짝 반칙일지도 모른다.

그런 우리의 모습을 보고, 피니아는 조용히 쿡쿡 소리를 내서 웃고 있었다.

코르티나도 마찬가지로 미소를 짓고 있었지만…… 평소의 기세는 없다. 역시 레이드의 모습을 보인 것이 영향을 준 것일까.

"으~음……."

어쩌면 좋을지 고개를 갸우뚱하는 나를, 미쉘이 알아챘다.

무슨 일인가 싶어 물어왔다.

"왜 그래?"

"음~. 코르티나, 기운이 없어."

"어, 나?!"

코르티나는 갑자기 이름이 불려 놀란 표정을 지었지만, 그것은 피니아도 같은 느낌을 받고 있었던 것 같다.

조금 걱정스러운 표정으로, 코르티나에게 말을 걸었다.

"코르티나 님, 확실히 조금 표정이 좋지 않아 보이는데요……. 지치신 건가요?"

"아니~ 그런 일은 없는데? 이 정도로 지쳤다가는 모험 같은 건 할 수 없는걸."

"그러면——."

"약간, 어제부터 너무 놀아서 그래. 정말로 괜찮아."

손을 흔들며 부정하지만, 그 목소리에는 평소의 패기가 없다. 코르티나에게 기세가 없으면, 다른 사람도 뭔가 허전함을 느끼게 된다.

이것은 앞으로 레이드의 모습을 사용하지 않는 것만이 아니라, 무언가 서포트가 필요한가.

아무튼 지금은 코르티나가 잘 얼버무려서 넘어가 주었으니까, 우리는 그 뒤로도 온화한 분위기로 온천 치료를 하러 돌아오게 되었다.

수인용 욕탕에서 피니아와 코르티나가 쉬고 있었지만, 그 표정도 어딘가 긴장되어 있다.

그 이유는 일목요연했는데, 코르티나의 얼굴이 묘하게 긴박했기 때문이다.

옆에 앉은 피니아도, 묘하게 불편해 보이는 분위기였다.

미쉘과 레티나는 그런 분위기를 파악할 나이도 아니었기 때문에, 탕에 들어갔다가 일찌감치 나와 다시금 바위 타기를 즐기고 있었다.

　"미쉘, 위험해~."

　"괜찮아~ 괜찮아~ 니콜도 올라와."

　"그래요. 남탕 사람도 올라온 모양이니까요."

　"그건 격퇴해 줘~."

　내 충고를 듣고, 레티나가 내려와서 비누를 모으기 시작했다.

　그것을 미쉘에게 향해 던져서 넘겨주고, 받아든 미쉘이 바위산 위에 우뚝 서서 투척을 시작했다.

　어린 소녀인 미쉘의 투척 따위는 별로 타격이 있는 것은 아니지만, 직격을 당한 듯한 벽 너머의 누군가가 떨어지는 소리가 들려왔다.

　코르티나도 피니아도 보기가 드문 미소녀인 만큼 몰래 엿보고 싶은 마음은 통감할 수 있지만, 누군지 모르는 남자의 시선에 노출되게 해줄 정도로 나는 상냥하지 않다.

　"에잇! 에잇!"

　바위산 위에서 미쉘의 귀여운 기합 소리가 들려온다. 아무래도 좋지만, 여자아이니까 바위산에서 우뚝 서는 것은 그만두자. 밑에서 여러모로 보이니까 말이야. 여러모로. 수증기 차단을 기대하자.

　"그건 그렇고——."

　뒤를 돌아, 나는 한숨을 쉬었다.

모처럼의 온천 치료인데, 코르티나가 마음고생을 하게 만들고 말았다. 이 모든 것이 내가 함부로 레이드의 모습을 드러냈기 때문이다.

　"음……."

　뭔가 그녀의 기분 전환이 될 만한 일은 없을까, 잠시 생각할 필요가 있어 보였다.

　산에서 나오는 재료를 듬뿍 사용한 저녁을 만끽하고, 그날은 일찌감치 취침했다.

　내일은 아침부터 라움으로 돌아가야 하기 때문에, 피로를 남겨 둘 수는 없다.

　그 점은 모두 분명히 이해하고 있어서, 개구쟁이인 미쉘이나 레티나도 얌전히 잠자리에 들어갔다.

　코르티나도 이 마을 특유의 잠옷을 입고, 나이트캡부터 꼬리 커버까지 완비하고 침구에 들어가 있었다.

　꼬리 커버는 꼬리 전체를 천으로 감싸는 주머니 같은 것으로, 이 것을 입지 않으면 침구에 빠진 털이 대량으로 남는다고 한다.

　평소 풍성한 꼬리가 주머니로 감싸면 가늘어지는 것이 묘하게 신경 쓰인다.

　"음…… 에잇!"

　나는 코르티나의 잠자리에 온몸으로 올라타 봤다.

　지금의 코르티나에게는 기분 전환이 필요하다. 혹은 모종의 결심이라든지, 그런 무언가가.

그러기 위해 내가 어떻게든 위로해주기 위해 시도해 본 것이, 지금의 행동이다.

"꺅! 니콜, 왜 그래?"

"응, 코르티나가 기운이 없으니까."

"아~ 알아채 버렸나~. 응, 조금 말이지. 금방 원래대로 돌아가 겠지만, 지금은 조금, 말이지."

이불이라는 이름의 얇은 천 위에서, 코르티나를 올려다봤다. 그 시선을 받고, 코르티나도 부드러운 웃음을 짓고 있었다.

어쩌냐, 이 어린 소녀의 천진난만한 시선은. 폼으로 7년이나 어린아이를 해왔던 것이 아니라고.

가슴팍으로 뛰어든 내 머리를 쓰다듬으며, 조금 안정된 표정을 짓는 코르티나.

나도 그것을 보고, 조금은 회복했다고 판단했다.

조금 약삭빠르달까, 비겁하다는 느낌이 들지만, 어린아이 앞에 서는 한심한 모습을 보일 수 없다는 심리를 이용했다.

마음이라는 것은 억지로라도 기운을 회복시키지 않으면, 침울 해질 때는 한없이 침울해지고 마는 법이니까.

회복한 것을 확인하고, 나는 코르티나의 몸 위에서 비키려고 했다. 하지만 그 행동은 미쉘에 의해 저지되었다.

"니콜 치사해~! 나도~."

"으갸?!"

내 위로 올라타는 미쉘. 나는 가차없이, 그 압력에 굴복했다.

"무, 무거워……."

"아~ 치사해요. 미쉘 양! 저도 코르티나 님과 함께 자겠어요~!"

"으그엑."

그 위에 레티나까지 뛰어 올라탄다.

"저기, 그게, 저기…… 에잇!"

"으갹."

"피니아까지! 좀 무거워."

"에헤헤. 오늘만이에요, 오늘만."

추가로 피니아까지 위에 몸을 덮었다. 그래도 모든 체중을 싣지 않는 배려는 했지만, 그래도 무거운 것은 무겁다.

아마 피니아도 코르티나의 상태를 알아채고, 평소라면 하지 않았을 이런 행동을 취했을 것이다.

얼굴이 코르티나의 가슴에 강제로 눌려서, 괴로운 것인지 부드러운 것인지, 잘 모르는 상태다.

전생에서 고백했던 상대의 가슴에 얼굴을 파묻고 있는 상태이니까, 아무리 나라도 묘한 기분이 들기 시작한다.

이 상태는 좋지 않다고 엉금엉금 기어 나와, 간신히 위기에서 벗어날 수가 있었다.

다른 아이들은 아직도 코르티나와 장난을 치고 있다.

이것이 좋은 기분 전환이 되면 좋겠는데…….

진뜩 날뛰던 레티나가 어느새 잠들고, 이어서 미쉘도 함락됐다.

그것을 확인한 피니아도 코르티나의 위에서 물러나 둘이서 아이들을 잠자리에 돌려놨다. 나는 이미 내 잠자리로 피신한 상태다.

미쉘을 안아 들고 '어쩔 수 없네요' 같은 표정을 지어 보이는 피니아가 마치 어머니처럼 자애로 가득한 얼굴이어서, 나는 가슴이 두근거렸다.

그때 나와 코르티나가 맺어져서 아이가 생겼더라면 저런 얼굴을 보여줬을까 싶어서.

"니콜도 오늘은 그만 자. 내일은 일찍 움직여야 하니까."

"응, 알고 있어."

오늘은 이대로 아침까지…… 하고 생각한 바로 그때, 나는 느릿느릿 움직이기 시작하는 기척을 느꼈다.

한밤중. 코르티나가 몰래 잠자리에서 빠져나가고 있었다.

발소리를 죽이고 방을 나가는 것이 아니라, 발코니 쪽으로 향한다.

그리고 발코니에 설치되어 있던 흔들의자에 걸터앉아, 힘없이 등받이에 몸을 기댔다.

그 눈에는 희미하게 눈물이 맺혀 있는 것처럼 보인다.

나는 그것을 보고 행동을 일으킬 것을 결의했다.

문제가 되는 것은 내 모습. 지금의 모습과 목소리를 코르티나에게 들킬 수는 없다. 그것을 얼버무리기만 하면, 그녀가 레이드의 존재를 알게 된다고 해도 문제는 없다.

거기서 나는 몰래 방을 빠져나왔다.

복도로 나온 나는 여관의 주방에서 나무 컵을 들고나와, 거기에 실을 연결했다.

흔히 말하는 실 전화다. 이것이라면 목소리가 잠겨 있다고 해도 수상히 여기지 않을 것이다.

반지의 힘으로 모습을 감추고, 뒤뜰로 돌아와 코르티나의 발치에 컵을 굴려보냈다.

코르티나는 갑자기 발밑으로 굴러온 컵을 의아하게 바라본 뒤, 주변을 경계했다.

낮에 질이 나쁜 모험가와 말썽이 있었으니까, 당연할 것이다.

"잘 들려? 티나."

나는 그것을 무시하고, 실에 대고 목소리를 냈다. 컵이 확성기 같은 역할을 해, 목소리를 코르티나에게 전한다.

실 전화라는 물건은 실을 팽팽하게 하지 않으면 목소리를 전할 수 없다. 하지만 그것은 내 기프트의 힘으로, 손에 있는 실의 떨림을 끝으로 전달하는 정도는 할 수 있다.

실을 떨리게 해, 그 진동으로 목소리를 전한다. 이것은 사룡전에서도 사용했던, 나밖에 할 수 없는 기술이다.

실 조작 능력을 지닌 사람은 그럭저럭 있지만, 여기까지 치밀하게 조작할 수 있는 것은 나밖에 없다. 그 정도로 탁월한 테크닉이다.

그렇다고 해도, 음색을 위장하거나 하는 짓은 할 수 없어서, 내가 낼 수 있는 것은 살짝 혀가 짧은 어린아이의 목소리다. 게다가 컵에 반향시켜서 소리를 확대하고 있는 것이라, 우물거리는 성별 불명의 목소리가 되었을 터.

"레이드……인 거야?!"

"그래, 나야."

내 대답을 듣고, 코르티나는 말없이 컵을 껴안았다. 그것이 마치 내 몸이라도 되는 것처럼.

낮게, 오열하는 목소리도 전해져 왔다.

"미안해, 모습을 보일 수 없어서."

"어째서, 인 거야?"

"조금 말이지. 남들에게 보여줄 수 없는 모습이 되는 바람에."

"나는 신경 쓰지 않아!"

"내가 신경 쓴다니까."

되도록 태평한 느낌으로 꾸미고, 그렇게 전했다. 머리 회전이 빠른 코르티나다. 이것저것 생각에 잠겨 지독한 전개에 생각이 이를지도 모른다.

예를 들면, 내가 고블린 같은 몬스터로 환생했다든지……?

"뭐, 그건 차차 어떻게든 하겠어. 믿는 구석도 있고 말이지."

"그런 거야? 하지만……."

"모습을 보일 수 없는 것은 미안하다고 생각하지만, 너도 그런 건 있잖아? 그러니까 적당히 헤아려 줘."

"그건…… 그런 일, 없거든."

"거짓말 마, 좀 전까지 울고 있었잖아?"

내 말에 그녀는 멀리서도 알 수 있을 정도로 얼굴을 붉혔다.

다부진 것처럼 꾸미려 드는 것은, 코르티나의 버릇이다.

"그런 적, 없거든——."

"무리하지 마. 나도 조금 경솔한 짓을 했다고 후회하고 있어."

"아니야, 기뻤어."

나와의 대화를 이어가면서도, 코르티나는 주위를 둘러보며 내 모습을 찾고 있다. 정말 여전히 빈틈이 없는 녀석이다.

 하지만 환각으로 모습을 감추고, 은밀 기프트로 기척을 지우고 있는 나를 발견하는 것은, 척후 전문가도 어려운 일일 것이다.

 "뭐, 지금은 참아줘. 조만간 이전 모습을 되찾고서, 반드시 만나러 갈 테니까."

 "응. 기다릴게."

 전에 없이 솔직하게, 코르티나는 그렇게 대답했다.

 전생에서는 있을 수 없을 정도로 기특한 태도다. 다른 마음이 있는 것이 아닌가 하고 의심해 버릴 정도로. 따라서 나는 그 의문을 직접 던져 보았다.

 "드물게 솔직한데. 뭔가 꾸미고 있는 건가?"

 "실례잖아! 나도 감상적일 때가 있어!"

 "그래? 상관없지만…… 아무튼 그런 이유니까, 너무 신경 쓰지 마. 그러면 나는 슬슬 사라질게."

 "기다려! 그때 구해주러 왔다는 건, 내 곁에 있는 거야?"

 "그래, 항상 가까이서 보고 있어."

 이것은 거짓말이 아니다. 그 말을 마지막으로, 나는 실만 끊어서 내 손으로 돌렸다.

 그 움직임은 코르티나로서는 간파할 수 없을 정도로 재빨랐다.

 코르티나는 실 끝을 놓치고, 한동안 그 자리에서 두리번두리번 주변을 둘러보고 있었다.

 그 틈에 나는 여관 안으로 돌아와 방으로 숨어들었다.

코르티나는 내가 방으로 돌아오고 나서도, 주위를 찾고 있었다. 언제까지고, 언제까지고…… 아침까지.

"어은아임."

"좋은 아침이야, 코르티나."

하품을 참으며, 코르티나가 인사를 해 왔다. 나는 한숨을 감추며, 그것에 답했다.

결국 코르티나는 해가 떠오를 때까지 나를 찾다가 아침 무렵에 선잠을 조금 자고 일어났다.

모험가 시절에는 철야로 행동했던 적도 있으니, 하루 정도는 아무렇지도 않다……는 것을 알고 있어도, 살짝 걱정된다.

"잠 못 잤어?"

"조금 말이지~. 하지만 졸려도 기분은 나쁘지 않아."

"그래?

환하게 웃어 보이는 코르티나를 보고, 어젯밤의 내 행동은 잘못되지 않았다고 확신했다.

오늘은 이 여관을 나와, 수도까지 돌아가야만 한다.

인솔자인 코르티나가 상태가 좋지 않아서는, 집에서 기다리는 부모가 걱정할 것이다.

"후아아…… 좋은 아침~."

"후냐아……."

미셸과 레티나도 잇따라 일어났다.

이 두 사람은 잠버릇이 나빠서, 머리카락이 대폭발해 있었다.

특히 레티나의 머리 모양이 심하다. 평소의 드릴 머리가 이리저리 튀어서 여주 머리가 되어 있다.

"안녕히 주무셨어요, 니콜 님. 오늘은 빨리 일어나셨네요."

"나도 가끔은 일찍 일어날 때가 있어."

나 다음으로 일어난 피니아는 일찌감치 얼굴을 닦고, 차를 준비하고 있었다.

지금도 트레이에 핫 밀크를 담아 주방에서 돌아오는 참이다.

"자, 너희도 세수하고 와. 짐을 정리하면 여기서 나가, 아침을 먹고 나서 수도로 돌아갈 거야."

"뭐~? 벌써?"

"좀 더 천천히 있다가 가고 싶었어요."

"학교가 있으니까 그렇게 여유는 부릴 수가 없어. 장기 휴가 때 다시 오자."

"정말? 또 데리고 와 줄 거야?"

"부모님이 허가해 주면 말이지."

"만세~!"

두 사람은 하이터치를 나눈 뒤, 서로 뒤엉키듯이 세면장으로 달려들어 갔다. 마치 먹이를 받으러 달려가는 새끼 고양이 같다.

또 올 수 있다는 것을 알고, 곧바로 아침 식사를 위해 세수를 하러 간 것이다.

"정말 활기찬 아이들이네……."

"그야, 내 친구인걸."

언제나 활기차고, 분위기를 풀어준다. 그런 아이들과 친구라는 사실이, 나로서는 더할 나위 없이 자랑스럽다.

전생의 동료와 막상막하로, 내 자랑스러운 친구였다.

봐서는 코르티나가 우울한 상태에서 무사히 벗어난 것 같다.

우리는 그대로 온천 마을을 출발해, 수도로 돌아오게 되었다.

돌아올 때 피니아와 함께 빌에게 인사하러 갔지만, 그는 이미 장사 때문에 여관을 떠났기 때문에 그 바람은 이루지 못했다.

뭐, 그도 이 마을과 수도를 왕복하는 상인이다. 언젠가 다시 얼굴을 마주칠 일도 있을 것이다.

일단 여관 사람에게 전언을 부탁하고, 선물을 대신해 하얀 과일의 과즙을 수통 하나 가득 받고 출발했다.

도중에 두 번 정도 휴식을 취하고, 이번에는 문제없이 여섯 시간 정도만에 도시까지 도착할 수가 있었다.

이것은 역시 달콤한 과실수의 효과도 클 것이다. 단 음료는 체력을 회복해 준다.

저녁 식사 전에는 수도에 도착해, 코르티나의 집 앞에서 해산하게 되었다.

하지만 옆에 사는 미쉘은 모를까, 레티나는 후작 영애다. 아무리 그래도 그 자리에서 해산하게 할 수는 없다.

이미 한 번 납치된 경험도 있기 때문에, 나와 코르티나가 저택 앞까지 배웅해 주게 되었다.

가족 앞에서 선물을 주자 폴짝폴짝 뛰며 굉장하다는 말을 연발하는 레티나를 보고, 그 어머니인 엘리자가 자기 일처럼 기뻐하며 우리게 감사 인사를 했다.

기뻐해 준다면 이쪽으로서도 기쁘기 그지없다.

그리고 그대로 잠시 맥스웰의 저택에 들렀다.

오늘의 목적은 굳이 말하자면 이쪽이다.

"오, 웬일이냐. 코르티나가 먼저 얼굴을 보이다니."

"시끄러워. 자 여기, 선물."

"호오, 온천 마을의 구운 과자가 아니더냐? 아이들을 데리고 위안 여행인 게냐, 완전히 엄마가 따로 없구나."

"할 말이 있으니까, 빨리 거기에 차라도 내와!"

"네가 먹는 것이냐……?"

어이없다는 듯이 어깨를 으쓱인 맥스웰이었지만, 그 얼굴은 기뻐하고 있었다.

신바람이 나서 우리를 거실로 안내해, 들은 대로 차를 준비하기 위해 자리를 비웠다.

몸집이 작은 사람이 많은 엘프족 중에서, 맥스웰은 유달리 키가 컸다.

나이를 먹고 장신이라는 체격임에도, 그 움직임은 나이가 느껴지지 않고 실로 매끄럽다. 이 녀석에게 노쇠라는 말은 없는 것이 아닐까 하고 생각될 정도로.

"자, 남쪽의 코르누스에서 가져온 찻잎이다. 감사하게 여기면서 맛을 보도록 해라."

"네가 정말로 대접해 주다니……."

"이번에는 니콜이 있으니 말이다."

"아, 그래."

코르누스는 남방에 있는 도시 국가 중 하나다. 내 고향인 알레크마르 검왕국의 남쪽에 위치해, 해양 무역을 중심으로 번영하고 있는 나라이기도 하다.

무역이 왕성한 만큼 드문 물품도 많고, 이 찻잎도 그런 물품일 것이다. 확실히 은은하게 바다의 향기가 섞여 있는 느낌이 든다.

"그래서, 오늘은 무슨 볼일인 게냐?"

우리의 맞은편에 자리를 잡으며, 천천히 차를 맛보는 맥스웰.

느긋하게 소파에 걸터앉아, 컵을 한 손에 들고 유유자적하는 모습은, 이 나라의 왕족에 어울리는 기품을 느끼게 한다.

등 뒤의 너저분하게 어지럽혀진 방의 몰골을 신경 쓰지 않는다면 말이지만.

"그래. 단도직입적으로 말할게. 엘프 마을에서 레이드를 봤어."

"푸헉, 뭐시라?!"

입에 머금은 차를 뿜어내 로브를 차로 더럽히며, 맥스웰은 흥분했다.

그리고 그대로 목소리를 높이며 코르티나에게 바싹 다가갔다. 코르티나도 그 반응은 예상했는지 침착했다.

"마을에서 가까운 동굴. 온천이 가장 먼저 샘솟았던 곳이야."

"그런 장소에서……."

"다만 생전의 모습 그대로였으니까, 분명 환각을 사용했을 거야. 하지만 강사술도 그렇고, 은밀 능력도 그렇고 틀림없이 본인이야."

"네가 그렇게 말한다면 틀림없겠지. 하물며 그 녀석을 잘못 보는 일이 있을 리가 없지."

"뭐, 그렇지."

맥스웰이 침착함을 되찾은 뒤에는 담담하게 정보를 교환하는 두 사람. 솔직히 말해서, 옆에서 듣고 있는 나로서는 대단히 심장에 좋지 않다.

코르티나는 말할 것도 없고, 맥스웰도 통찰력이 뛰어난 편이다. 코르티나가 없었으면 이 할아범이 파티의 사령탑이 되었을 것이다.

마법이라는 것은 기억해야 할 사항이 대단히 많다. 모든 계통을 구사한다는 것은 그만한 지식을 지니고 있다는 것이자, 뛰어난 두뇌를 갖고 있다는 증명이기도 하다.

평소에는 表表한 할아범이지만 둔한 것은 아니었다.

"그렇다는 것은, 레이드 녀석은 엘프 마을에 전생했다는 소리인게냐? 설마 이런 가까운 곳에 있었다니."

"이유가 있어서 모습은 드러낼 수 없다고 했어. 그 말투라면, 엘프로 다시 태어났다는 것은 아닌 모양이야."

"엘프 이외의 무언가로 다시 태어났다고? 혹시 네가 발견했던 카벙클로 다시 태어났던 것일지도."

"아~ 그건 미처 생각해 보지 못했는걸. 몬스터로 다시 태어났을 가능성도 있구나."

"환생할 곳을 특정할 수 없다니 리인카네이션도 골치 아픈 마법이로구나."

"너는 쓸 수 없어? 모든 속성에 적성을 갖고 있잖아?"

"쓸 수 있기는 하지. 하지만 마리아만큼의 확실성은 보증할 수 없다. 역시 하늘이 내려주신 아이라는 게지. 치유계 마법에서는 도저히 상대가 되지 않는다."

이들의 초점이 카벙클로 향해서, 나는 안심하고 한숨을 돌렸다.

하얀 것이 데리고 갔으니까, 그것을 나라고 생각하고 있는 한은 내 정체에는 도달할 수 없을 것이다.

내가 남모르게 승리 포즈를 취했을 때, 그날의 만남은 끝났다.

그리고 더욱더 시간은 흘렀다. 딱히 아무 일도 없이 하루하루가 지나, 니도 고르디나도 평온한 생활로 돌아와 있었나.

달이 바뀌고 7월에 들어가 더위도 본격화되었다.

나는 그날, 대단히 우울한 기분으로 현관문을 열었다. 평소라면 여기에 미쉘과 레티나가 기다리고 있다. 그리고 그 손에는 오늘부터 시작되는 수영 연습 수업의 준비물이 있을 것이다.

하지만 이날은 다른 존재가 대기하고 있었다.

"뀨?"

거기에는 전혀 다른 털뭉치가 존재하고 있었다.

아니, 본 적은 있다. 하지만 어째서 있는 것인지 이해가 되지 않는다. 거기에는 한참 전에 헤어졌던 카벙클이 봇짐을 짊어지고 서 있었던 것이다.

"어째서, 있는 거야?"

"뀨뀨!"

카벙글은 재주 좋게 봇짐을 내려놓고, 그 안에서 한 통의 편지를 꺼냈다.

내가 아무리 있어도 등교하지 않는 것을 의아하게 여긴 것인지, 코르티나도 집 안쪽에서 얼굴을 보였다.

"무슨 일이야, 니콜──.아니, 카벙클?!"

"응, 어째선지 있어."

어떻게 대답해야 할지 몰라서, 나는 간단하게 사실만을 전했다.

카벙클이 내민 편지를 받아, 그 내용을 확인했다.

거기에는 정중한 문자로, 하얀 것이 보낸 전언이 적혀 있었다.

'안녕하세요. 이 아이는 니콜이 마음에 든 모양이니까 그쪽에 맡기기로 했습니다. 마이키 군에게도 미련이 있는 모양이니까, 가끔 데리고 가주세요.'

뻔뻔하게도 그런 것이 쓰여 있었다. 이런 도시 안에서 카벙클을 맡으라고? 정신적 고통이 터무니없어질 것 같은데!

"그 하얀 아이지? 분명 니콜의 이야기로는, 파프니르가 데리고 갔다고 하지 않았나?"

"그 하얀 것과 파프니르는 아는 사이였던 모양이었으니까."

"그건 그렇고 맡기다니…… 보호지정대상인데? 법적으로 간단히 맡을 수는 없어."

"길러도 돼?"

그 말을 무시하고 나는 고개를 털썩 기울여, 코르티나에게 허가를 요청했다.

이 집의 집주인은 어디까지나 코르티나다. 집주인의 허가 없이 멋대로 '애완동물'을 기를 수는 없다.

따라서 최대한 약삭빠르게, 애교를 떨어 보기로 했다. 생각해 보면 어린아이가 하는 '엄마, 애완동물 사줘.' 같은 느낌이 들기도 한다.

"원래라면 '안 돼, 원래 있던 장소에 돌려놓고 와.'라고 대답해야 하겠지만……."

상대는 보호지정대상이다. 무책임하게 내팽개칠 수도 없다.

만약 내팽개쳤다가 거기서 밀렵을 당하거나 하면 반대로 코르티나의 책임 문제가 될 수도 있다.

다행이라고 할까, 코르티나는 이 나라의 명사이기도 해서 다소 융통성은 발휘할 수 있다. 맥스웰에게 협력을 청하면 사육 허가는 간단히 내려올 것이다.

하지만 성가신 문제도 많이 생길 것으로 추측할 수 있다.

그런 탓에 코르티나는 즉답을 피하고 있었던 것인데…… 거기서 카벙클은 새로운 편지와 작은 병을 내밀었다.

나는 그것을 받아 안을 확인했다.

'물론, 공짜인 것은 아닙니다. 사례로 이쪽의 약을 보호자 분에게 진상해 드리죠. 용의 피를 희석해서 성분을 조정한 포션입니다. 효과는 수명의 증가. 한 병에 3인분.'

카벙클이 꺼낸 것은, 희미하게 붉은색을 띤 액체가 들어간 작은 병이다.

효과가 편지의 내용대로라면, 그것은 실로 신화급 명품이다. 이런 물건이 세상에 알려지면 이것을 둘러싸고 전쟁이 벌어질 수 있을 정도의 물건이다.

"뭐 이런 물건을 보낸 거야——?!"

나는 저도 모르게 신음했다. 미셸의 서드 아이만이라면 모를까, 이것은 정말로 골치 아픈 물건이다.

하지만 코르티나는 이 설명을 읽고, 곧바로 결단했다.

"좋아, 너는 오늘부터 우리 가족이야!"

"잠깐, 괜찮겠어?!"

"괜찮아, 괜찮아. 여기서는 가장의 큰 그릇을 보여줘야지!"

그렇게 말하면서 작은 병을 확보하는 코르티나. 속셈이 훤히 보였다.

"사실은 그걸 갖고 싶어서 그러는 거 아니야?"

"윽?!"

하지만 그것도 이상한 이야기다. 코르티나는 묘인족으로서는 아직 젊은 편이다.

수명을 신경 쓸 정도로 나이를 먹은 것은 아니다. 맥스웰 쪽도 엘프치고는 상당히 고령이지만 그래도 아직 인간의 평균적인 수명 이상의 여생은 남아 있을 터.

"코르티나, 아직 젊은데."

"아니, 내가 쓰려는 게 아니야……."

거기까지 듣고, 나는 마침내 깨달았다. 코르티나가 이 아이템을 원하고 있는 것은, 자신을 위해서가 아니다.

아마도 내 부모—— 라이엘과 마리아를 위해서다.

그 두 사람은 통상적인 수명의 인간종. 별로 노화가 느껴지지 않는 마리아는 몰라도 라이엘은 그 쇠퇴가 눈에 보이고 있다.

그것을 장명종인 코르티나가 눈치채지 못할 리가 없다.

맥스웰은 그런 식의 수명에 의한 이별은 몇 번이나 경험했기 때문에 떨쳐내고 있지만, 아직 젊은 코르티나는 그 경지에 이르지 못했다.

그래서 눈앞에 드리워진 미끼에 낚인 것이다.

물론, 이 포션이 정말로 수명을 늘려주는 효과가 있는지 어떤지는 모르지만, 아무것도 하지 않는 것보다는 낫다고 판단했을 것이다.

게다가 맥스웰이 있으면 이 아이템을 감정할 수도 있다. 독이라고 해도 마리아가 정화하니까 문제는 발생하지 않을 것이다.

"그렇구나, 파파랑 마마에게——."

"정말, 니콜은 눈치가 너무 빨라. 그것보다 한 가지 확인하고 싶은데."

"확인……?"

거기서 코르티나는 카벙글과 마주했다. 평소와는 다른 표정을 지으며, 터무니없는 소리를 쏟아냈다.

"너, 레이드인 건 아니겠지?"

"뀨?"

물론, 카벙클이 그 이야기를 이해할 수 있을 리도 없다.

'무슨 소리를 하는 거야, 이 녀석'이라는 듯이 고개를 갸우뚱거리고 있다.

말은 이해할 수 있지만, 대화 내용을 이해할 수가 없는 것이다.

"그럴 리가 없잖아……."

"윽, 무, 물론 나도 알고 있어! 자, 지각하잖아. 빨리 학교에 가도록 해."

"예~."

내가 그렇게 대답을 했을 때, 길 건너편에서 레티나가 모습을 드러냈다. 거의 동시에 옆집의 미쉘이 집 현관을 열고 대궁을 껴안은 모습을 드러냈다.

이쪽을 보고 카벙클을 발견하고 두 사람은 단숨에 흥분한 기색을 보였다.

"와~ 뭐야 그 아이! 아, 안녕, 니콜, 오늘은 빠르네!"

"안녕, 미쉘. 이 아이는 카벙클이야. 그 왜, 엘프 마을의."

"동굴에서 만났다고 했던 아이지? 여기까지 따라온 거야?"

"아니, 아무래도 귀찮아서 내보낸 거려나?"

그 신이 떠넘겼으니까, 귀찮아서 보냈다고 봐도 틀린 것은 아닐 터…… 아니, 미묘하게 다른가?

"헤에, 혹시 코르티나 님의 집에서 기르려는 것인가요? 저도 갖고 싶어요."

"안녕, 레티나. 레이디라면 제일 먼저 인사를 해야지."

"안녕하세요, 니콜 양. 설마 당신에게 레이디의 몸가짐을 배우게 되다니."

"으그그."

레티나의 말을 듣고, 최근의 내 언동을 떠올렸다.

목욕탕에서 장난을 치고, 피니아와 선물 교환 같은 것을 하고, 달콤한 과실수에 표정을 무너트렸다.

아무래도 전생의 위엄이라고 할지, 금욕적인 부분이 이미 형태도 없이 사라진 것 같은 느낌이 든다.

이런 느낌으로 살다간 장차 '무쌍의 영웅'이 아니라 '새색시'가 되어버리는 것이 아닐까?

그 미래에 생각이 미치고, 나는 너무나도 무시무시해 등골이 서늘해졌다.

최악의 미래를 상상하고, 나는 고개를 떨구고 통학로를 갔다. 아니, 머리를 떨구고 있는 것은 물리적인 영향도 있었다.

카벙클은 나에게서 떨어지려 하지 않고, 지금은 내 어깨 위에 올라타 있다. 말하자면 목말을 탄 자세다.

마치 모자처럼 내 머리에 딱 맞는 카벙클을 보고, 체격이 좋은 미쉘과 레티나가 손을 뻗어 거침없이 쓰다듬어 댔다.

덕분에 내 머리까지 빙글빙글 움직여서 미묘하게 속이 안 좋다.

"저기, 조금 목이——."

"아, 미안해요!"

"에~ 조금만 더~."

레티나는 금방 손을 치웠지만, 미쉘은 아직 아쉬운 듯이 쓰다듬고 있다.

겨우겨우 손을 치운 순간을 노리고, 카벙클도 내 머리에서 뛰어내렸다.

주위에 사람의 시선이 없는지 두리번두리번 경계하고, 우리 이외에 없다는 것을 확인한 뒤 다시금 봇짐 꾸러미를 열었다.

안에서 한 자루의 봉과 편지를 꺼내 나에게 넘겨주었다.

내가 그것을 받아드니, 카벙클은 다시금 내 머리 위로 기어오르기 시작했다.

"좀 봐줘."

"뀨?"

젠장, 이 살아 있는 털뭉치, 말을 이해할 수 있는 주제에 모른 척하고 있어…….

아무튼 넘겨받은 편지를 열어 보니, 거기에는 또 하얀 것이 보낸 메시지가 적혀 있었다.

'저번 이야기에서 당신에게 아이템이 오지 않는다는 불만이 있었던 것 같으니, 이 완드를 드리겠습니다. 이것은 단검의 자루로 삼을 수가 있으니, 조합해서 사용하는 것이 좋겠죠.'

"흠흠……?"

완드 끝을 확인하니, 확실히 홈과 칼날을 고정하기 위한 기구가 장착되어 있다.

단검의 자루를 분리해 이쪽에 칼날을 갈아 끼우면 평범하게 사용할 수 있을 것 같다.

'지팡이에 마력을 흘려보내는 것으로 폼 시프트(변형) 마법이 완드 부분에 걸려 창으로 변화할 것이에요. 이것으로 강력한 진동 때문에 들고 있기 어렵다는 난점은 크게 개선될 것입니다.'

"폼 시프트ㅇㅇㅇㅇㅇ?!"

나는 저도 모르게 얼빠진 소리를 내고 말았다. 폼 시프트 마법은 그 이름대로, 손에 든 아이템의 형태를 변화시키는 마법이다.

난이도는 이것도 간섭계 마법의 상위에 위치해, 폴리모프(변화)에 육박할 만큼 고난도의 마법이기도 하다.

물론 효과 시간은 있어서, 원래라면 고작 2, 3분 정도밖에 효과가 없다. 하지만 상황에 따른 형태로 아이템을 변화시킬 수가 있기 때문에, 즉응성이 뛰어나 대단히 유용한 마법이라고 할 수 있다.

게다가 이 마도구라면 내가 마력을 계속 흘려보내는 한, 단검을 창으로 변화시켜 유지할 수가 있다는 모양이다.

문제는 그 시간만큼 내 마력이 계속 빨린다는 것이지만…… 지금의 나에게는 그것은 오히려 좋은 일. 매일 마력을 흡인해 주어야 하는 몸인지라, 소비가 늘어나는 것은 반대로 경사스럽다.

"이런 마법을 넣어둔 아이템이라니…… 실은 서드 아이에 필적하는 마도구인 게 아닐까?"

게다가 단검과 조합할 수 있다는 것은, 들고 다니는 일도 부담이 되지 않아 위장으로서도 완벽하다.

이것이 있으면 나는 단검으로 싸운다는 인상을 주위에 새겨 주면서, 여차할 때는 창으로 싸우는 것도 할 수 있다.

"훌륭해. 처음으로 그 하얀 것을 칭찬해 주고 싶어졌어."

"있잖아, 니콜. '폼 시프트' 라는 게 뭐야?"

"어?"

거기서 나는 꾹꾹 소매를 잡아당기는 미셸을 알아챘다.

잘 생각해 보면 미쉘 앞에서 폼 시프트를 입에 담은 것은 실책이었을지도 모른다.

미쉘도 레티나도 고위 간섭계 마법에 대해서는 아무런 지식이 없어서 다행이었다.

"그게…… 잘 모르겠는데 단검과 조합해서 사용하면, 뭔가 굉장한 마법을 쓸 수 있게 된대."

따라서 나는 여러 가지 의미로 애매하게 대답했다.

이것이라면 여차할 때는 진동하는 효과로 바꿔치기해서 설명할 수 있을 것 같으니까.

"헤~ 그 하얀 신님이 보내주신 선물이야? 나랑 같네!"

"그렇네~. 똑같네."

"하얀 신님이라는 게 뭔가요?"

셋 중에서 유일하게 하얀 것과 면식이 없는 레티나가 고개를 갸우뚱했다.

일단 납치당했을 때 만나기는 했지만, 그때 이 아이는 기절한 상태였다. 아니, 이것은 만난 것에 포함이 안 되나.

"우리 사이에서는 그렇게 부르고 있어. 하얗고 조금 굉장한 마술사가 있거든."

"하얗고…… 굉장해요? 맥스웰 님처럼?"

"확실히 맥스웰의 수염은 하얗지만…… 조금 다른?"

아무리 그래도 생김새가 어린 소녀인 그 신을 말라비틀어진 무 같은 맥스웰과 같은 취급을 하는 것은 불쌍하다.

아니 그보다, 그런 취급을 한 것이 들켰다가는 무슨 짓을 당할지 짐작도 안 간다. 그 신은 정말로 신출귀몰하다.

어찌 되었든 좋은 물건을 받았다. 이 완드의 효과로 창으로 변형시키고 다른 사람의 모습으로 환각을 써 변화하면, 나와 동일인물이라고는 생각하지 않을 것이다.

하지만 레이드의 모습을 쓸 수 없게 된 이상 다른 모습을 생각해야만 했다.

좋은 아이디어가 그리 간단히 떠오를 리도 없어 어찌해야 할지 골치를 썩이고 있었기도 했으니, 본격적으로 궁리를 해야만 할 것이다.

"뭐가 됐든, 실험은 필요하구나~."

문제는 정말로 완드를 장비한 상태로 진동의 효과를 발휘할 수 있을지 어떨지. 그 신은 어딘가 얼빠진 인상이 있으니까, 실제로 사용해 보지 않는 한은 신용이 가지 않는다.

나는 그날의 우울한 수영 연습 수업을 잊고, 소리 없이 실실거리며 웃었다.

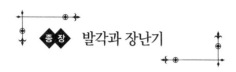

종장 발각과 장난기

흰히 드러난 팔, 흰히 드러난 다리. 평소보다도 훨씬 불안하게 느껴지는 노출의 증가.

간신히 수건을 어깨에 두르고 되도록 사람의 시선을 막았다.

당연히 그럴 수밖에. 오늘부터는 수영 연습 수업이 시작되는 것이다.

"아아, 잊고 있었어…… 이것이 있었지……."

나는 학교 지정 수영복을 입고, 숲속 강가에 만들어진 수영장에서 멍하니 중얼거렸다.

주위에서는 슬쩍슬쩍 이쪽을 살피는 시선이 느껴진다.

그것도 그럴 것이…… 라고 말하고 싶지는 않지만, 수영복을 입은 내 모습은 마치 요정처럼 사랑스럽다……는 모양이다.

솔직히 인정하고 싶지는 않지만, 평소 교복 차림과 달리 몸매가 드러나기 때문에 인형 같은 용모와 어우러져 장식해 두고 싶어질 것 같은 분위기를 자아내고 있다는 모양이다.

"응~ 니콜은 역시 넘버원이네!"

"코르티나, 짜증 나."

"지금은 그런 매도마저 포상이야!"

"고물 교사 같으니."

수업을 내팽개치고 나에게 뺨을 비비는 보호자에게 나는 가차 없이 매도를 날려주었다.

하지만 그것마저도 코르티나에게는 전해지지 않는다. 집에서도 수영복을 입은 모습을 한 번 봤을 텐데, 지금도 전혀 제어할 기색이 없다.

온천여행에서 침울해했던 모습은 어디에도 보이지 않는다. 이제 완전히 회복되었다……. 아니, 지나치게 회복된 모양이다.

"목욕탕에서 알몸도 봤으면서……."

"치장하는 건 역시 다르잖아. 특히 니콜은 옷차림에 신경을 안 쓰니까."

"이거, 그냥 학교 지정 수영복인데?"

"그게 좋지."

"여기요~. 범죄자가 여기에 있어요!"

야무진 얼굴로 글러 먹은 소리를 쏟아내는 코르티나.

들러붙는 변태를 떼어내고, 레티나와 마치스의 등 뒤로 숨는 나.

마치스는 아직 몸에 희미하게 상처 자국이 남아 있는 것이 딱하다. 마리아는 자가회복을 우선하기 때문에 완치하면 흉터가 남지 않을 정도의 치유마법밖에 걸지 않았다.

딱하기는 하지만 그것은 그것. 마리아도 여성의 몸에 흉터를 남기거나 하는 짓은 하지 않는다.

이 흉터도 시간이 지나면 언젠가 사라진다고 보증해 주었다.

"큭, 도망쳐 버렸나──."

"선생님, 슬슬 수업을 해요~"

"하다못해 조금만 더 니콜을 눈으로 범하게 해 줘."

"어이 거기, 지금 뭐라고 했어?"

"미안 미안. 그러니까~ 야릇한 시선으로── 아니, 다른가?"

"레티나, 위사를 불러와. 아니면 맥스웰에게 밀고해서 해고해 달라고 하자."

"괜찮아, 나중에 손을 써둘 테니까. 그리고 나는 니콜에게밖에 흥미가 없어!"

"더욱 나빠!"

마치스가 구원의 손길을 내밀어 주었지만, 코르티나의 폭주는 멈출 기색이 없다.

그래도 맥스웰의 이름을 꺼낸 것이 통했는지 마지못해 수영 연습 수업이 시작되었다.

7월에 들어섰다고는 해도 아직 수온이 완전히 올라가지 않았다. 특히 강물은 차가움을 유지하고 있어 헤엄치기에는 조금 힘든 수온이다. 그럼에도 굴하지 않고 준비운동을 한 뒤 아이들이 강물 안으로 들어간다.

물에 몸을 담그자마자 이곳저곳에서 '차가워!' 라고 비명이 터져 나왔다. 나도 조금 머뭇거리며 물에 들어가, 어깨까지 담가 몸이 적응하기로 했다.

우선 어깨까지 담근 것은, 물의 차가움에 몸이 익숙해지지 않으면 근육이 경직해 쥐가 날 가능성이 있기 때문이다.

"자~ 그럼 우선은 머리까지 물에 들어가 볼까. 확실하게 숨을 참지 않으면 사고가 날 거야."

코르티나의 지시에 따라 아이들이 물속에 잠수한다.

라움 부근의 아이들은 그럭저럭 물이 친숙하지만, 그렇지 않은 지역에서 온 아이의 경우 물에 얼굴을 담그는 일조차 공포심을 갖는 경우가 있다.

마술학원에는 다른 영지에서 온 입학자도 많기 때문에 물이 친숙하지 않은 학생도 있다.

우선은 거기서부터 적응해 가자는 판단일 것이다.

코를 잡고 눈을 꼭 감은 다음에 아이들이 잠수한다. 그것을 코르티나는 빠짐없이 지켜보고 있다.

수영 연습은 긴장을 풀면 생명이 위험해지니, 감시하는 그녀의 눈도 평소보다 엄하다.

나도 충분히 몸을 적응시킨 뒤, 물속에 몸을 가라앉혔다. 물론, 다른 아이들과 달리 눈은 뜬 채다.

첨벙하고, 차가운 물에 머리까지 담그고————.

————시야가 어두워졌다.

"헉, 여기는?!"

"아, 코르티나 선생님~. 니콜이 눈을 떴어요~."

정신을 차려보니 나는 강가의 바위 위에 눕혀져 있었다. 햇빛을 받아 뜨거워진 따뜻한 바위가 기분 좋다.

내 곁에 있어 주었던 것인지, 마치스가 걱정스러운 듯이 이쪽을 들여다봤다.

아무래도 간병을 위해 옆에 앉아서 봐주고 있었던 모양이다.

밑에서 올려다보는 이 앵글. 10년 뒤에 다시 꼭 부탁하고 싶다. 지금은 가로막는 것이 없는 평원이 보일 뿐이다.

"괜찮아, 니콜?"

"응, 기절했었어?"

"그래. 갑자기 둥실 떠올라서 모두 깜짝 놀랐어."

아무래도 나는 몸을 물에 적응시킨 것은 좋았으나 머리까지는 적응하지 않아서 차가움에 정신을 잃고 말았던 모양이다.

멀리서는 코르티나가 다른 학생을 대기시키고 있었다. 아무리 그래도 물에 빠진 학생을 방치하고 수영 연습 수업은 할 수 없다.

마치스의 부름을 듣고 학생들을 대기시킨 채로 이쪽으로 다가 온다.

"니콜, 정신이 든 모양이네. 몸은 어때?"

"으, 괜찮아. 미안해, 걱정을 끼쳤어."

"뭐, 몇 년에 한 명 정도는 이렇게 기절하는 학생이 있으니까 신경 쓰지는 않았지만, 말이야."

"그건 신경을 써."

물굽이를 이용한 수영장이라고 해도 강의 흐름이 아예 없는 것은 아니다. 항상 물이 흘러드는 이 수영장은 저수량을 넘어선 물이 둑을 넘어 본류로 흘러나가고 있다.

항상 물이 들어오는 만큼 일반적인 저수지와 비교해 수온이 상당히 낮다.

게다가 볕이 잘 들지 않는 숲에서 확실하게 차가워진 물이 흘러들어오니까 이런 사건은 아주 가끔 일어나는 모양이다.

코르티나의 대응도 매우 익숙했다.

"아무리 그래도 이대로 수업을 할 수는 없지만 말이지. 걸을 수 있어? 교실로 돌아가야 하는데."

"아, 괜찮아."

나는 그렇게 말하고 일어나 자신의 걸음을 확인했다.

다소 비틀거리기는 했지만 걷는 정도라면 지장은 없다. 교실에 돌아갈 정도의 체력도 남아 있을 것이다.

"그렇구나. 그러면 옷을 갈아입고 학교로 돌아가자. 오늘 수업은 여기까지라고 할지, 제대로 수업하지 않았지만!"

장난치듯이 농담을 입에 담는 코르티나를 보고, 학생들도 웃음소리를 흘렸다.

그리고 코르티나는 내 코앞에 손가락을 뻗어, 진지한 목소리로 지시를 내렸다.

"니콜은 돌아가면 의무실에 가서 정밀검사야. 혹시 모르니까 세심한 주의를 기울여야지."

"네~."

이 지시도 나로시는 납득이 가는 것이라 거부할 이유는 없다. 아니, 트리시아 보건의에 관해서는 여러모로 하고 싶은 말이 있지만.

아무튼 이렇게 나는, 첫 수영 연습 수업에 실패했다.

방과 후, 의무실에서 '문제 없음'이라는 확인을 받고 돌아갔다.

평소라면 클럽 활동이라는 명목으로 음악실에 드나들거나 미쉘과 합류해 사냥에 나서겠지만, 이날은 맥스웰의 시간이 비어 있어서 개인 수업을 받기로 되어 있었다.

내 목적은 어디까지나 간섭계 마법 최상위인 폴리모프를 습득하는 것에 있다.

거기까지 최단 거리로 도달하기 위해서는 맥스웰의 가르침을 받는 것이 가장 빠른 길이다.

항상 나오는 차와 다과의 환대를 받은 뒤, 이 역시 항상 그렇듯이 마술의 수업을 받았다.

학교에 의한 지식의 습득이 아니라 감각적인 것을 배울 수가 있어서 이쪽이 훨씬 실천적이다.

"그럼, 이 마정석(魔晶石)에 마력을 담아 보거라."

"네."

나는 평소와 다른 표정으로 건네받은 마정석에 마력을 담아갔다. 마정석이란 마력을 저장하는 성질을 지닌 수정의 일종으로, 수정이지만 대단히 깨지기 쉽다.

이것이 깨졌을 때 주위로 마력을 발산하는 성질이 있어서 이것을 이용해 마력의 외부 탱크로 사용하는 것도 가능하다.

물론 마력이 담겨 있지 않으면 이 효과는 발휘되지 않기 때문에, 이렇게 사전에 마력을 담는 작업이 필요하다.

그리고 이 작업은 마력의 제어훈련에도 딱 좋다.

"됐어."

마정석을 쥐고 있기를 몇 분, 확실하게 마력을 저장한 수정을 맥스웰에게 내밀었다.

　이 속도와 충전 정도를 판단해, 내 역량을 판단한다고 한다.

　"흠, 나쁘지 않구나."

　"그래? 좋았어."

　"슬슬 다음 단계로 넘어가도록 할까――. 레이드, 거기 책장에서 간섭계 교본을 가져와 주지 않겠느냐."

　"응."

　나는 순순히 고개를 끄덕이고, 자리에서 일어나―― 돌아봤다.

　"지금…… 뭐라고……?"

　"위화감 없이 반응했구나. 역시 너는――."

　씨익 성격 나쁜 웃음을 짓는 맥스웰.

　그 웃는 얼굴을 보고 나는, 아무래도 변명은 할 수 없을 것 같다는 사실을 깨달았다.

　맥스웰. 모든 계통 마법의 끝을 보고, 항간에서는 '마도왕'이라고도 불리는 존재.

　코르티나의 지휘력이 없으면 우리는 아마도 그의 지시 아래에서 행동을 일으켰을 것이다.

　다채로운 미법을 구사한다는 것은 그때그때 알맞은 최적의 마법을 선택해야만 한다는 것이기도 하다.

　그런 인물이 머리가 나쁠 리도 없다.

　"이거 참, 상당히 사랑스러운 모습으로 환생하였구나."

"아니, 이건…… 아니——."

"잠시 생각해 보면 알 수 있는 일이다. 네가 이 도시로 오고 나서 코르티나와 가들스가 화해하고, 실을 사용하는 암살자가 나타나고, 레이드의 환생이라고 생각되는 인물이 코르티나의 앞에 나타났다. 단숨에 정세가 너무 바뀌었지."

"으……."

내 기분 탓인지 맥스웰의 목소리 사이사이에 잡음이 섞인다. 아니 이 자식, 대화 사이사이에 주문 영창을 섞고 있다. 내가 도망치려고 하면 결계를 칠 작정인가?

사람을 괴롭히려고 쓸데없이 고도의 기술을 쓸데없이 낭비하고 있다니!

등줄기에는 성대한 기세로 비지땀이 흐르고, 전신의 모공이 경련이 난 것처럼 수축해 소름이 돋아 있다. 무릎이 부들부들 떨리고, 시야도 흔들린다.

과거 사룡의 소굴에 침입했을 때도, 마신과 단독으로 싸우게 되었을 때도 이 정도의 전율을 느끼지는 않았다.

그것도 그럴 것이, 그때는 내가 죽어도 그것 말고는 아무런 피해가 없다. 하지만 이번에는 어떨까?

이것이 알려지면 코르티나의 곁에 있을 수도 없게 될 것이다.

피니아도 오물을 보는 듯한 시선으로 볼지 모른다. 나는 아직도 마력흡인을 위해 아침저녁으로 두 사람과 입술을 맞추는 사이였으니까.

"이이이, 이것은…… 아니, 대체 무슨 소리인지 저저저전혀 이해할 수——."

"여왕꽃의 씨앗을 레이드가 탈환했을 때 이미 이상하다고는 생각하고 있었다. 그 시점에 씨앗이 이 도시에 있다는 사실을 알고 있는 것은 홀튼 상회와 우리뿐. 상회 안에 레이드가 없다고 한다면, 필연적으로 우리 중에 레이드가 있다는 뜻이지."

"와, 완전히 우연일 가능성도——."

"나이를 고려해 보면 후보는 레티나 양과 미셸 양, 그리고 너까지 세 명. 트리시아 여사와 피니아 양은 나이로 봐서 아웃이니까 말이다."

"무, 무슨 소리인지 전혀……."

"이번 여행에 세 명이 따라갔지만 이야기를 듣기로는 엘프 마을의 그 사건 때 눈을 벗어났던 것은 너뿐. 그렇다면 필연적으로 네가 레이드일 될 테지."

"증거, 그래, 증거는?!"

"그러고 보니까 네가 드나들고 있는 음악실, 최근에 피아노선 분실이 갑자기 늘었다는 모양이더구나?"

"아우ㅇㅇㅇㅇㅇㅇㅇㅇㅇㅇㅇㅇㅇ?!"

소모품의 보충은 학교의 비품 담당에게 신청하게 되어 있는데, 느슨한 성격의 음악 교원이라면 모를까 맥스웰의 눈은 속일 수가 없나.

이렇게 보여도 이 할아범, 원래는 나라의 중진이다. 세세한 수치 조정 같은 것은 주특기 분야다.

그러고 보니까 좀 전에는, 완벽하게 떠보기에 걸려들고 말았다.

일이 이렇게 된 이상 잡아떼는 것은 불가능한가……?

나는 그렇게 판단하고, 곧바로 대처를 검토하기 시작했다.

대처 첫 번째…… 맥스웰을 죽인다.

이것은 아무리 그래도 있을 수 없다. 내 사정으로 과거의 전우, 가족이라고 해도 좋을 동료를 해하는 것은 내 삶 그 자체를 부정하는 것이나 마찬가지다.

게다가 이 할아범을 해치는 것은 아무리 나라도 만만한 일이 아니다.

대처 두 번째…… 도망친다.

이것은 즉효성은 있지만 효과는 희박하다. 도망쳐도 동료들 모두에게 이야기가 퍼지는 것은 막을 수 없다. 미봉책으로는 의미가 없다.

애초에 결계마법 준비까지 하고 있어서는 도주가 불가능할 것이다.

대처 세 번째…… 엎드려 빌어서라도, 은폐하는 일에 협력해 달라고 한다.

아니다. 애초에 이것밖에 방법이 없다.

"부탁이야, 맥스웰! 제발 입 다물고 있어 줘. 뭐든지 할 테니까!"

"호오? 뭐든지 하겠다고?"

나는 곧바로 바닥에 넙죽 엎드려, 온 몸과 마음을 다해 애원하는 뜻을 드러냈다.

원래 내가 목표로 삼은 위치의 모습과는 동떨어진, 너무나도 한심한 모습이지만…… 이번만큼은 어쩔 수가 없다.

이것은 내 입장이 나빠지는 것만이 아니라 피니아와 코르티나에게 상처를 주는 결과로도 이어질 수 있으니까, 수단을 가릴 상황이 아니다.

두 사람은 니콜이라는 소녀를 사랑하고 귀여워해 주었기에 흉금을 열고 많은 것을 이야기해 주었다.

그중에는 내 전생에 관련된 일도 상당히 많다. 내게 알려지고 싶지 않았던 일도 있었을 것이다.

"나만 상처 입는 것이라면 딱히 상관없어. 애초에 나는 떠돌이야. 이 도시를 떠나도 어떻게든 살아갈 수 있어. 하지만 걔들은 내가 나라는 것을 모르고 나에 관해 말한 내용도 많아. 그 결과로 모두가 상처 입는 것은 피하고 싶어."

"너무하구나. 내가 왜 너를 내치는 짓을 해야 한다는 게냐."

청산유수로 변명을 늘어놓는 나에게 맥스웰은 수염을 쓰다듬으며 고개를 저어 보였다.

녀석이 한 말을 해석하자면…… 입을 다물어 주는 것인가?

"비밀로, 해 주는 거야?"

"네가 주장하는 바도 이해가 간다. 나도 코르티나와 피니아 양을 상처 입히고 싶은 것은 아니니. 게다가……."

"게다가?"

"그게 더 재미있을 것 같구나!"

나는 '이 자식이!'라고 소리칠 뻔한 것을 간신히 참았다. 그러고 보니까 이 녀석은 사려 깊다는 평판의 엘프인 주제에, 소인족처럼 장난을 좋아하는 성격이었다.

하지만 이 할아범이 어떤 생각을 하고 있든, 침묵을 유지해 준다는 것은 나에게 이익임이 틀림없다.

그렇다면 여기서는 말하고 싶은 것은 꾹 삼키고, 손을 잡을 수밖에 없지 않은가.

"그, 그래…… . 이유가 어찌 되었든, 입을 다물어 주는 것은 대단히 좋아. 그 점에 관해서는 감사해."

"그래, 영혼의 밑바닥까지 감사하거라. 죽을 때까지 각골난망하도록 하여라."

"악마냐, 너는."

어찌 되었든 협상은 성립했다. 나는 일어나서 악수를 청하고, 맥스웰은 싱글거리는 웃음을 지은 채로 내 손을 맞잡았다.

마테우스는 약속 장소인 술집에 도착하고는, 원하던 인물을 찾아냈다.

쿠팔이라고 이름을 밝혔던 소년의 모습을 발견하고, 그 테이블에 손에 드는 낡은 가방을 아무렇게나 내던졌다.

"어라, 일을 받았던 것이 너였던가?"

"아니. 그것이 녀석들은 돌아오지 않아서 말이지. 상태를 보러 갔더니 뒈져 있었어. 이건 거기에 방치되어 있었지, 말하자면 마지막 선물?"

"흠? 고대룡 클래스의 비늘……. 상당히 열화된 모양이지만 촉매로는 충분하네."

보고 내용에 흥미를 갖지 않고 가장 먼저 가방의 내용물을 검사하는 쿠팔.

마테우스는 아무리 그래도 그 태도에는 기분이 나빠졌다.

"이봐, 우리 동료가 당했다고. 조금은 흥미를 가져주지 그래?"

"의뢰인이라는 것은 대체로 의뢰 달성 말고는 흥미가 없는 법이야. 하지만 실력은 있는 녀석들이었잖아?"

"그래. 그것이 세 명 한꺼번에 동굴 안에서 뻗어 있었어. 한 명은 단검에 찔려서 내장이 너덜너덜. 다른 한 명은 천장에서 목이 매달리고, 마지막 한 명은…… 그건 내부 분열이려나?"

마테우스가 그로서는 드물게 짜증 나는 기색으로 내뱉고, 쿠팔의 맞은편 자리에 앉았다.

그대로 테이블 위에 놓여 있던 요리를 손으로 잡아 입으로 가져갔다.

쿠팔은 그것을 기분 상하는 일 없이 바라보고 있다.

"헤에……. 그건 또 다채로운 죽음이네. 내부 분열이라니?"

"목이 매달린 녀석과 서로 맞잡은 채로 죽어 있었어. 아마 도망치려 했던 것을 매달린 녀석이 붙잡고, 그대로 타임아웃이라는 느낌이겠지?"

"타임아웃이라. 독이라도 먹었던 거야?"

"유독 가스가 충만한 동굴 안에서 맞붙었던 모양이야. 어째서 그딴 장소에 발을 들였던 건지."

"거기에도 보물이 있다고 봤을지도 모르지. 욕심이 지나쳤던 걸지도 몰라. 명복을 빌겠어."

"그럴지도. 그래서 보수는 어쩔 거야?"

어깨를 으쓱이고는 전혀 애도하지 않는 기색으로 상투적인 말을 하는 쿠팔. 그런 쿠팔을 보고, 마테우스도 이어갈 말을 잃어 화제를 바꿨다.

"그렇네. 그들이 돌아오지 못했으니까 의뢰는 실패. 이건 다른 쪽의 인편으로 입수한, 선의의 기부라는 것으로——."

"뭐라?"

"하고 싶진 않네, 응. 가져와 준 건 너니까, 너에게 보수를 지불할게. 그걸로 됐어?"

"그래, 그거면 돼. 또 기회가 있으면 잘 부탁하겠어."

쿠팔이 테이블 위에 돈이 든 작은 주머니를 놓고, 그것을 마테우스가 재빨리 낚아챘다.

내용물을 슬쩍 확인한 뒤 품속에 고이 간직했다.

"그럼 이만."

"아, 잠깐 기다려 주겠어?"

"뭐야, 아직 할말이 있는 거냐?"

"응. 네가 먹은 요리의 요금, 계산하고 가."

과장되게 장난스럽게 웃는 얼굴을 보이는 쿠팔을 보고, 마테우스는 성대하게 입가를 일그러트렸다.

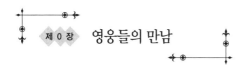

제 0 장　영웅들의 만남

 길가에 있는 작은 꽃가게.

 북부에서는 전란이니 사룡 습격으로 소란스럽지만, 이 남부의 알레크마르 검왕국에는 그 재난의 영향이 미치지 않았다.

 길 가는 사람들은 그런 이야기는 듣지 못했다는 것처럼 태평한 얼굴로 담소를 나누고 있다.

 나는 꽃가게의 처마 끝에 걸린 커다란 꽃에 얼굴을 가져갔다.

 물론 흥미가 있었던 것이 아니다. 암살자 레이드는 그런 정감 깊은 감정은 지니고 있지 않다.

 "아, 손님. 그건 식충식물이니까, 얼굴에 대면 위험해."

 "우워어어?!"

 마치 꽃이 피는 과정을 역재생한 것처럼 꽃잎을 닫는 식충식물.

 그 끝이 가볍게 코끝을 스쳤다.

 코끝에 가벼운 아픔이 느껴져, 물을 퍼 두었던 나무통에 얼굴을 비추니 한 줄기 붉은 자국이 생겨 있었다.

 "어째서 이딴 걸 걸어두고 있는 거야!"

 "어째서긴. 그런 수요도 있다고 말할 수밖에 없는데."

 평민들의 번화가에 사는 여자는 터프하고 뻔뻔하다. 기가 죽은 기색 없이 대답한 가게 주인을 보고, 나는 혀를 한 번 차고 그 자리를 떠났다.

그런 손님에게도 익숙한 것인지, 코웃음으로 배웅하는 주인.

불평 하나 정도는 남겨 주고 싶었지만 나도 꽃을 살 마음은 털끝만큼도 없고, 영업만 방해한 거니까 서로 마찬가지였으려나?

확인하고 싶은 것은 봤으니까, 나는 목적지로 걸음을 옮겼다.

그 꽃가게의 처마 끝에 있는 벽. 그곳에 X자로 그어진 새로 만들어진 상처.

그것은 나에게 '일'을 의뢰하고 싶다는 사람이 있다는 표식이었다.

뒷세계 일을 처리하는 남자가 있는 노점으로 향해 노섬 옆의 의자에 걸터앉았다.

"주인장, 닭꼬치 둘. 그리고 글리트니르 와인을 한 병."

"그런 고급진 건 취급 안 해."

"그럼 마타라 드워프의 화주."

"오냐."

내 주문에 답하고 닭을 굽기 시작하는 노점 아저씨. 나도 술과 꼬치구이가 먹고 싶은 것이 아니라 이것이 일종의 은어였기 때문이다.

아저씨는 꼬치구이를 만드는 척을 하면서 나직하게 말하기 시작했다.

"그림자 깃털에게 일이다. 장소는 베리트."

그 낮은 목소리는 고기를 굽는 소리에 묻힐 정도로 작다. 그러나 나를 향해서 간신히, 하지만 확실하게 전해지는 성량이었다.

나는 몇 번이나 들리지 않는 척을 하며, 이 또한 다른 손님에게 들리지 않을 정도로 작은 목소리로 답했다.

"베리트? 포르네리우스 성수국(聖樹國)의?"

"그래, 의뢰자는 거기의 세계수 교회란다."

"뭐어?!"

저도 모르게 큰 소리를 내며 일어났다. 다른 손님이 무슨 일인가 싶어 시선을 보내와서, 나는 황급히 상황을 얼버무렸다.

"뜨거워라. 주인장, 기름이 이쪽으로 튀었잖아, 조심 좀 해."

"아아, 미안해."

내 즉흥 연기에 익숙하게 말을 맞추는 아저씨. 이미 10년을 함께 지낸 사이라서 호흡이 잘 맞는다.

다시금 자리에 앉아 정보를 계속 주고받았다.

"교회가 무슨 볼일이야. 설마 나를 처리하려고 획책하는 건 아니겠지?"

"그건 아니야. 네가 그리 간단히 당할 거라고는 생각되지 않고, 그렇게 되면 우리도 가만히 있지는 않아."

"그렇겠지……."

뒷배가 없는 암살자. 그것을 하나로 묶기 위해서는, 그에 상응하는 담보를 준비해야 한다.

그들은 암살자를 통괄하는 것과 동시에 일을 분배하고 이익을 얻고 있다.

그 수하가 함정에 빠지게 된다면, 그냥 넘어가지 않을 것이다.

물론, 세계 대부분에 퍼진 세계수 교도의 총본산과 고작 지방의 암살자 조합으로는 상대가 되지 않는다.

그래도 몇 명의 중요인물을 겁줄 수는 있다. 그것은 권력자에게 상당히 두려운 일일 것이다.

다음은 자신일지도 모른다. 그렇게 생각하게 하는 것으로 우리는 그럭저럭 살아남는 것이다.

"어쩔 수 없네. 가 볼 수밖에 없나."

"괜찮겠어? 내 역할이니까 너에게 전하기는 했지만, 이 일은 상당히 수상쩍어."

"알고 있어. 하지만 아무래도 말이야……. 이걸 놓치면 훨씬 나쁜 사태기 될 것 같은 기분이 가시시를 않아."

"너에게 예견 기프트가 있었다니 놀라운데."

"그딴 건 없어, 알고 있잖아. 이건 경험에서 오는 감 같은 거야."

확증 같은 것은 존재하지 않는다. 하지만 등줄기가 근질거리는 감촉이 존재한다.

지금까지의 경험으로 봐서 이것을 무시했을 경우 사태가 악화하는 일이 많았다. 그런 경험이 있으니까 수상함을 무시하고 이 일을 받아들이기로 한 것이었다.

세계수교(敎)의 교회 본부. 흔히 성당교회라고도 불리는, 거대한 건물.

그곳을 방문한 나는 얼굴을 반쯤 감추며 숨어들었다.

역시나 경계는 월등하게 견고했지만 은밀과 실을 구사하는 나를 막을 수 있는 것은 아니었다.

그 교회 안의 어떤 방. 현재는 추기경 직위를 맡고 있는 남자의 방으로 숨어들어 사정을 듣는 데 성공했다.

사실은 교황을 노리는 편이 이야기는 확실했겠지만, 교황은 밖으로 싸돌아다니는 버릇이 있다는 모양이라 지금은 교회를 빠져나갔다고 했다.

자세한 것은 그 남자도 모르는 것 같았지만, 북부 3개국이 괴멸했다는 보고를 받고 세계수교에서 손을 썼다고 한다.

남자에게 안내받아 교회의 어떤 방에 들어갔다.

그곳에서 병사가 대기하고 있을 가능성도 있어 나는 경계하고 있었지만, 추기경이라는 남자는 놀랍게도 무장해제조차 시키지 않고 문을 열었다.

실내에는 키가 크고 수염을 기른 노령의 엘프 남자와 은발의 미녀가 기다리고 있었다.

"오래 기다리셨습니다, 마리아 사제, 맥스웰 경. 새로운 동료를 소개해드리죠. 이쪽은 그림자 깃털 레이드 님. 레이드 님, 이쪽은 세계수교에 소속된 마리아 사제와 라움의 맥스웰 경입니다."

"그, 그래."

"호오, 네가 그 그림자 깃털……. 소문은 들었다. 실력이 대단하다지?"

"나도 들어본 적이 있어. 라움의 맥스웰, 선선대의 왕제(王弟)로 마법의 달인이라던가."

"그거 영광이로구나. 뭐, 나이를 먹은 덕택이지."

의외로 싹싹하게 말을 걸어주는 할아버지…… 맥스웰.

반대로 마리아라고 불린 여성은, 나를 보고 눈썹을 찌푸리고 있었다.

"반마인, 그런 데다가 암살자라고요?"

"마리아 사제, 그자의 능력은 반드시 당신에게 도움이 될 것이다. 주장하고 싶은 바는 있겠지만, 지금은 참아 주길 바란다."

"……예."

추기경의 설득에 마리아는 이의를 삼킨 모양이다. 나로서도 히스테릭하게 떠드는 여자는 상대하고 싶지 않다.

애초에 세계수교는 반마인을 좋게 여기지 않으니까 이런 반응은 예상한 바였다.

"그래서, 알레크마르에서 여기까지 불러낸 이유는 뭐야?"

"원래라면 전원이 모인 뒤에 말씀드리려 했습니다만, 여러분이 동시에 도착한다는 것은 있을 수 없는 일이니 말이죠. 개별적으로 설명하는 것도 어쩔 수 없는 일이겠죠."

"어물쩍거리지 마."

"…………말투 조심해."

"앙, 뭐라고?"

거친 내 말에, 마리아가 혐오감을 훤히 드러낸 말투로 나직이 중얼거렸다.

나도 그것을 듣고서 무시할 정도로 원만한 성격이 아니었다.

 서로 자리에 앉은 채로, 위태로운 시선을 주고받았다. 내 시선을 받고도 눈 하나 깜짝 안 하는 담력은 보통이 아니었다.

 "그만하도록, 마리아 사제. 그리고 레이드 님도요. 여러분께서는 이제부터 서로 협력하셔야 하니까요."

 "협력이라고? 뭘 위해서?"

 "세계를 구하기 위해서, 입니다."

 그 뒤로 우리는 추기경의 이야기를 들었다. 말하자면 각국에서 합계 여섯 명의 대표를 뽑아, 소수 정예로 사룡 코르키스를 쓰러트리는 여행을 떠나라는 이야기였다.

 국가와의 연결점이 발견되면, 사룡은 그 나라를 섬멸하러 온다. 그래서 여섯 명은 나라와의 연결을 끊은 채로, 극비리에 행동하게 할 작정이라고 한다.

 "웃기지도 않네, 어째서 내가 그딴 짓을――."

 "하지만, 그렇다고 해서 무사할 수 있을 것 같나요?"

 "뭐라고?"

 "사룡의 위협은 언젠가 세계 전부를 뒤덮겠죠? 그렇다면 어디로 도망치겠다는 건가요?"

 "그렇긴 하지……."

 이 여자가 하는 말을 인정하는 것은 아니꼽지만, 세 나라를 멸망시킨 괴물을 방치하면, 그 재앙이 온 대륙에 번지게 될 것은 사실이다.

 군대를 움직여서 실패한 이상, 소수 정예인 것도 이해가 된다.

"하지만 어째서 나인 거야? 알레크마르에서는 나보다 실력이 있는 전사가 몇 명은 있었을 텐데."

"당신에게 바라는 것은 그 잠입능력과 그 외의 부분이에요. 전사는 성검의 용사 라이엘 님과 철인이라고도 불리는 가들스 님을 불렀어요."

"그 녀석들인가……."

그 두 사람의 이름은 나도 들어본 적이 있었다.

남부의 전란에서 고작 한 명이 백을 넘는 적병을 베어 넘겼다고 전해지는 라이엘과 어떻게 하면 죽일 수 있을지 농담의 소재가 될 정도로 견고함을 자랑하는 가들스.

이 두 사람이 모인다면 어지간한 전사는 필요 없을 것이다.

본의는 아니지만 마리아의 의견을 모두 긍정하기 직전이던 바로 그때, 다시금 방문이 열렸다.

"오래 기다리셨습니다, 나머지 세 분이 도착했습니다."

"세 명?"

마리아에게 들었던 것은 라이엘과 가들스, 그렇다면 남은 한 명은 누구인가? 그렇게 의문을 떠올리며 안내인의 등 뒤로 시선을 보내고, 나는 얼어붙었다.

"컥…… 코르티나."

"으엑, 레이드잖아. 어째서 이런 곳에 있는 거야!"

"그건 이쪽이 할 말이야. 너, 검도 마법도 어중간하잖아."

이 자리에 있는 것은 초일류를 자부하는 면면뿐. 마리아조차 성녀라고 불릴 정도의 치유마법을 구사한다.

그 소문은 알레크마르에까지 널리 알려질 정도다. 차기 교황이라는 소문도 있을 정도로.

하지만 이 코르티나는 그렇지 않다. 잔꾀만을 부릴 줄 아는 기분 더러운 여자다.

"그럼 너도 여기에 있으면 안 되지. 비열한 암살자 주제에."

"대역을 세우고 도망친 녀석이 잘도 떠드네."

"어머~ 대역도 간파하지 못했던 얼간이의 생떼인 걸까~?"

"그래, 좋은 배짱이야. 지금 당장 죽여줄 테니까, 거기 가만히 있어."

"할 수 있으면 어디 해 봐!"

"진정하지 못하겠느냐, 정말."

서로 폭언을 주고받으며 흥분하는 우리를, 가들스가 타일렀다.

참고로 맥스웰은 재미있다는 듯이 이쪽을 보고 있었고, 라이엘은 아예 가만히 서 있었다.

무슨 일인가 싶어 의심스러워서 녀석의 시선을 따라가 보니, 마리아에게 못 박혀 있었던 모양이다.

"뭐야, 첫눈에 반한 거야, '용사님'."

"아, 아니, 그런 게 아니라! 아니, 한순간 달의 정령인가 하는 생각은 분명히 했지만……."

내가 야유하듯이 빈정거렸지만, 라이엘은 전혀 개의치 않은 기색으로, 그저 당황한 듯한 목소리로 대답했다.

마리아에게 정신이 팔린 것은 사실이었던 모양이다.

"어머, 칭찬이 능숙하네요, 라이엘 님."

"실례했습니다, 여성을 노골적으로 바라보는 것은 예의가 아니었지요."

"점잔을 빼고 앉았어⋯⋯."

"분하면 너도 저 정도로 눈치 있게 말을 좀 해 봐."

"닥쳐, 덜떨어진 고양이."

"뭐라고?!"

나와 코르티나의 사이가 나쁜 것에는 이유가 있다. 나는 과거에 코르티나 암살 의뢰를 받아 실행했던 적이 있었다.

그리고 코르티나는 그 움직임을 눈치채고, 대역을 두어서 화를 피했던 경험이 있다.

아니, 그것은 미묘하게 다른가. 코르티나가 무명이던 시절 나는 '지휘관 암살'을 청부받았는데, 그때 죽은 사람은 코르티나의 공적을 가로채려 했던 귀족이었다.

그리고 코르티나는 암살 낌새를 알고 있으면서, 그것을 무시하고 있었다.

즉, 나는 보기 좋게 이용당한 경험이 있는 것이다. 그래서 인상이 좋을 리가 없었다.

그건 그렇고 무뚝뚝한 아가씨와 속이 검은 고양이 소녀가 동행자라니, 앞날이 걱정된다.

우리가 손을 잡고, 사룡을 토벌하기 위해 출발한 지 일주일이 지났다.

짧은 것 같으면서 길었던 7일 동안. 그 사이에 우리 사이는 좋아졌…… 을 리도 없고.

"라이엘, 그쪽이 아니야. 오른쪽이라고. 가들스의 오른쪽!"

"그, 그래."

"레이드, 촐랑거리지 마. 이 허약한 녀석!"

"뭐라고오?! 누가 허약해, 이 덜렁이 여자!"

부대를 지휘한 적이 있다는 이유로 코르티나가 지휘관이 되었지만, 이게 또 무진장 입이 험하다.

지휘관 경험자는 라이엘이나 가들스도 있었지만, 코르티나만큼의 지휘능력은 없다고 라이엘이 주장했기 때문에 이런 배치가 되었다.

게다가 코르티나는 미묘하게 혹독한 주문만 던진다.

지금도 오거 일곱 마리를 상대로 가들스에게 무리한 것을 요구해, 전선을 우회하게 되었다.

"자, 왼쪽에 적이 샜잖아, 가들스!"

"혼자서 일곱 마리를 막으라니, 터무니없는 소리 마라!"

"라이엘의 섬멸이 따라잡지 못하니까 어쩔 수 없잖아."

"내 탓인 거야?!"

오거는 인간의 배 정도 되는 체격을 지닌, 일종의 거인족이다. 그것이 일곱 마리나 나타나면 가들스 혼자서 전선을 유지하는 것은 어렵다.

그것을 예측하고, 내가 적의 발을 잡기 위해 앞으로 뛰쳐나갔지만, 이것은 코르티나에게 제지당하고 말았다.

가들스가 적을 막고, 라이엘이 그 오른쪽으로 돌아 들어가 적을 섬멸한다. 그것이 그녀의 계획이었을 것이다.

하지만 숫자의 폭력 앞에, 전선은 간단히 돌파되고 말았다.

"꺅, 이쪽으로 왔어! 레이드, 어서 처리해 버려."

"너, 좀 전에 나에게 촐랑거리지 말라고 했잖아. 직접 처리해."

"이 바보, 지휘관이 하는 말에 따라!"

"미안하네, 나는 외로운 늑대라서 말이지."

"닥쳐, 멍멍이."

"뭐라고!"

"둘 다, 적당히 해요…… 홀리 제일(신의 감옥)."

만사가 이런 상태다. 다행히 각자가 탁월한 기능을 지니고 있어서, 무사히 넘기고 있다.

마리아가 코르티나와 함께 자신에게 방어벽을 펼친 타이밍에, 나는 전선을 우회해서 적을 섬멸했다.

이번에는 라이엘이 가들스를 우회해 적에게 도달하는 것이 늦어진 영향으로, 이런 사태가 되고 말았다.

코르티나의 실책이라고는 단언할 수 없다. 오히려 가들스의 공격 범위를 잘못 판단해, 라이엘이 쓸데없이 크게 돌아가는 바람에 발생한 실수라고 할 수 있다.

오거를 물리치고 마침내 북부 3국 중 중앙에 있는 나라, 구 트라이어드 왕국령과의 국경 마을까지 찾아 왔다.

여기까지 오면서 솔직히 말해 나 혼자가 편할 정도의 싸움밖에 경험하지 않았다.

"이걸 어떻게 해야 하나~."

"말해두겠지만 내 탓이 아니야."

여관으로 몰려가 투숙하고, 1층 식당에서 가볍게 와인을 병으로 주문해 목을 적시고 나서야 간신히 한숨을 돌렸다. 그때 흘린 혼잣말을 코르티나가 곧바로 물고 늘어졌다.

얼굴만 마주치면 싸우는데, 이 녀석은 어째서 내 옆을 따라다니는 걸까?

"어째서 있는 거야. 빨리 자기 방으로 돌아가, 성가셔."

"뭐? 지금 라이엘이 방에 있단 말이야, 나보고 연애를 방해하라는 거야?"

"또냐. 그 녀석도 숨길 줄 모르는 녀석이구나."

라이엘이 마리아를 연모하고 있는 것은, 이 일주일 만에 동료 모두가 알게 되었다.

알려지지 않았다고 생각하는 것은 라이엘뿐이다. 마리아의 감정은 어떤지 모르겠지만, 나와 달리 반마인인 것도 뒤가 구린 일을 하고 있는 것도 아닌 라이엘에게는 대응이 온화한 것을 보면, 적어도 나쁜 감정은 갖고 있지 않은 모양이다.

"그러면 맥스웰이나 가들스 쪽이라도 가 있어."

"그 사람들은 아무래도 감성이 맞지 않는단 말이지. 맥스웰은 귀족님이시고, 가들스도 출생은 나쁘지 않고."

"나는 괜찮은 거야?"

"너는 나랑 같잖아?"

"뭐가?"

"고아."

"아하……."

반마인은 심한 차별을 받기 때문에 부모에게 버림받는 경우가 많다. 나도 그 예를 벗어나지 못했다는 것이다.

마찬가지로 코르티나도 고아라는 모양이다. 코르티나가 살던 대륙 남부에 위치한 남부 도시국가연합은, 현재도 대륙 남동부의 알레크마르 검왕국과 남서부의 지즈 연방을 상대로 사소한 분쟁을 이어가고 있다.

코르티나는 그 여파로 부모를 잃고 고아원에 보내졌다고 한다.

어렸을 적부터 독서가에 열심히 공부한 코르티나는 고아원을 운영하는 귀족에게 그 재능이 발굴되어 실전에 동원된 경위가 있다.

유복하게 자라지 않았다는 점에서 나와 공통점이 있다.

즉, 코르티나도 그만큼 고생하며 살았을 것이었다.

"뭐 상관없나. 너도 마시겠어?"

병으로 주문했기 때문에, 아직 와인은 남아 있다. 평소 얼굴만 마주치면 싸우는 사이지만, 가끔은 같이 술을 마시는 것도 나쁘지 않을 것이다.

"대낮부터 술이야? 그리고 그런 싸구려 술, 여성에게 권할 것이 아니야."

"너 말이야, 사람이 모처럼 호의로 말했는데."

"아~ 미안. 이건 조금 말이 심했어. 그게 아니라…… 조금 함께

해 주겠어?"

"너와 남녀의 사이가 될 마음은 전혀 없는데?"

"그게 아니야! 물건을 사러 갈 테니까 호위해 달라는 거야."

"호위?"

코르티나의 주장을 이해하지 못하고, 나는 팔짱을 끼고 고개를 갸우뚱했다.

이 변경 마을에서, 게다가 우리 같은 멤버에게 호위 같은 게 필요할 것인가 하고.

"필요해, 나는. 꽤 이곳저곳에 원한을 사고 있으니까."

"그리고 보니까 지즈 연방 쪽은 어떻게 해서라도 목숨을 취하고 싶겠지."

"그리고, 너희 쪽도 말이지."

코르티나의 빈정거림에 나는 어깨를 으쓱여 보이는 것으로 답했다.

내가 코르티나 암살의 의뢰를 받은 것도 그런 경위가 있기 때문이다.

애초에 그때 내가 받았던 것은 '지휘관 암살'이고, 그 지휘관은 '코르티나에게 속은 귀족'이었기 때문에, 의뢰가 실패한 것은 아니다.

하지만 생각해 보면, 이 기회에 누군가가 코르티나의 목숨을 노린다는 것은 있을 수 있는 이야기다.

남부는 사룡의 위협에서 멀리 떨어져 있다. 위기감이 희박한 녀석들이, 이 기회에 방해꾼을 처리하고 싶다고 생각하는 것은 상상하기 어렵지 않다.

특히 코르티나는 우리 여섯 명 중에서도 실력이 떨어진다. 선택받은 것은 그 책략을 짜내는 두뇌를 기대했기 때문이다.

직접 수혜를 본 도시국가연합을 제외한 곳에서 보면, 대체할 수 있는 포지션으로 여겨도 이상하지 않았다.

"너도 성가신 처지구나."

"너 정도는 아니야."

여전히 빈정거리는 소리를 날리는 코르티나에게, 나는 코웃음을 치고 술병을 들이켰다.

싸구려 와인이기에 할 수 있는 짓이지, 이것이 진한 술이었다면 순식간에 다리가 풀리고 말 것이다.

"그러면, 준비할 데니까 짬깐 기다려."

"어, 정말 괜찮아?"

"뭐, 이런 거라도 지금은 동료니까 말이지."

몸집이 작은 코르티나의 머리를 가볍게 두드리고, 나는 자리에서 일어났다.

무기는 아직 장비하고 있다. 내 무기는 수갑(手甲)이니까, 이런 장소에서도 방해가 되지 않는다. 하지만 호위라면 이야기가 다르다. 코르티나를 보호하기 위해 몸을 던져야 할 상황도 생각할 수 있다.

안 그래도 방어력이 약한 내가 몸을 내던지거나 했다가는 순식간에 쓰러지고 만다. 최소한의 방어구는 필요하다.

나는 자리에서 일어나 여관 주인에게 술값을 내고, 내 방이 있는

2층으로 향했다.

"방어구를 장비하고 올 테니까, 잠깐 기다려."

"아, 기다려. 이 봐, 명령하는 건 내 역할이잖아!"

이 여자는 어떻게 해야 밉살스러운 말을 그만두게 될지, 진지하게 생각하며 방으로 향했다.

2층에서 장비를 갖추고 식당도 겸하고 있는 여관을 나오니, 코르티나가 몇 명의 남자에게 둘러싸여 있었다.

호위를 의뢰했던 주제에 밖에서 기다리다니 경솔한 것도 정도가 있지 않나 싶은 생각도 든다. 하지만 주민 전부가 얼굴을 알만한 변경 마을에서, 게다가 시선이 많은 이 장소에서 습격을 감행할 바보도 없을 것이다.

그렇게 생각하면 어두컴컴한 가게 안보다 시선이 많은 거리에서 기다리는 것은 나쁜 일이 아니다. 오히려 식당에서 독을 탈 가능성이 클지도 몰랐다.

둘러싸인 것을 보고 한순간 자객인가 싶은 생각이 들기도 했지만, 대응하는 코르티나의 얼굴에 경계심은 있어도 긴장감은 없다. 그것을 보고 자객이 아니라고 판단했다.

사실, 코르티나는 기분 나쁘다는 표정은 짓고 있어도 살의를 겉으로 드러내거나 하고 있지는 않았다.

"그러니까 말이야. 마침 거기에 술집도 있으니까, 잠깐 마시고 가자고."

"아니, 그러니까 나는 지금부터 나간다고……."

"괜찮아~ 괜찮아~. 이 마을도 최근 사람이 줄어서 말이지. 너처럼 귀여운 아이는 오랜만에 봤어. 그러니까 잠깐 정도는 어울려 달라고."

"바쁘다고 말하고 있잖아."

"그러지 말고. 내가 살 테니까 말이야~."

아무래도 사룡의 영향으로 인구가 줄어, 젊은 여자에 굶주린 마을 젊은이가 폭주하고 있을 뿐인 모양이다.

일반인이 상대라면 코르티나라도 내버려 두어서 문제가 생길 일은 없겠지만…… 어째선지 조금 불쾌함이 느껴졌다. 코르티나는 내 동료로, 제삼자가 손을 대도 괜찮은 존재가 아니다.

그런 내 감정의 흔들림을 대체 무엇인지 이해하지도 못하고, 이쪽을 알아챈 코르티니는 당황한 듯한 시선을 이쪽으로 보냈다. 코르티나도 상대할 수 있다고는 해도 나라를 대표하는 전력인 우리가 이 정도의 상대에게 무력을 보이는 것은 좋지 않다.

어떻게 처리해야 할지 코르티나 본인도 그것을 가늠할 수 없어서 내게 도움을 청했다.

그것마저도 짜증을 느끼고, 나는 저도 모르게 시선을 돌리고 말았다.

"아, 레이드. 야, 잠깐 뭘 시선을 피하고 있는 거야! 네가 내 호위니까, 이 녀석들을 빨리 쫓아내 줘!"

"아니, 잠시 상황을 지켜보는 것도 재미있지 않을까 해서."

"멋대로 남을 구경거리로 삼지 마. 자, 호위라면 자기 역할을 완수해!"

갑자기 끼어든…… 것도 아니지만 휘말리게 된 나에게 위험한 시선을 보내는 남자들. 하지만 그것으로 겁먹을 만큼 나도 평온한 인생을 보내지는 않았다.

오히려 이 정도라면 산들바람보다도 압력이 느껴지지 않는다. 둔감한 라이엘이라면 적의를 보내고 있는 것조차 깨닫지 못했을 것이다.

상대하는 남자들도 내가 수갑과 가죽 갑옷을 장비했을 뿐인 평범한 남자라고 보고, 적의를 드러내고 있다.

귀찮으니까 나는 그들이 실력행사에 나서기 전에 일을 수습하기로 결심했다.

남자 한 명이 이쪽으로 한 걸음 나서려고 하는 순간에 수갑에서 실을 날려 그들의 목에 걸었다. 물론 창틀이나 간판 등을 경유해서다.

즉, 내가 팔을 당기면 남자들의 목이 졸린다. 그런 상황을 순식간에 만들어 낸 것이다.

"뭐, 운이 나빴어. 이쪽도 나도 너희로는 감당이 안 돼. 잘 알겠지?"

실은 피부에 상처를 입히기 직전의 아슬아슬한 힘 조절로 조이고 있다. 그것은 남자들도 이해할 수 있을 것이다.

압도적인 역량 차이를 똑똑히 목격하고, 고개를 세로로 흔들며 답하는 남자들.

내가 실을 풀어주니 순식간에 뿔뿔이 도망쳤다.

"고마워. 하지만 좋지 않아. 일반 시민에게 실을 걸다니."

"상처 하나 입히지 않았잖아."

"너의 실은 라이엘의 검과 마찬가지잖아. 헌팅했더니 목 앞에 검을 들이미는 것이나 마찬가지잖아."

"그 녀석만큼 튼튼했다면 그런 여유도 보일 수 있는데."

"아하하. 레이드로는 라이엘 흉내는 무리지~."

"냅둬."

강인함에 관해서는 라이엘은 가들스보다도 위다.

좌우지간 단단한 가들스와 비교해 라이엘은 언제 쓰러지는 거냐 싶을 정도로 끈질기다.

그리고 나는 어느 쪽의 흉내도 낼 수 있는 체질이 아니었다. 그렇기에 상처를 입기 전에 선수를 쳐서 전에 적을 무력화할 필요가 있다.

이번에도 그것뿐인 일이다. 딱히 이 여자가 휘말려서 뭔가 불쾌함을 자극받았던 것이 아닐…… 터였다.

코르티나의 혀는 여전히 최상의 상태였다.

화제도 표정도 정말이지 획획 잘도 바뀐다. 보고 있으면 지루하지가 않다.

"거기서 칼센 자작은 '자네는 입을 다물도록'이라며 내 입을 막고, 공적을 가로채려고 했단 말이지."

"아~ 응~."

"뭐, 그 덕분에 네가 자작을 암살해 버렸으니까, 전화위복이려나. 나는 알고 있었지만."

"헤~."

"아, 여기, 좋은 모포를 팔잖아. 이런 건 야영할 때 편리할까?"

"흠~?"

"넌 그런 소리밖에 낼 줄 몰라?"

"음……."

물건을 사는 중에 계속 이런 느낌으로 말하고 있었다. 나는 그것을 흘려들으며 주위에 시선을 보냈다.

이 마을은 북부와의 국경에 위치하는 만큼 주민들의 얼굴은 어둡다. 게다가 상당수의 난민이 유입되고 있는 모양이라 치안에도 문제가 생기고 있는 듯했다.

급격한 인구의 증가는 통치에 큰 부담을 강요한다.

난민에 뒤섞여 코르티나를 암살하려고 하는 자가 있어도 알아채는 것은 어려울지도 모른다.

한동안 물건을 사고 난 뒤, 우리는 노점에서 마실 것을 사 길가의 돌담에 걸터앉아 휴식을 취했다.

"그건 그렇고 많이도 샀네. 그렇게나 필요한가?"

"슬슬 말이 필요해질 테니까 짐 문제는 어떻게든 되겠지. 경우에 따라서는 맥스웰에게 어떻게든 해달라고 하면 그만이고."

"그 할아범은 편리하니까 말이지."

"거기에 여자는 이것저것 필요한 법이야. 속옷 같은 건 여행 도중에 세탁할 수가 없으니까."

"딱히 5일 정도라면 계속 입고 있으면 되잖아."

"더러워! 넌 앞으로 일절 나한테 다가오지 마."

"시끄러워, 다가온 건 너였잖아!"

얼굴 앞에서 손을 교차하고 나에게 지적하는 고양이 소녀. 짜증나니까 그 귀를 잡아 뽑아 줄까 하는 생각이 진심으로 들고 만다.

하지만 뭐, 여자의 경우는 그런 문제도 심각해지는 시기가 있을테니까 지금은 양보했다.

"아예 여관에 짐을 놔둔 채로 여행을 이어가고, 밤이 되면 포탈게이트(전이문)로 돌아오는 것도 괜찮겠네."

"그런 것도 할 수 있는 건가."

"뭐~ 그렇지. 그것 말고도 할 수 있는 일이 많지만——."

그렇게 말하고 몇 가지인가 마법 사용법의 아이디어를 피로하기 시작했다.

짐의 중량을 경감하는 방법이나 비행마법을 활용하는 방법 등, 차례차례로.

"진짜, 어떻게 하면 거기까지 생각할 수 있는 건지."

"옛날부터 책만 읽었으니까 말이지. 고아원에는 그 정도밖에 오락이 없었으니까."

"다른 꼬마랑 놀면 좋았잖아."

"나는 이렇게 보여도 별로 몸은 튼튼한 편이 아니었단 말이지. 지금도 주변보다 뒤처졌고……."

그렇게 말하고 불안스러운 표정을 짓고, 코르티나는 살짝 고개를 숙였다.

그것을 보고 나는 코르티나의 불안을 깨달았다.

코르티나는 우리 중에서 가장 젊다. 아직 열아홉이라는 나이밖에 되지 않았다.

전투력에 이르러서는 나에게도 미치지 못하고, 라이엘과 가들스를 턱짓으로 써먹고는 있지만 본인의 힘은 그것에 아득히 미치지 못한다.

그런 인간이 사룡 퇴치에 동원되었으니까 불안해지지 않는 것이 더 이상했다.

"뭐, 너는 잘하고 있다……고 생각해."

"빈말은 됐어. 지금까지는 발목을 잡고 있다는 걸 알아. 마리아도 열심히 하고 있다고 말해 주고 있지만 말이지. 스스로 알아 버리는걸."

"아~ 뭐, 그렇기는 하지만."

자기 능력은 자신이 가장 잘 이해하고 있다. 코르티나는 많은 인원을 움직이는 것에는 익숙해도 적은 인원을 이용한 전투에는 익숙하지 않다.

각 개인의 능력을 완벽하게 파악하고 있기는 하겠지만 그것만으로는 부족하다.

이런 소수의 전투에서는 각자의 성격과 기호까지 그 움직임에 영향을 준다.

"나는 머리에 피가 쏠리기 쉬운 성질이라 말이야. 눈앞에 적이 있으면 아무래도 튀어나가고 말아. 라이엘도 그래."

"요전의 싸움? 그렇네, 레이드가 설마 일직선으로 적에게 향할 줄은 생각 못 했어."

"나도 그렇지만, 라이엘도 말이지. 그러니까 가들스를 우회하게 시키면, 아무래도 신중을 기해서 크게 돌아가."

"그렇구나, 그래서……."

지금의 우리에게 부족한 것은 분명 이런 부분일 것이다.

이야기를 나누고 자신의 성격을 서로에게 알려, 전원이 하나의 생물처럼 움직인다. 거기까지 이르기 위해서는 서로를 너무 모르고 있다.

"서로를 안다, 인가. 뭐 네 경우는 그렇지도 않지만, 마리아는 상당히 고생할 것 같은데."

"마리아? 어째서. 나쁜 사람이 아닌데."

"세상 사람들로부터 성녀라고 불릴 정도의 인격자야. 나쁜 사람이 아닌 것은 알고 있어. 하지만 세계수교라는 환경에서 자란 녀석은 아무래도 나 같은 인간을 싫어하니 말이지."

"흐응……. 그럼 둘이서 이야기를 나눌 자리를 만들어 볼까?"

"그러지 마. 라이엘이 죽이려고 들 거야."

그 뒤로 우리는 서로나 동료에 대한 이야기를 천천히 나눴다.

도중에 마실 것이 떨어져서 노점에 추가로 사러 갔을 정도다.

날이 저물고, 주위가 노을로 붉게 물들기 시작해도, 그 대화는 이어지고 있었다.

화제는 이미 뭐가 좋은가 하는 사적인 분야에까지 다다랐다. 거기에 이르러서도 코르티나는 아직 최상의 언변을 발휘하고 있었다.

"그래서 말이야, 그 이야기에서는 전사가 비장의――."

"잠깐, 조금 전에 비장의 수를 쓰지 않았나? 자루에 숨겨둔 단검

이었던가."

"뭐 어때, 비장의 수는 여러 개 갖고 있어도 상관없잖아?"

"아니, 그렇지만. 그래도 나라면 비장의 수를 쓴 시점에 처리하지 못하는 경우는 없었어. 적의 의표를 찌르는 것은 한 번뿐, 그것으로 완전히 처리하지 못하는 것은 삼류야!"

"이야기라고 했잖아! 현실과 창작을 구별할 줄 알라고. 진짜 정말, 이해를 못 하네!"

"그야 이해할 수 없지만 말이야……."

"변명하지 마!"

"네……."

아무래도 완전히 고삐를 잡힌 느낌이 든다. 하지만 이렇게 이야기를 나누는 것으로 적어도 나와 고르티나는 서로 이해가 깊어졌을 것이다.

내가 선호하는 싸움법을 알려두었고, 라이엘과 가들스의 취미도 가르쳐 주었다.

다음 전투에서는 조금 더 나은 지휘를 해 줄 것이다.

어차피 사룡의 둥지를 발견할 때까지, 아직 시간이 걸린다. 그때까지 천천히 신뢰 관계를 조성해 가면 된다.

그렇게 결론을 내리고, 나는 음료수 컵을 높이 던져 버렸다.

"야, 쓰레기는 똑바로 처리해!"

그 직후에 머리로 떨어지는 코르티나의 주먹. 역시 이 여자는 매우 마음에 들지 않는다. 그렇게 확신하고 여관으로 돌아왔다.

그 뒤로 우리는 몇 번이고 대화의 자리를 마련해, 각자의 성격을 파악하고 다니기로 했다.

그러기 위해서 저녁이 되면 포탈 게이트로 마을의 여관으로 돌아와 차분하게 대화의 시간을 갖기로 정했다.

여행 중에 야영하게 되면 역시 식사나 노숙 준비로 시간을 잡아먹게 되기 때문이다.

마을로 돌아오면 그 부분은 여관에 맡길 수가 있다.

"그러면 오늘의 회의를 시작하자. 오늘의 의제는 레이드의 경솔함에 대해서."

"나, 그런 실수를 했던가? 오늘은 견실하게 움직였을 텐데."

"그건 결과론이야. 전에 지나치게 앞으로 나서서 뒤가 방치된다고 했잖아? 만약 거기서 복병이 나타나거나 했다면 마리아와 내가 위험해지는걸."

"그야 그렇지만, 눈앞의 적을 빠르게 처리하는 편이 결과적으로 뒤도 안전해지잖아."

"극단적인 이론이네. 매사가 전부 잘 돌아간다는 보장은 어디에도 없으니까 신중하게 해. 만에 하나 마리아가 상처라도 입으면 미쳐 날뛸 사람이 있으니까."

"아~ 그건 정말 참아주면 좋겠네."

이 회의도 벌써 열 번이 넘었다. 익숙한 말투로 의견을 주고받는 우리.

횟수를 거듭할수록 서로의 연계가 단단해지는 것은 전투 때마다 실감하고 있다.

그날에 있던 전투의 반성회를 한 시간 정도 했을 때, 코르티나는 짝 손뼉을 쳤다.

"그러면 오늘의 반성회는 여기까지. 다음은 교환할 의견이나, 뭔가 있어?"

"의견 말이지…… 굳이 말하자면, 마리아의 나에 대한 대응이 아직 딱딱하려나?"

"윽, 그건 노력하고 있다고는 생각하는데요. 역시 오랜 세월 받은 교육이라는 것은, 아무래도……."

"그럼 여기서는 최후의 수단을 꺼낼 수밖에 없겠구나?"

갑자기 맥스웰이 끼어들었다. 이 할아범은 스스로 경험이 많다고 자랑하는 만큼 처세술도 뛰어나고, 평소 신중한 태도를 취하고 있다.

하지만 이렇게 입을 열면 악동처럼 장난밖에 튀어나오지 않으니까 감당이 안 된다.

귀족처럼 보이는 생김새를 유지하면서도 그 언동에서 신기하게 친해지기 쉬운 분위기를 자아내고 있다.

"최후의 수단? 뭔가 묘안이라도 있어?"

오랫 세월 받아온 교육의 수정이라는 난제에 코르티나와 마리아는 애를 먹고 있었다.

그것을 해결할 수단이 있다고 듣고, 몸을 내밀고 물었다.

맥스웰은 그런 그녀에게 씩 우쭐해 하는 표정을 지어 보였다.

"그것은 그 왜. 옛날 옛적부터 사이를 진전시키는 데는 알몸으로 어울리는 것이 가장 좋다고 정해져 있지 않더냐?"

"그냥 입 다물어, 노망난 늙은이."

글러 먹은 제안을 입에 담은 맥스웰에게 코르티나도 웃는 얼굴을 무너트리지 않은 채로 온갖 욕설을 퍼부었다.

미안하지만 이것에 관해서는 나도 코르티나와 같은 마음이다.

"코르티나의 의견에 한 표. 할아범은 입 다물고 있어."

"으음, 늙은이를 멸시했다가는 천벌을 받을 게다."

"그런 건 제대로 된 의견을 내놓고 나서 말을 해."

"저도 아무리 그래도 남성분과 입욕은 이르다고 생각해요."

"마리아도 진지하게 답해 주지 마!"

"이르지 않으면 괜찮은 건가?"

"라이엘도 거기에 반응하지 마!"

"아, 술 떨어졌다."

"가들스는 대화에 참여해에에에!"

사방팔방에서 날아드는 헛소리의 난무에 코르티나의 얼굴이 새빨갛게 물들어 있다. 약간 불쌍하다고는 생각하지만 재미있으니까 한동안 두고 보자.

내 입으로 말하는 것도 그렇지만, 우리가 각 지방의 실력자라고는 해도 어차피 성격이 이렇다.

어설프게 실력이 있는 만큼 반대로 손을 쓸 수가 없다. 무궤도로 달려나가는 녀석들을 하나로 모으는 코르티나도 마음고생이 상상을 초월할 것이다.

"뭐, 더 해도 의미가 없겠지. 이상한 대화만 기억에 남아도 곤란해. 슬슬 해산하지 않겠어?"

"그, 그래, 그렇네. 맥스웰이 장난을 치기 시작한 이상, 제대로 된 이야기는 할 수 없어."

"심하게 말하는구나."

"조금은 자각해 줘."

대화가 끝나고도 코르티나와 맥스웰은 언제나처럼 티격태격하고 있었다.

동시에 가들스가 자리에서 일어나 술을 반으러 1층 식당으로 향했다.

마리아는 땀을 씻으러 욕탕으로 향했다. 포탈 게이트로 여관으로 돌아올 수 있으니 목욕탕이 딸린 좋은 여관을 잡아 쓰고 있다.

"잠깐, 마리아. 나도 함께 갈래."

"좋아. 이 여관의 목욕방은 수인도 함께 들어갈 수 있으니까 참 멋져."

"맞아. 레이드도 제대로 옷을 갈아입어!"

"그, 그래."

시끌벅적하게 두 사람이 나갔다. 남겨진 것은 남자 셋이다. 원래부터 남자들이 머무는 방에서 대화하니까, 이것은 이상한 일이 아니다.

여성진이 방을 나간 뒤, 우리의 방에는 침묵이 흘렀다.

어쩐지 모르게, 어색한 분위기가 된 것은 왜일까?

"그런데 레이드여."

"뭐야, 할아범."

그런 미묘한 침묵을 깬 것은, 예상대로 맥스웰이었다.

이 할아범은 분위기 파악을 잘하고, 임기응변에 능숙했다.

"코르티나와는 어디까지 간 게냐?"

"애냐?! 아니, 물어볼 게 그거야?"

"아니, 갑자기 너희 사이가 좋아진 것처럼 보여서 말이다. 뭔가 있었던 것인가 싶었을 뿐이다."

"그건 나도 신경 쓰였어. 그렇게나 말싸움을 했었는데, 갑자기 레이드의 태도가 바뀌었으니까 말이지."

맥스웰의 말에 라이엘까지 편승했다. 이 녀석들, 나이도 먹을 만큼 먹은 것들이 어린애처럼.

"아니, 그 녀석도 나름대로 고생하고 있다고 알았을 뿐이야. 무지 마음에 들지 않는 녀석이기는 하지만, 노력은 인정해 줘야지."

"그것뿐인 게냐?"

"그것 말고 또 뭐가 있어?"

"흠…… 이쪽은 아직 꽃이 피려면 시간이 오래 걸리겠구나."

"그러니까 뭐가 말이야."

"아니, 엘프의 오래된 표현이다. 신경 쓰지 마라."

"내가 알 수 있는 말로 해 줘."

"미안하다 미안해."

그렇게 말하고 할아범도 자리를 일어나 방에서 나가려고 했다.

라이엘은 그것을 수상히 여기고 어디로 가는지 물었다.

"맥스웰, 어디로 가는 거지?"

"뭐, 가들스 혼자 술을 마시게 하는 것도 내키지 않아서 말이다.

나도 식당에서 한턱 얻어먹어 볼까 생각했을 뿐이다.”

“그럼 나도 가지. 이렇게 마을로 돌아올 수 있게 된 덕분에 술을 마실 수 있는 것은 고마운 일이야.”

“야영에서는 만취해서 쓰러질 수가 없으니 말이다. 레이드도 어떠냐?”

“나는 됐어. 너희와 어울렸다가는 내일은 숙취 확정이야. 게다가 여기는 내가 살던 곳이 아니니까, 만취한 질 나쁜 손님에게 무슨 짓을 당할지 알 수 없잖아?”

“호호, 너는 술이 약하니 말이다.”

“너희가 너무 강한 거야!”

내 매도를 받아넘기고, 맥스웰과 라이엘도 방을 나갔다. 덕분에 이 방에는 니 혼자가 되었다.

침대 위에 드러누웠더니, 조금 전 맥스웰이 입에 담았던 농담이 뇌리에 떠올랐다.

내가 코르티나와 사귀어?

“흥…… 농담이지.”

코르티나는 적국 사람으로, 이 여행이 끝나면 다시금 적대하는 관계로 돌아갈 사이다.

그런 여자와 사귀다니, 가능할 리가 없었다.

하지만 만약 그런 일이 가능한 상황이 되었다면……?

그날처럼 음료수를 한 손에 들고 담소를 나누며 도시를 빈둥빈둥 걷는다. 그런 나날이 찾아온다고 한다면──.

“뭐…… 그것도, 나쁘지 않을지도 모르겠네.”

나직이 입에 담고, 그 내용의 부끄러움에 몸부림쳤다. 한숨 돌리고 나서, 나는 침대에서 내려왔다.

방을 나갈 때 코르티나가 했던 말. '옷을 갈아입어라' 라는 말을 떠올렸기 때문이다.

나는 머리를 두세 번 흔들고 나서, 갈아입을 옷을 꺼냈다. 기왕이면 땀도 닦아내면 일석이조다. 나도 코르티나와 마찬가지로 목욕탕에 들어가, 조금 머리를 식히고 오자.

그렇게 별다른 생각 없이 방을 나섰다.

특별 단편

엘리자베트 위네 요위는 여행에서 돌아온 딸의 모습에 이상함을 느끼고 있었다.

생활 태도가 급변했다는 것은 아니다. 그저 때때로, 이전에는 좋아하지 않았던 것을 입에 대기 시작하게 되었기 때문이다.

실제로 지금도 딸은 싫어했던 커피를 마시고 있다.

"레티 너, 커피는 싫어하지 않았었니?"

새침한 얼굴로…… 하지만 비지땀을 흘리며 아침 식사 후의 커피를 입으로 가져가는 딸에게, 불안해하는 표정으로 그렇게 물어봤다.

남편은 방임주의지만 반대로 말하자면 자잘한 일에 신경을 쓰지 않는 타입이다. 아마도 이 변화는 알아채지 못했을 것이다.

"예, 하지만 니콜 양은 아무렇지 않게 마셨는걸요. 저만 마실 줄 모르다니, 뭔가 분해요."

"어머, 니콜 양은 입맛이 어른이구나. 아니면 친구 앞이라 허세를 부렸던 걸까?"

"그런 분위기는 아니었는데요……. 마실 수 있게 되는 편이 좋겠죠, 어머니."

"그렇네. 편식하지 않는 것이, 나는 좋으려나."

의외로 편식하는 경향이 있는 딸이 그것을 고치려고 노력하는 모습은, 부모로서 보고 있으면 흐뭇하다.

"그렇다면 오늘 저녁에는 피망 요리를 내달라고 주방장에게 말해둘게."

"어머니, 의외로 사정없으시네요?!"

레티나의 미각은 쓴맛에 약하다. 커피만이 아니라 피망이나 여주도 먹지 못한다.

그것을 가차없이 식탁에 올리려 하는 엄마의 모습에 레티나는 전율하고 있었다.

당황하는 딸을 사랑스럽게 바라보는 엘리자베트. 후작가의 딸로서 별로 친구가 없었던 딸이었지만, 아무래도 좋은 친구가 생긴 것 같다고 확신했다.

그 친구를 데리고 와주었던 육영웅에게 엘리자베트는 감사의 마음을 보냈다.

◇ ◆ ◇ ◆ ◇

"어머, 미셸. 오늘은 피망을 남기지 않았네?"

아침 식사에 나온 채소볶음 접시가 깨끗하게 빈 것을 보고 미셸의 엄마는 놀란 표정을 지어 보였다.

편식하지 않는 딸이기는 했지만 그 딸이 싫어하는 몇 안 되는 분야가 채소의 쓴맛이었다.

특히 여주나 피망 같은 존재는 천적이라고 해도 좋다. 그것을 남김없이 먹어치웠으니까 놀라는 것도 무리는 아니다.

"그치만 니콜은 아무렇지 않게 먹을 수 있는걸. 나도 질 수는 없어."

"니콜 님은 너와 달리 어른이니까 말이지."

"어~ 나보다 작은데?"

"내용물의 이야기야, 내용물!"

딸의 머리를 찰싹 때리고 접시를 정리하기 시작했다. 사냥꾼의 아침은 바쁘다.

미셸은 머리를 맞은 순간 풉 하고 녹색 조각을 뿜어냈다.

아직 입안에 조각이 남아 있었던 모양이다.

"단번에 삼킬 수 없어서는 아직 멀었네."

"그, 그렇지 않은걸……."

"자, 빨리 준비하지 않으면 니콜 님이 먼저 나올 거야!"

"아, 예~!"

매일 아침에 니콜을 마중하러 간다. 그것은 미셸의 업무 같은 것이었다.

니콜은 그렇게 보여도 밤에 잠드는 것이 늦어, 일어나는 것이 늦다. 그리고 눈을 떼면 금방 쓰러진다.

니콜의 건강 관리는 이제 미셸의 일과로 정착했다.

그런 그녀가 니콜보다도 늦게 집을 나선다는 것은 있어서는 안 되는 일이었다.

"다녀오겠습니다!"

"그래. 조심해서 다녀와야 해."

"네~!"

기운차게 집을 뛰쳐나가는 딸을 배웅하며, 미쉘의 엄마는 해체 도구를 정리하기 시작했다.

◇ ◆ ◇ ◆ ◇

니콜은 아침 식사로 나온 샐러드를 보고 드물게 얼굴을 찌푸리고 있었다.

편식은 별로 하지 않지만 그날 아침 식사에는 몇 안 되는 싫어하는 식재료가 놓여 있었기 때문이다.

"피니아, 내가 참마 싫어하는 거 알고 있으면서."

"편식을 극복하게 하는 것도 고용인의 일이라고 생각해요."

어딘가 득의양양하게 그렇게 말한 그녀는 묘하게 윤기가 나는 얼굴을 하고 있었다.

역시 온천여행으로 기력이 충만해졌을 것이다.

하지만 니콜에게 문제는 그것이 아니다. 눈앞에는 샐러드에 뿌려진 하얀 물체.

먹으면 가려움이 느껴지는, 니콜이 기피하는 음식이었다.

"그것보다 빨리 먹지 않으면 미쉘이 올 텐데요?"

"알고 있지만~."

"뭐, 싫어하는 음식 극복은 다음 기회에 해야겠네요."

내키지 않아 하는 니콜의 모습을 보고 작게 웃으며 다른 샐러드를 내밀었다. 그쪽에는 참마가 뿌려지지 않았다.

기뻐하며 포크로 손을 뻗어, 샐러드를 볼이 미어지게 입에 넣는 니콜. 옆에는 같은 자세로 채소를 입에 넣는 카벙클도 있다.

이들 모습은 왠지 작은 동물 같아서 보는 사람을 웃게 한다.

오독오독 양배추를 베어 먹는 모습은 어느 쪽이 동물인지 알 수 없다.

남에게는 내용물처럼 어른스럽게 보여도, 긴장을 풀면 생김새대로의 몸짓을 보이고 마는 니콜이었다.

후기

　처음 뵙는 분은 반갑습니다. 그렇지 않으신 분은 오랜만입니다.
　'영웅의 딸로 환생한 영웅은 다시 영웅을 꿈꾼다' 제3권을 찾아 주셔서 진심으로 감사합니다.

　이미 읽으신 분은 알고 계시겠지만 이번 권은 전체적으로 최초의 전환점에 해당하는 부분이 되겠습니다.
　그만큼 주목할 부분이 많고, 아키타 선생님께도 기합이 들어간 서비스컷을 받아 이번에도 기분이 고조된 상태입니다.
　상세한 내용에 관해서는 작가 후기부터 읽으시는 분도 계시리라 생각하니 자세한 사항은 생략하겠습니다만, 지난 2권은 말하자면 서장. 레이드가 다시금 힘을 얻어가기 위한, 이른바 수행편이라고도 할 수 있는 에피소드였습니다.
　이 뒤로는 어느 정도 힘과 협력자를 얻은 레이드의 칠전팔기 시행착오가 시작됩니다.
　그 갈팡질팡 덕분에 완전히 덜렁이 속성이 정착되고 말아, 인터넷 연재판에서는 진지한 장면에서도 '얼빠진 짓은 아직이야?' 하고 빈번하게 질문을 받게 되고 말았습니다.

전투에서는 잔꾀를 잘 부리는 주제에 일상생활에서는 생각한 바를 그대로 행동으로 옮기는 주인공인지라, 어쩔 수 없는 것일지도 모릅니다.

그리고 코르티나의 연애에 눈이 돌아가는 모습도 여기서부터 악화해 가기 시작하니 그 부분도 놓치지 않으시길 바랍니다.

이야기 주제가 바뀝니다만, 9월 1일부터 코믹판이 '이세계 코믹'(ComicWalker) 님에서 연재가 시작되었습니다.

작화는 무료읽기 버전에 이어 계속해서 코토데라 아마네 선생님이 담당해 주셨습니다. 아기자기한 캐릭터 사용이 능숙해 코미컬한 장면을 실로 솜씨 좋게 표현해 주실 수 있는 분이라고 생각했습니다.

솔직히 콘티를 보여주셨을 때, '내가 이렇게 재미있는 작품을 썼던가?' 하고 고개를 갸우뚱했을 정도로 재미있게 봤습니다.

흥미가 생기신 분은 부디 이쪽도 봐 주세요. 손해는 보지 않을 겁니다.

밤을 샐 수 없게 된 니콜의 표정이나, '없어'의 표현은 한 번 볼 만한 가치가 있습니다.

또한 라노벨 총선거 2018에서 16위에 입상하는 쾌거도 있었습니다.

설마 기세로 쓰기 시작했던 이 작품이 그렇게까지 호평받고 있다고는 생각도 못 하고…… 소셜 게임을 하면서 라디오 감각으로 니코니코 생방송으로 보고 있다가(원고를 쓰라고) 갑자기 졸작의 이름이 눈에 들어와 대단히 놀랐습니다.

투표해 주신 여러분께는 어떻게 감사의 말을 전해야 할지 모르겠습니다. 진심으로 감사합니다.

마지막이 되었습니다만, 3권 제작에 있어 애써 주신 담당 편집자님, 미려한 일러스트를 제공해주신 아키타 선생님께 감사를.

특히 아키타 선생님은 코믹 마이라는 수라장이 겹쳤다는 모양이라 부담을 드리게 되고 말았습니다.

제가 말하는 것도 그렇습니다만 건강 관리에는 주의해 주시길 바랍니다.

그리고 1권에 이어서 팬레터를 보내 주신 O님. 항상 감사합니다.

역시 독자의 반응이 눈에 보이는 형태로 존재한다는 것은 큰 위로가 됩니다.

이번에는 이쯤에서 마치도록 하겠습니다.

마법 소녀에게는 항상 있기 마련인 마스코트를 얻은 니콜의 활약에 기대해 주시길 바랍니다.

다음은 처음 부분에 슬쩍 이름이 나왔던 그 캐릭터가 나올 예정입니다.

카부라기 하루카

영웅의 딸로 환생한 영웅은 다시 영웅을 꿈꾼다 3

2023년 09월 25일 제1판 인쇄
2023년 10월 01일 제1판 발행

지음 카부라기 하루카
일러스트 아키타 히카

발행 영상출판미디어(주)
등록번호 제 2002-000003호
주소 07551 서울특별시 강서구 양천로 570 NH서울타워 19층
대표전화 02-2013-5665

ISBN 979-11-380-3131-8
ISBN 979-11-380-1565-3 (세트)

EIYU NO MUSUME TOSHITE UMAREKAWATTA EIYU WA FUTATABI EIYU O MEZASU Vol. 3
©Haruka Kaburagi, Hika Akita 2018
First published in Japan in 2018 by KADOKAWA CORPORATION, Tokyo.
Korean translation rights arranged with KADOKAWA CORPORATION, Tokyo.

노블엔진(NOVEL ENGINE)은 영상출판미디어(주)의 라이트노벨 및 관련서적 브랜드입니다.

세상을 두려움에 떨게 하는 마녀와 암살자 소년은
북쪽의 얼음 왕국에서, 눈의 여왕과 대치한다!

마녀와 사냥개

2

◆

마법과 이를 다루는 마술사의 힘으로 나라를 위협하는 아멜리아 왕국을 저지하고자 '재앙'으로 인식되는 위험한 '마녀'를 모은다는 캠퍼스 펠로우 영주 버드의 뜻은 암살자 '검둥개'로 불리는 소년 롤로가 이어받았다.

하지만 이웃 나라의 배신으로 치른 희생과 맞바꿔 '거울의 마녀'를 맞이한 롤로를 기다리는 것은 암울한 소식뿐.

이에 롤로는 재상 브래서리, 기사단 부단장 빅토리아를 더한 캠퍼스펠로우 사람들과 함께 '북쪽 나라' 노스랜드——영주 버드가 동맹을 맺은 설왕(雪王) 홀리오가 다스리는 마을과 얼음 성에 산다고 하는 '눈의 마녀'가 있는 곳으로 향한다——

©2021 KAMITSUKI RAINY/SHOGAKUKAN
Illustrated by LAM

카미츠키 레이니 지음 │ LAM 일러스트 │ 2022년 10월 제2권 출간
청춘의 상상, 시동을 걸어라!

겉은 성녀, 속은 야수. 귀족 아가씨의 미소로 본성을 감추고,
소녀는 파란으로 가득한 두 번째 세계에서 무쌍한다!!

새비지팽 레이디
사상 최강의 용병은
사상 최악의 잔학 영애가 되어서
두 번째 세상을 무쌍한다
1~2

◆

'신에게 선택받은 자'의 증표로 일컬어지는 눈부시게 빛나는 머리카락의 소유자이자 궁극의 마력을 지닌 공작 영애, 밀레느. 우아하게 머리카락을 휘날리며, 어여쁘게 검을 휘두르는 왕국 제일의 미소녀 검사. 그러나 그 속은……《야만스러운 송곳니(새비지팽)》의 별명을 지닌 사상 최강의 용병?!

경이적인 신체 능력만으로 수많은 적을 해치운 전설의 전사는 엄청난 마력을 자랑하는 기적의 영애였다! 파격적인 마력과 전투력을 겸비한 소녀는 대륙에 이름을 떨치는 맹주의 자녀를 끌어들여 세계의 정세를 뒤바꾸어 나간다……!

호쾌한 역사 회귀×빙의 판타지! 개막!!

©Kakkaku Akashi, Kayahara 2021
KADOKAWA CORPORATION

 NOVEL ENGINE 아카시 칵카쿠 지음 | 카야하라 일러스트 | 2022년 10월 제2권 출간
청춘의 상상, 시동을 걸어라!